La española cuando besa

Luis Otero

La española cuando besa

PLAZA & JANÉS EDITORES, S.A.

Diseño de la portada: Jordi Lascorz / Jaime Fernández
Ilustración de la portada: © Carlos Andreu. Basada en un anuncio de la marca Orillo Verde, 1956

Primera edición: septiembre, 1999

Si desea consultar con el autor, su correo electrónico es: otero.l@apmadrid.es

Printed in Spain – Impreso en España

ISBN: 84-01-37645-9
Depósito legal: B. 32.469 - 1999

Maquetación: Maribel Falagán
Fotomecánica: Javier Carballo

Impreso en Hurope, S. L.
Lima, 3 bis. Barcelona

L 376459

Prólogo

Bien está que bebamos el vino dulce de la gaita; pero sin entregarle nuestro secreto. Todo lo que es sensual dura poco.

Pilar Primo de Rivera, delegada nacional de la Sección Femenina, en 1939.

Lo que queremos es que España vuelva a "su sitio": al sitio que la Historia le señala. Y el sitio es ése: "Arriba". Es decir, cerca del espíritu, del ideal, de la fe... Cerca, sobre todo, de Dios.

José María Pemán, poeta, en 1939.

La verdadera misión de la mujer es crear hombres valerosos.

"Medina", semanario de la Sección Femenina, en 1941.

Hemos de considerar la desvergüenza típica de la muchacha moderna como una de las causas del frecuente onanismo femenino.

Doctor Vallejo Nágera, psiquiatra, en 1941.

Los padres pueden corregir y castigar moderadamente a los hijos, a fin de educarlos; y cuando son díscolos, hasta pueden hacer que los arresten en la cárcel.

Libro "Primeras lecturas", de Ascarza, en 1941.

Prueba de nuestro resurgimiento es llevar al mundo colgado de los pies. Señal inequívoca de que en España empieza a amanecer.

Francisco Franco, Caudillo de España, en 1946.

Sólo un enfoque masónico o perverso de la vida puede persuadir a la autoridad de que no le incumbe la vigilancia celosa y la defensa inexorable de la moralidad pública.

Patronato de Protección a la Mujer, en 1943.

¿Es tolerable todo lo que ven en nuestras calles, sobre todo en las poblaciones importantes, los ojos honestos y los niños inocentes? ¿Son tolerables los grandes anuncios callejeros de cinematógrafos y teatros que ostentan como cebo de atracción las escenas o los personajes más atrevidos de sus espectáculos?

Episcopado español, en 1957.

Rechacemos las blusas ceñidas que revelan un busto descarado. Rechacemos la falda tipo tonel o ánfora, y, dentro de las formas de la moda, adaptémoslas a la línea normal de la estética, o sea, si la cintura mide 60 centímetros, las caderas, progresivamente, medirán 90, y el borde, 1,50.

Libro escolar de la Sección Femenina de F.E.T. y de las J.O.N.S., en 1957.

Estrechamente ligada con la higiene sexual de la mujer en la adolescencia está la instrucción formativa de la misma, es decir, la cuestión de los estudios superiores.

Doctor Federico Corominas, presidente de la Real Academia de Medicina de Barcelona, en 1959.

En el estudio y en el trabajo se ha de procurar cuanto sea posible la separación de sexos, guardando a la mujer todas las delicadezas que merece, y a las que ella debe también hacerse acreedora.

Comisión Episcopal de Ortodoxia y Moralidad, en 1959.

No hay dinero en España para que mi hija Lolita enseñe las tetas.

Lola Flores, estrella de la canción, en 1976.

Me parece fatal eso del destape.

Lola Flores, estrella de la canción, en 1977.

Lola Flores, por fin, desnuda.

Titular de la revista "Interviú", septiembre de 1983.

Nos hallamos ante una sociedad moralmente enferma.

Conferencia Episcopal Española, en 1990.

Desnudamos a Lolita Flores.

Titular de la revista "Interviú", septiembre de 1990.

Gracias por haber venido y pasen, no se queden a la puerta.

Luis Otero, autor de "La española cuando besa", en 1999.

Los domingos y fiestas de guardar en el parque de As Mercedes, aledaño al Colegio Menor Calvo Sotelo del Frente de Juventudes de Orense donde me instruía bachiller, instalábase un viejales cojitranco que con un chuzo aguijoneaba, pinchaba y del suelo recogía cuantas colillas se le presentaban al alcance de la visual y con ellas producía los cigarros del consumo propio y aún le daba para convidar. Lo llamábamos Mariscal Pitillo y se reconocía caballero mutilado a resultas de la metralla que le destrozó una cadera durante la guerra de África, en la operación denominada El Desastre de Annual, y lo dejó tergiverso de por vida. Los médicos, antes de intervenir para extraer el plomo, limpiar la herida y suturar el agujero, por el que se desangraba a chorros, lo habían dormido con cuartillo y medio de coñac.

—La metralla me truncó la carrera militar, pues a la sazón ya era sargento de cocina con una hoja de servicios intachable y a pique de ascender a brigada. La autoridad me compensó con nómina de caballero mutilado y una medalla de sufrimientos por la patria, vaya lo uno por lo otro. ¡A mí la Legión!

Realzaba atuendo y galanura con un quepis de sargento de regulares y una flor de papel en la solapa y gustaba de verse rodeado de una chiquillería devota que, a cambio de escucharle las leyendas del frente y otras hazañas de dudosa solvencia, no obstante que verosímiles, nos invitaba a cigarros elaborados a partir de las colillas recolectadas. Sentado en un banco del parque de As Mercedes y ocupado en la elaboración de los cigarros, raro se hacía que no interrumpiera faena para alzar la mano derecha y, cual complaciente madrina haciéndole el cinco lobitos tiene la loba a un insoportable sobrinito, reclamar la atención del auditorio:

—Esta mano que han de comerse los gusanos, si no empezaron ya, esta mano que aquí veis sin cobraros nada por verla, palpó grandezas que de seguro ni al general Millán Astray le fue dado palpar con su única mano de caballero mutilado —la chiquillería fijábamos la mirada en la mano supuestamente gloriosa de Mariscal Pitillo y realzada por un altorrelieve de sarmientos, arrugas, pústulas, venillas y purulencias.

Del hombro izquierdo de Mariscal Pitillo colgaba un mugriento y sebáceo zurrón de cazador o mochila de soldado de campaña con menudencias varias en su interior, entre las cuales los aperos de liar pitillos y una carpeta de gomas en la que guardaba recortes de prensa acerca de Carmiña y su vera efigie. Mariscal Pitillo había estudiado cuatro años de humanidades en el seminario conciliar de San Fernando, de Orense, y de eso le venía la afición a la literatura sacra que asimismo transportaba en la carpeta de gomas dentro del zurrón o mochila. Recogerse en el asilo de las Hermanitas de los Ancianos Desamparados, de Orense, se la había incrementado.

—Esta mano palpó mismamente el culo perentorio, con dispensa del vocablo, de Carmiña. ¡Y qué remolina, Dios, armó esta mano en el Asilo de los Ancianos Desamparados! Dios Nuestro Señor me haya perdonado.

—¿Y quién carajos es Carmiña? —pregunté yo.

Y mirándose la mano, continuó, como si no hubiera oído la pregunta:

—De haber justicia en España, esta mano sería más venerada que propiamente el brazo incorrupto de Santa Teresa, hoy dícese que en el palacio de El Pardo a las órdenes y servicio de Su Excelencia el Caudillo Franco.

Al nombrar a Su Excelencia el Caudillo Franco, Mariscal Pitillo se ponía de pie, tambaleante por la cojera, y llevándose una mano a la sien saludaba al modo castrense.

—¿Pero no vas a decirnos quién es la Carmiña esa?

Al finalizar la charleta, Mariscal Pitillo nos ofrecía la mano a fin de que la besáramos y a cada cual que besaba correspondía con el obsequio de un cigarro de personal factura. Mariscal Pitillo andaba majara de chaveta, a consecuencia de la bebida con que lo anestesiaron al resultar herido en la guerra de África, y tenía crisis de índole esquizofrénica que lo forzaban a recibir tratamiento de choque en el manicomio de Toén. Tras un mes, o más exactamente cuatro semanas, que había permanecido ausente recibiendo tratamiento de choque se presentó en As Mercedes y, sin saludar ni nada, lo primero que hizo fue contestar a la pregunta que me tenía pendiente:

—¿Y quién es Carmiña, quién va a ser? Pues la excelentísima Carmiña Franco, hija del Caudillo de España y Generalísimo de los Ejércitos de Tierra, Mar y Aire.

Mariscal Pitillo de la carpeta de gomas extrajo unos recortes de prensa, cachos de papel que hacían referencia a cuando, en las navidades de 1944, la excelentísima Carmiña Franco, con sus incipientes galas de mujercita bien plantadas y en su sitio, por ponerse de largo y ser presentada en sociedad sirvió, en mitrada compañía del obispo de la diócesis, una comida de caridad a trescientos desgraciados del Asilo de los Ancianos Desamparados de Madrid. Mariscal Pitillo era uno de los desamparados que en la fecha que nos ocupa comieron de gorra.

—Si bien que apenas tragué bocado por los embelesos que me causaba contemplar a Carmiña.

De las pláticas de Mariscal Pitillo dedujimos los escuchantes que los coitadiños del asilo de Madrid, hallándose a la deriva y como en pasmo e impresionados por mor del postín y las siluetas de Carmiña Franco, viéronse víctimas de una lipotimia o de un síncope o de simplemente un éxtasis, a lo que en el culo de la susodicha buscaron amparo y a él se agarraban desesperadamente, como quien se agarra a un clavo ardiendo, cuando la camarera se doblaba para servir el sopicaldo, ya se sabe que los viejos son como niños y pierden el equilibrio por menos de nada y al gatear buscan un culo del que prenderse y auparse y recobrar la verticalidad. En el Asilo de los Ancianos Desamparados el culo reventón de Carmiña de tal modo y forma empujaba procaz el percal invitando al pellizco y a la colleja que los más lanzados hasta se atrevieron, Mariscal Pitillo más que nadie, según lo ponderaba en el banco del parque de As Mercedes.

—Me puse las botas. Me harté bien hartado..., y no de comer.

De aquí le venía a Mariscal Pitillo insistentemente referirse al culo de Carmiña y con orgullo recordar cómo y cuándo se lo había palpado.

—Y tratándose del culo de Carmiña debiérase llamarse el salva sea la parte de Carmiña, pues la hija de un Caudillo no tiene culo, sino, como decimos, salva parte. Pero si mi mano debiera ser venerada, mucho más lo debe ser la del cirujano doctor, no me duelen prendas reconocerlo —susurraba Mariscal Pitillo, y se ponía lloroso.

—¿Cirujano doctor, dices, Mariscal Pitillo? ¿Quién es ése?

Y, malamente conteniendo los sollozos, explicaba:

—El marqués de Villaverde, cirujano doctor, que casó con Carmiña y duermen juntos. Claro, como son manos cirujanas van a sitios que a ambas dos las mías no les es factible.

Y definitivamente Mariscal Pitillo explosionaba en llantos.

A Mariscal Pitillo estar loco no le era óbice para ser un sentimental desesperanzado. Mariscal Pitillo no podía soportar que Carmiña Franco se hubiese casado con otro y el desaire le dolía en su orgullo legionario y alma un punto quebradiza. Mariscal Pitillo recordaba amargamente y entre suspiros el diez de abril de 1950, fecha en que Carmiña, su novia imposible, le dio una puerta para casar con don Cristóbal Martínez Bordiu, marqués de Villaverde, boda de la que todos hablamos y no hablábamos de otra cosa. De su carpeta de gomas extrajo numerosos recortes de prensa, amarillos por el tiempo y endebles por las dobleces, de entre ellos éste de la revista *Letras*, que se expresaba con entusiasmo y grandilocuencia: «Carmen Franco, alta, esbelta, arrogante, españolísima de color y rasgos vestía un traje de impecable sencillez, cerrado escote y línea estrecha por delante. La cintura, de avispa. Sobre el cuello, un bies, de donde se forma el gran manto, espléndido, primor de alta costura, que se desprende por detrás de un discreto escote en pico y se extiende con un

NOS interesa como mujeres conocer la proyección del
público en su hogar?... ¿De qué sirven unas brillant
lidades, un positivo genio, si este hombre que se co
en ejemplo no cumple sus primeros y respetables debere
casa?...

Por eso, en este Día del Caudillo queremos traer a n
páginas, como un íntimo y cariñoso reflejo, la figura sir
de nuestra camarada señorita María del Carmen Franco P
grata silueta pone siempre, al lado de su padre, una nota h
de afecto, de cariño, de verdadero testimonio familiar.

Ofrezcamos este delicado símbolo y sepamos entende
todo lo que significa de hogar, de vida sosegada y cum
de los propios deberes, sin dejarse arrebatar por los oropel
rodean una vida con brillos falsos y que no resisten esta
pa hogareña, en la que aparece—sin aparecer—, en un
de compenetración, la otra gran figura, tan amada y tan pre
en ésta.

(Revista *Y*, de la Sección Femenina, octubre de 1943.)

Carmiña Franco, múltiple y multiforme y multitudinaria.

acierto total de majestuosa elegancia.» Aparte de sorprendernos de que pueda llamársele «traje de impecable sencillez» a lo que es «primor de alta costura» y «de majestuosa elegancia», reparos de mayor cuantía cabe hacerle a la línea estrecha de por delante, al discreto escote de por atrás y a esa cintura de avispa de por el punto medio y ecuatorial, poco más o menos, con la silueta resaltándole nalga. Carmiña, amén de culo reventón, se marcaba pechos de prepotencia y alto profesorado, de elocuencia y avasallamiento, tal vez debido a buenos alimentos y abundante vitamina o a que se los entablillaba, de lo cual que los viejales del Asilo de Ancianos Desamparados se pasmaran, y Mariscal Pitillo como el que más. A lo mejor no era que el culo fuese reventón y que los pechos de prepotencia y que los alimentos buenos, a lo mejor era que el cuerpo humano no le cabía en el traje inhabitable:

> Hoy abundan los trajes ricos, muy ricos, ¿qué duda tiene?, pero que son inhabitables; no cabe en ellos el cuerpo humano que, o forceja por sacar a flote sus líneas a través de una indumentaria tan menguada de telas como de gusto, o asoma, atrevido y provocador, por donde no debiera, con quebranto más o menos grave de esta ley fundamental del pudor. Eso, señoras, es intolerable; y mucho más en la mujer, por naturaleza más pudorosa y de gusto más delicado que el hombre. (Cardenal Gomá, *Las modas y el lujo*.)

Tanto nos ponía los dientes largos Mariscal Pitillo ponderando las grandilocuencias de Carmiña que íbamos al cine no por la película propiamente dicha, sino por el Nodo, buscando en él a Carmiña, que del Nodo era actriz fundamental, cuando no estrella única, inaugurando un buque de la Armada, presidiendo una gala de la Cruz Roja o emprendiendo un vuelo trasatlántico en misiones de alta diplomacia. El gallinero del Principal éramos un alborozo de chiquillos encaramados que al verla en el Nodo suspirábamos y prendábamos y aplaudíamos y entusiasmábamos:

—¡Qué mollar, tú, Carmiña!

—¡Quién la pillara!

—Lo que es estar está de lo más bueno.

—¡Qué genio nutricio!
—¡Qué redondez de líneas!
—¡Qué culo!
—¡Qué salva parte!
—¡Salva sea!
—¡Qué lisura de carnes!
—¡Jo, el genio nutricio!

El genio nutricio de Carmiña era, en efecto, muy alabado por la lisura de sus carnes, por la redondez de sus líneas, ¿y por qué no por la redondez de sus carnes y la lisura de sus líneas?, por la simplicidad de sus ideas y por su genio nutricio, esto se nos ocurre porque hemos leído *Barro humano*, del médico don Antonio de la Granda:

> La mujer se alaba por la lisura de sus carnes, la largura de sus cabellos, la redondez de sus líneas, la simplicidad de sus ideas, lo profundo de sus sentimientos y la rapidez de sus intuiciones. Por otra parte, la mujer es el genio nutricio, mantenedor y doméstico; el hombre, en cambio, representa el genio público y cognoscitivo. Hay, pues, un sentido femenino y un sentido masculino de la vida. Y así como lo femenino tiende a la quietud, lo masculino tiende al movimiento.

¿A qué movimiento, don Antonio de la Granda?

Sería al Movimiento Nacional.

Sí, al Movimiento Nacional tendíamos mucho, a ver, reparen en esta aclaración del periódico *ABC*, 1941, noviembre, y convénzanse:

UNA ACLARACIÓN

Don Bartolomé Barceló, funcionario del Cuerpo de Correos, no tiene nada que ver con otro Bartolomé Barceló, perseguido por sus ideales izquierdistas y su filiación a sociedades secretas.

A fin de evitar confusiones y de que quede perfectamente clara su adhesión a nuestro glorioso Movimiento Nacional, publicamos gustosos esta nota.

Según el reglamento del Colegio Menor Calvo Sotelo del Frente de Juventudes de Orense donde me instruía bachiller, «los Colegios Menores del Frente de Juventudes se crean para formar minorías selectas que puedan reconquistar en un futuro próximo los puestos rectores de la sociedad española en sus múltiples facetas», o sea, que me estaba instruyendo para rector de la sociedad española en sus múltiples facetas y yo sin darme cuenta. Si a Mariscal Pitillo meramente que caballero mutilado y anciano desamparado le había sido posible de cerca observar, hasta tocarlo, el culo de Carmiña, ¿a qué empresas no sería yo asignado, siendo que iba para rector de la sociedad española en sus múltiples facetas? Por ver a Carmiña me estaba haciendo un asiduo del cine y me asustaba volar al cielo prematuramente, antes de llegar a rector de la sociedad española en sus múltiples facetas.

Conozco una madre que llevó consigo una noche al cine a su hijito de seis años. Aquella criatura se impresionó tan fuertemente por la película, que la madre pudo observar durante el sueño del angelito en aquella misma noche su respiración fatigosa y horrible pesadilla que le ponía convulso. A las primeras horas de la mañana llamó al médico, pero era ya tarde: una afección cardíaca aguda, fulminante, minaba a toda prisa la existencia de aquel niño, que, presa de delirios terroríficos, con gesticulaciones de espanto y jadeos rapidísimos, como si reprodujera lo visto horas antes en la película detectivesca, a mitad de la mañana de aquel mismo día voló al cielo sin que las

Da de comer al hambriento y Dios te dará sustento.

(Edelvives, *Gramática*, grado preparatorio.)

Si mamá tiene chófer uniformado siempre es más fácil dar de comer al hambriento.

medicinas y los esfuerzos de los doctores fueran bastantes a retardar el desenlace funesto. (Ricardo Delgado Capeáns, padre mercedario, *La mujer en la vida moderna.*)

El placer de contemplar a Carmiña en el Nodo subiendo una escalera o doblándose para besar a un niño o coger una flor me pagaba sobradamente el riesgo de ascender al cielo en volandas de una afección cardíaca aguda. Por mucho que la Sociedad Pediátrica Española se empeñe.

En la Sociedad Pediátrica Española fueron presentados algunos casos, entre ellos el de una niña de doce años que había intentado suicidarse bebiendo una gran cantidad de ácido clorhídrico. Devorada esta niña por los efectos de aquella sustancia, y sintiendo en sus delicadas entrañas todo el escozor de las extensas quemaduras, hubo de sufrir una operación en el estómago e intestinos. Preguntada esta niña por uno de los operadores cómo había adquirido la noción de matarse en aquella forma y con aquella sustancia, contestó sencilla y llanamente: "Lo aprendí en el cinematógrafo." (Ramiro Camacho, presbítero, *Profilaxis espiritual.*)

Me había hecho frecuentador de los cines, yo quería ver a Carmiña en el Nodo besando niños y subiendo escaleras, pero lo que

GRAFICO N.º 11 — **CUMPLIR LA PENITENCIA**

La última condición para confesar bien es cumplir la penitencia que el confesor nos impone.

La voluntad de aceptar y cumplir la penitencia es indispensable para que se perdone la culpa de los pecados: el cumplimiento de esta penitencia, o satisfacción actual, es necesaria para que se perdone total o parcialmente la pena temporal de los mismos: el que no satisface en este mundo tendrá que satisfacer en el otro; y sin esto, no es posible la entrada en el Cielo. El gráfico nos pone una comparación muy clara y comprensible, para todos.

(José Mª Aguilar Areu, *Gráficos de catecismo.*)

No todo el cine era calamidad y diluvio.

más veía era calamidad y diluvio, una visión compartida por don Ángel Ayala (*Consejos a los jóvenes*), jesuita y formador de juventudes:

> El cine es la calamidad más grande que ha caído sobre el mundo desde Adán acá. Más calamidad que el diluvio universal, que la guerra europea, que la guerra mundial y que la bomba atómica.

Pero, por ventura y parabién, no todo el cine fue calamidad y bomba atómica, sino ejemplo de lo que debe ser y norma para cineastas venideros, hablamos de la hermosa película de título *Viviendas protegidas*, por méritos comprobados y razones evidentes declarada de interés nacional, y que, lejos de llevar dentro besos hollywoodenses y a Gilda quitándose el guante y a la Loren asomando grandezas pectorales, llevaba cemento, pintura al temple y alicatados, ingredientes que, como es fama y está demostrado, no solivianta las bajas pasiones de nadie ni se la ponen dura al más rijoso de los mortales ni socavan los fundamentos del hogar. Del diario *Ya*, septiembre de 1945:

Viviendas protegidas, de interés nacional

Por el ilustrísimo señor subsecretario de Educación Popular ha sido concedido con fecha 14 de septiembre el título de película de interés nacional al documental español titulado "Viviendas protegidas", realizado por la Sección de Divulgación Social del ministerio de Trabajo, de acuerdo con la Orden de 15 de junio de 1944.

Se trata, además, de una hermosa película en la que acaban ganando los buenos, a saber: el aparejador, el maestro albañil, el promotor inmobiliario y los cabezas de familia numerosa, sobre todo si se trata de excombatientes, camisas viejas, mutilados de guerra y otros preferentes para la adjudicación de un pisito alicatado y de protección oficial. La película sobre el alicatado hubiera mejorado notablemente su interés nacional acoplándole, a modo de comentario y efectos sonoros, lo que, por 1943, Blas Pérez González, ministro de la Gobernación, dijo al hacer patriótica, santificante y generosa entrega de unas viviendas protegidas:

> Estas viviendas que en nombre del Caudillo os entrego significan que en ellas debéis crear hogar, vivero de virtud. Significa que en estos hogares recéis a Dios para que seáis heroicos, ya que sin heroísmo no se concibe la Patria, y que recéis también por Franco.

Lo que dicho en plata es que, por ejemplo, te beneficias a la de la mercería en uno de los pisos de don Blas y equivale a dos meses en la División Azul o a comulgar por los primeros viernes. Me parece que a don Blas Pérez González había que sacarlo más en las películas, de actor. Las inauguraciones del camarada Arias Salgado, ministro de Información y Turismo, se acompañaban de una lealtad franquista equiparable a la de don Blas, pero con más aparato evangélico y derroche cristiano, veamos cómo lo hizo el 27 de mayo de 1952:

> En nombre del Padre, del Hijo y del Espíritu Santo. Con estas sagradas palabras quiero inaugurar oficialmente y poner en servicio una nueva emisora de Radio Nacional de España en esta grande y próspera ciudad de Barcelona. Que desde sus estudios, y a través de sus micrófonos y en alas de sus ondas invisibles, la gloria y el servicio de Dios y la gloria y el servicio de España y su Caudillo sean siempre el fin, el norte y la guía de sus programas y emisiones.

El camarada Arias Salgado debiera ser director de cine. Si el director de cine fuera ministro de Información y Turismo inauguraría los rodajes con sentimiento cristiano, y la película remataría con la expresión ITE, MISSA EST, más litúrgica que la vulgar palabra FIN, o que el yanqui, ateo y colonizador THE END. Íbamos mucho a ver *Viviendas protegidas*, pues nos salía barato y estábamos calentitos, sólo con unos aplausos y coreando los gritos de rigor y cantando el caralsol ya pagábamos, si bien nos poníamos perdidos de los nervios al atisbarle las tetorras a la bienalimentada vecina de asiento, que siempre era la señora del gobernador civil y jefe provincial del Movimiento, y viéndoselas nos santiguábamos llenos de admiración y acción de gracias, queda inaugurada la señora del gobernador. A veces era la cuñada del gobernador y entonces decíamos queda inaugurada la cuñada del gobernador. Es que los gobernadores civiles se pasaban el cargo viendo con su señora y con su cuñada *Viviendas protegidas*, y, claro, la señora del gobernador nos ponía de los nervios cosa mala. Y la cuñada del gobernador, también.

¡Con aquella ropa interior limpia!

¡Oh, aquellas lencerías!

¡Lencerías de París!

¿Quién no quiso meterle mano a una gobernadora?

¿Quién no se la metió?

¿Y no habíamos de ponernos de los nervios cosa mala?

> El cine, siendo muy nocivo al sistema nervioso, según la ciencia médica, abrevia indefectiblemente en vuestros hijos las alburas y contentos de la más feliz etapa de la vida del hombre y los introduce de un salto en las negruras de anticipada vejez, desgastándoles el sistema nervioso por el enorme esfuerzo que de él supone, y por la hiperestesia que con la emotividad y la rapidez de las escenas les produce. (Ricardo Delgado Capeáns, padre mercedario, *La mujer en la vida moderna*.)

Sí, el cine nos ponía perdidos de los nervios.

Y nos anticipaba la vejez.

Hiperestésica y consecuentemente tan envejecedor es el cine que hanse dado casos de niños de once años o aun menos que entraron a una sesión continua sin apenas saber leer y salieron con toda la barba y la carrera de ingeniero de caminos terminada. Con algo de suerte, yo, que iba para rector de la sociedad española en sus múltiples facetas, podría salir con el grado de subsecretario de Obras Públicas o delegado nacional de Prensa del Movimiento. Niñas hubo que entraban con el chupete en la boca y salían con dos tetas como dos carretas y con el título de corte y confección por correspondencia en el entrecanalillo. La camarada Mercedes Suárez Valdés (*Infancia de hoy, juventud de mañana*) fue a un bautizo a Burgos y así lo narra:

> En Burgos, durante la guerra, asistí al bautizo de una niña, hija de camaradas madrileños evadidos, a quien sus padres inscribieron en Falange en la O.J. cuando hacía una hora que la niña había entrado en el mundo. Esta niña recibió el Bautismo llevando puesto en el faldón, en el lado izquierdo del pecho, sobre el corazón, el yugo y las flechas, bordados en rojo, sobre un trocito de tela azul oscuro. Los camaradas que fuimos invitados al bautizo, tanto de la Sección Femenina como de la masculina, de la Representación de la Falange de Madrid, fuimos de uniforme, porque los padres de la niña, falangistas cien por cien, querían que en el bautizo de su hija hubiese muchas camisas azules.

La camarada Mercedes Suárez Valdés, puericultora y falangista, conoció en Burgos un falangista hiperestésico y prodigioso y mire cómo lo cuenta en el libro susodicho:

> También en Burgos, y durante la guerra, conocí a un niño de los más guapos que he visto, no llegaría a los tres años; era un chiquillo precioso, hijo de falangistas; sus padres le habían puesto por nombre José Antonio. Pertenecía ya a la O.J. y parecía un muñeco con su uniforme. El ir así vestido era el mayor orgullo de este niño; a todo el mundo le decía que era falangista y que quería ir al frente. Bastaba con que le dijesen que tal o cual cosa la hacían o no la hacían los buenos falangistas, para que él hiciese o no hiciese aquello; obedecía al punto si le decían que, siendo desobediente, no podría ser falangista de ninguna manera, ni llamarse José Antonio, y que tendrían que quitarle la camisa azul, que no podría ponérsela nunca más. Esto era para él el mayor castigo con que podían amenazarle.

Si la niña del faldón y el niño prodigio fueran juntos al cine del parvulario, hiperestésica y consecuentemente saldrían como podemos ver en esta bella postal, pedagógica y falangista, de 1942, casándose, lo más seguro que de penalty y hartos de fornicar como corresponde a dos cinéfilos hiperestésicos:

En el cine yo buscaba a Carmiña y sólo encontraba amor sensual e ilegítimo. «El cine es una provocación directa de la lujuria, una apología del amor sensual e ilegítimo.» (Camacho, *Profilaxis espiritual.*) A veces encontraba a la señora del gobernador civil, las menos. Que el cine fuese provocación y calamidad era debido fundamentalmente a que los directores de cine no tenían sobresaliente en Derecho Canónico. Ahí está el quid de la calamidad y la provocación, en que los directores no tienen sobresaliente en Derecho Canónico. No hay más que fijarse en *Dos mujeres y un amor.* El padre dominico Antonio García Figar, excelso formador de juventudes, se había fijado y, en *Anuario de la enseñanza privada en España,* 1947, escribió:

> Citemos un ejemplo: "Dos mujeres y un amor". Se trata de un matrimonio celebrado civilmente. Estos matrimonios son legales en algunos países, y lo son igualmente entre individuos que no profesan

la religión católica, lo mismo que entre los paganos. Con la misma ligereza que se celebran se rompen. Ello es absurdo, pero así sucede. La Iglesia condena el matrimonio civil entre católicos. Los católicos lo saben. Así como condena el divorcio entre los mismos, o sea, que sostiene la indisolubilidad del matrimonio. En algún caso, cuando el matrimonio no ha sido consumado, el Papa puede disolverlo y, de hecho, disuelve alguno. Son pocos los que conocen este caso. Pues es el caso de la película aludida. Claro está que se barajan conceptos y hechos dispares que el buen entendimiento de los espectadores puede explicar. ¿Cómo se va a exigir a un profano conocimientos canónicos de alguna envergadura? Y los guionistas y directores de cine no han cursado el Derecho Canónico. En España no falta algún director de películas que tiene hasta sobresaliente en él.

Es probable que el director de *Viviendas protegidas* tuviera sobresaliente en Derecho Canónico. Y que el ministro Arias Salgado, también. Si el director de cine tuviera sobresaliente en Derecho Canónico, en vez de hacer apología del matrimonio civil trasladaría a la pantalla historias de regeneración moral, sensibilidad cívica, unión familiar, raigambre patriótica y arrojo militar, tal que ésta esbozada por el Patronato de Protección a la Mujer (*Informe sobre la moralidad pública en España*), memoria del año 1942:

Expediente núm. 45. —De diecisiete años, natural de Madrid. Durante la guerra de liberación vivía con unos tíos e iba a comer con su padre, el cual un día la maltrató porque no había ido a verle. Por este motivo, dice que abandonó la casa y a la noche se presentó en un cuartel de milicias, donde manifestó que estaba abandonada y no tenía albergue. Uno de los soldados se brindó a acompañarla deshonrándola en el camino. Después merodeó por los cuarteles, comiendo las sobras de los mismos, a cambio de pequeños servicios, tales como limpieza y costura de las ropas de los soldados; volviendo a casa de sus tíos, donde no quisieron recibirla, por haberse escapado; pero conseguida su admisión, al poco tiempo volvió a huir; y al sentir el hambre, se dedicó a la prostitución, cobrando diez pesetas por este servicio; aunque no dedicándose a él mientras no le era imprescindible para su subsistencia. Fue hallada en una chocolatería a altas horas de la noche, y desde una Comisaría, trasladada al Patronato.

Una enaltecedora historia que arranca en la guerra de liberación y termina en la chocolatería con los pingajos pringándole de los labios a la protagonista. Pero ¿qué hacía en la chocolatería?

Ésa es buena pregunta.

¿Acaso crucigramas?

¿O pompas de jabón?

¿Jugaba al billar?

¡¡¡No!!!

Engullía chocolate.

Y al entrar los policías en el establecimiento y verle los chorretones en la comisura dijo el comisario jefe:

—Aquí hay cacao.

Y se la llevaron al Patronato.

El Patronato de Protección a la Mujer había sido creado por el ministerio de Justicia en noviembre de 1941, con el objetivo de alcanzar «la dignificación moral de la mujer, especialmente de las jóvenes, para impedir su explotación, apartarlas del vicio y educarlas con arreglo a las enseñanzas de la Religión Católica». Otro argumento digno de un director con sobresaliente en Derecho Canónico:

> No hace aún mucho tiempo vivía en una de nuestras grandes capitales una joven, deslumbradora por su belleza, y que no se privaba de ninguno de los placeres que su fortuna y su vanidad le permitían. Los que se cruzaban con ella no podían contener una exclamación: "¡Para ésta es la vida!" y la miraban con ojos llenos de envidia. Una madrugada, al volver de una fiesta suntuosa, sintió unos escalofríos; muy poco después, una pulmonía grave hizo su aparición, poniéndola entre la vida y la muerte. Por una de esas ironías de la vida, su modisto le llevó un preciosísimo traje de noche, cuando mayor era la gravedad de su estado. Lo estuvo contemplando largo rato; y en el ardor de la fiebre que la consumía, asistía con su imaginación a la fiesta en que pensaba haber llamado, una vez más, la atención de todos. Por su fantasía desfilaban sus amigas, a las que contemplaba radiantes de belleza y de ventura. Reían, gozaban, bailaban: "¡Para ellas era la vida!" La muerte vino a poner una mueca de dolor en sus labios y en sus ojos, cuando estaba envidiando una dicha, que, hasta muy pocos días antes, todos envidiaban en ella.

¿Gozaba esta joven la verdadera felicidad? Era rica, disfrutaba de los placeres de una vida despreocupada, se veía honrada y admirada. Y, sin embargo, era tan débil la base sobre que se asentaba su felicidad, que un poco de aire frío la derribó, y el ídolo sintió envidia de la felicidad ajena. (Santiago Navarro, claretiano, *Orientaciones*, 1947.)

Si el director fuera canónigo, que también los canónigos tienen sobresaliente en Derecho Canónico, como del propio nombre se infiere, luego de filmar a los protagonistas compartiendo alcoba y cama, por exigencias del guión, les absolvería los pecados de la carne en ayuntamiento con el sacramento de la penitencia, por exigencias de la religión; si el director fuera canónigo, llevaría sotana con ribetes rojos, que adorna y da mucha prestancia a los directores, siempre tan estrafalarios en el vestir y de torpe aliño indumentario; si el director fuera canónigo, al comenzar el rodaje los actores en vez de darle los buenos días le besarían la mano. Si el director de cine fuera canónigo con sobresaliente en Derecho Canónico haría un guión con el triste caso de la glotona, curiosa y desobediente niña Margarita.

EL TARRO DE MIEL

Un día, hallándose ocupada en la cocina la madre de la niña Margarita, dijo a ésta:

—Hija mía; ve corriendo a buscarme un limón; aquí tienes la llave de la despensa.

Cuando la niña se encontró sola, examinó todo con avidez por ver si descubría alguna golosina con la que pudiera regalarse en secreto. Muy pronto vio sobre una tabla un vaso, en el cual sabía que había miel. Entonces se alzó de puntillas cuanto pudo para llegar al vaso y meter en él la punta del dedo. Mas apenas lo hubo introducido, cuando sintió una fuerte picadura. Lanzó un grito, retiró rápidamente la mano y vio agarrado a su dedo un tremendo cangrejo que se había cogido con sus pinzas, de las que no sabía cómo soltarse. En efecto, la madre había vendido la miel pocos días antes, y como el pote estaba vacío, puso en él cierta cantidad de cangrejos, cosa que ella sola sabía. Al grito de la niña acudió la madre alarmada, separó las pinzas del cangrejo y le dijo:

—Sírvate esto de lección y de ligero castigo. La golosina podrá tener para ti consecuencias todavía más grandes si no te corriges de ella. Muchas personas hay que, una vez acostumbradas a ese vicio durante su juventud, derrochan luego su dinero, destruyendo su salud y, lo que es peor aún, perdiendo su alma. (*Sentimientos*, primer libro de lectura para tercer grado, Ediciones S.M., 1960.)

¿Lo ven qué edificante?

Puede mejorarse el mensaje añadiéndole una de estas tres secuencias:

1) La madre de niña Margarita es denunciada por malos tratos e imprudencia temeraria y paga con la cárcel sus fechorías.

2) Ante la casa de niña Margarita manifestación de ecologistas contra la cría de cangrejos en cautividad.

3) Por la picadura de los cangrejos niña Margarita fallece desesperadamente con los jadeos y estertores propios de los orgasmos masturbatorios.

Yo interpretaba, sagaz, el tarro de miel como una metáfora malsana de las manos que van al pecado y vuelven trasquiladas. Yo pensaba en Margarita y me la imaginaba dudando ante el tarro de miel, ¿me la zampo o no me la zampo?, como Hamlet ante la calavera, muy teatral, muy cinematográfico, dudando antes de meter la mano en el tarro de los cangrejos, ¿la meto, no la meto? Margarita alarga la mano..., la aproxima..., la mete..., metió la mano..., ¡ya!, «el primer pecado solitario está cometido. La desgraciada muchacha se metió por sí misma en el pantano..., se corrompió a sí misma. El "placer" apenas si duró medio minuto. Pero se abrió la primera brecha en el baluarte de la fortaleza... Por esa brecha se escurrirá, poco a poco, toda la energía y belleza de aquel cuerpo joven y toda la frescura y delicadeza de aquella alma». (Tihamér Tóth, *Pureza y hermosura,* edición número 15, 1967.) Si el director de cine no fuera canónigo sería un tipo carente de principios éticos y, por lo tanto, siervo del vil metal o pasta gansa y de los masónicos mercados internacionales. Si el director de cine fuera un tipo carente de principios éticos, sustituiría el frasco con cangrejos por una caja misteriosa con veneno para los ratones y a niña Margarita la llamaría niña Martita, o sea, una doble versión con mucha demanda en los masónicos mercados internacionales.

LA CURIOSILLA

Una tarde mamá salió de compras.

—Mira, Martita: He cerrado con esta llave el cuarto de Isabel. Tómala y cuando ella venga se la entregas. Nadie ha de entrar en esa habitación antes de que Isabel vuelva. Hasta luego, hija.

¿Qué misterios tendrá mamá? No sé..., ¿por qué no se podrá entrar en ese cuarto? ¡Ay, qué llavecita más pícara!

—Juega conmigo —le dice con su brillo chillón—. ¡Mira qué bonita soy! ¿A que no me sabes meter por el agujero de la cerradura? ¿A que no puedes abrir?

—Sí sabría; pero mamá no quiere.

—¡Anda, méteme por el agujerito! ¡Mira qué redondo es!

—No, no, a ti no te meteré..., pero asomaré un ojito por el agujero de la llave.

—¿Y eso lo querrá mamá? —pregunta otra vocecita allá dentro, dentro...

—Mamá siempre me dice que soy curiosa, es verdad... Pero yo sólo miraré un poquito... ¡así!

Sobre la mesa de Isabel hay una cosa; ¡parece una caja de bombones!; ¿serán bombones?, y ¡qué ricos deben ser!.. Pues sí... sí que entra esta llave. Así se le da la vuelta. La llavecita hace "ric, ric..." El corazón de Martita hace "pom, pom". Ya está la puerta abierta... Martita da unos pasos de puntillas, hacia la caja misteriosa... ¿Debajo de la tapa qué hay? Un papel negro. ¿Y más abajo?, ¿bombones?

—¿A ver? Parecen pastillas blancas..., deben ser de azúcar..., ¿y si las probara? Sólo un pedacito..., una... Isabel no se dará cuenta... No está mala, pero..., pero, ¡qué sabor más extraño!

—¡Martita!, ¿qué has hecho? —grita Isabel desde la puerta.

¿Por qué la mira Isabel con esa cara de susto? Martita también se asusta mucho, mucho, y rompe a llorar. ¿Por su desobediencia? ¿Por haber sido tan curiosilla? ¿Por el disgusto que tendrá mamá? ¿O porque desde que probó aquello que parecía azúcar siente dentro como si muchos ratoncitos la fueran royendo, royendo?

¡Ay, pobre Martita! No eran de azúcar, no, las pastillas blancas. Eran de veneno para cazar los ratones.

¡Y ha sido cazada la pobre nena desobediente y curiosa! (S.T.J., *Mi libro de lectura*.)

¿Qué es eso de decirle a Martita: anda, méteme por el agujerito? ¿Veneno para ratones?
¡¡¡Veneno para cazar elefantes debieran ponerle a la nena!!!
Como en el extranjero los directores de cine no eran canónigos, en las pantallas españolas las estrellas mundiales del tecnicolor se salían a cachos por los intersticios de los bikinis breves y a través de los resquicios mostraban ombligo y depilatorios inguinales, con gran espanto de la jerarquía civil, del mando militar, de las congregaciones marianas y del jesuita David Meseguer (*Juventud y moral*), que reñía a las feligresas:

> ¿Mujer, con ese tu traje de baño, esqueleto de traje, eres ocasión próxima de pecado mortal para los que te miran? Pues no se te perdona el pecado y no te puedes acercar a los Sacramentos si no la dejas o la haces remota arreglando y cristianizando ese tu bañador. ¿Norma práctica? Es difícil precisar. Pero hay modelos —muchos y muy variados— que repugnan a una conciencia cristiana y sensata, aunque se digan de última moda. Cierto justo medio es muy del agrado de Cristo y aun de las almas normales y sensatas.

Si los directores de cine extranjeros fueran canónigos, en los descansos para el bocadillo se meterían dentro del confesionario o, en su defecto, dentro de una cabina telefónica o de un ascensor o de un armario ropero de tres cuerpos para confesar, amonestar, asesorar y, si procediere, absolver a las estrellas mundiales proclives a salirse a cachos por el bikini. Los directores de cine españoles, como eran canónigos, se paseaba por los platós y los escenarios naturales con una cinta métrica al cuello, a modo de estola, para cubicarles a las actrices los escotes y las ingles, si bien egregios historiadores sostienen que las actrices españolas de aquel entonces no tenían ingles y sólo raramente y en casos muy especiales tenían escote. Si los directores de cine fueran canónigos, a las diseñadoras del vestuario les exigirían un aprobado alto, por lo menos, en Derecho Canónico. Si las diseñadoras del vestuario tuvieran aprobado alto en Derecho Canónico, el traje de baño constaría de dos piezas.

—¿Un bikini, pues?

—No se precipite, señora sastra. Se nota que usted no tiene ni aprobado alto en Derecho Canónico.

Cuando los canónigos llevan al cuello una cinta métrica en vez de estola seguro que son directores de cine diplomados en corte y confección. Los canónigos diplomados en corte y confección cortan y confeccionan unos trajes de baño de dos piezas muy decentes siguiendo este patrón propuesto en la revista *El Mensajero del Corazón de Jesús* (verano de 1950), tome nota, señora sastra:

> Respecto al traje de baño, yo no me creo ni con arte ni con idea para lanzar un modelo; sólo tengo buena voluntad. Pero a mí me parece que debe ser de dos piezas. Una que cubra el cuerpo hasta la ingle. Y otra con falda por encima, que llegue hasta el hueso del centro de la rodilla. Desde luego sin manga, pero con hombrera ancha que llegue adonde se colocan las mangas, y de escote diez centímetros por delante a contar desde el hueco de la garganta y unos quince por atrás, a contar desde el hueso que tenemos en el centro al terminar el cuello. A esto no creo que nadie lo pueda llamar cursi ni rancio; y al mismo tiempo tampoco nadie lo tachará de escandaloso. Sería un traje de baño moderno y decente, que debe ser el ideal. Y con la falda airosa, puede resultar verdaderamente mono. ¿Por qué no nos decidimos a que nosotras y nuestras hijas y todos los que de nosotras dependan traigan un traje que no pase de ahí?

Se sugiere que los directores de cine diplomados en corte y confección tengan cuello, no les llega con tener sobresaliente en Derecho Canónico. El cuello es muy útil para sostener la cinta métrica a modo de estola o bufanda. El reverendo Ángel Ayala, por jesuita insigne y fundador de la Asociación Católica Nacional de Propagandistas, era de rango equiparable o superior a canónigo y guionista a lo divino y tenía cuello, pero cinta métrica nunca la llevaba puesta.

> Mariano. —Un caso de conciencia, padre Nazario.
>
> Padre Nazario. —Tú dirás.
>
> M. —Me han invitado a ir en auto con otro amigo y dos chicas. ¿Qué le parece a usted?
>
> P. N. —¿Son chicas serias?

M. —Mucho.

P. N. —¿Son de comunión diaria?

M. —Sí, como mi amigo y yo.

P. N. —¿Son de virtud sólida, como si dijéramos, dos santas?

M. —Tienen fama de eso.

P. N. —Pues entre santa y santo, pared de cal y canto.

M. —¿Luego nunca podremos salir solos?

P. N. —Desde luego que sí... Cuando seáis los cuatro de cemento armado.

M. —¿Es pecado ir solos?

P. N. —Es feísimo.

M. —No lo veo.

P. N. —Y peligrosísimo.

M. —Lo veo menos.

P. N. —Y escandalosísimo.

M. —Debo estar ciego.

P. N. —¿Usas lentes?

M. —Color azul.

P. N. —Así son las de tu alma.

M. —¿Y porque son azules lo veo todo bello e inofensivo?

P. M. —Porque te has deformado: por el cine, por el ambiente, por la costumbre, por la falta de instrucción ascética, por las amistades.

M. —Las lentes de usted deben de ser negras.

P. N. —Son las de la Iglesia, que no tiene lentes de color, sino blancas, tomadas de la óptica del Evangelio, que dan a cada objeto el color de su naturaleza. Las excursiones en auto, de dos chicas con dos chicos, la Iglesia las ve simplemente feas e intolerables. (Ángel Ayala, *Consejos a los jóvenes*.)

Yo debía de mirar el cine con las lentes negras del padre Ayala, pues, por largo tiempo y ya superados los años bachilleres, hallándome soporado y en horas de nadie yo me imaginaba a Carmiña en el Nodo doblándose para desarrugar una media. Al verlo sobre la piedra de sillería de las fachadas, ya borroso de lluvias y décadas, el eslogan

Una Patria,
un Estado,
un Caudillo:
¡Franco!

se me entreveraba con los flancos de las hembras al paso, se me aglomeraban los pensamientos y motivaban que me viese ensimismado en la Carmiña del Nodo de mi última película, doblándose para desarrugar una media y el aludido eslogan sin esfuerzos ni pretenderlo me quedaba en

Una Patria,
un Estado,
un Culo:
¡Carmiña!

y automáticamente pensaba en la señorita de falda ajustada que subió al tren tras ímprobos esfuerzos por levantar la pierna.

> Llegaba el tren a la estación. Una señorita pretendió ganar el estribo. Tan ajustada llevaba la falda, que no lograba levantar la pierna; parecía (perdonadme la comparación) uno de esos caballos con maniotas que a fuerza de saltos menudos consigue nuevo pasto. Urgía, y unos brazos varoniles la auparon hasta la ancha ventanilla, por la que entró, candorosa, con la sonrisa en los labios, como palomita en el arca con su ramo de oliva en el pico. Y las que así visten se ven forzadas a caminar pasito entre paso, cosa muy aristocrática, si queréis, pero que debe ser la tortura de las que tengan asuntos perentorios, ya que requieren, para el mismo camino, el doble de tiempo. Y si a las tales se le cae algún objeto, ¡qué compromiso!; para bajarse se someterán irremisiblemente a equilibrios y contorsiones; les parecerá que se ha desnivelado el suelo o que se ha abierto una zanja a sus pies, a cuyo fondo no acaban de llegar nunca. (Alonso Ortiz, jesuita, *El ídolo de la mujer*, 1950.)

A la estación del ferrocarril, sita en el barrio de San Francisco, acudía solapada y reiteradamente por si alguna señorita de falda ajustada urgía unos brazos varoniles que auparan, unas manos que empujaran. La buena suerte en más de una ocasión me propició el espectáculo circense de que una señorita de falda ajustada intentara ganar el estribo o se le cayera algún objeto, no lo niego, pero en sólo el espectáculo se detuvo mi buena suerte, no tan buena, al parecer, y nunca me fue dada la oportunidad, ¿y qué digo oportunidad?, el privilegio de que mis brazos auparan y mis manos empujaran, y eso que iba para rector de la sociedad española en sus múltiples facetas. Arrancaba el tren y las bielas al pedalear semejaban una prolongación activa de las piernas con maniotas de la señorita de falda ajustada, bufaba la máquina a vapor y viéndola echar humo me lo imaginaba humo desprendido por la señorita de falda ajustada fumando y dormitando con un vendedor de ultramarinos de tercera categoría en el regazo. El padre paúl Daniel Vega podría referir casos similares, y en *Las modas al ridículo* refiere éste:

> **Puedo referir el caso presenciado en un ferrocarril, que al quedarse dormitando una señora apurado ya el cigarro, se quedó con la colilla pegada en el labio inferior, igual que lo hemos contemplado cien veces a un vendedor de ultramarinos en comercios de tercera categoría.**

Se quedaban dormidas con un cigarro en los labios, sería por el chachachá del tren que las mecía y por la carbonilla que se les metía en los ojos y las cegaba. En el ferrocarril sucedían cosas muy raras, algunas señoras hasta se dormían con una colilla en la boca y un vendedor de ultramarinos de tercera categoría en el labio inferior. Arrancaba el tren y luego de acordarme del vendedor de ultramarinos de tercera categoría me acordaba de la joven de mirada asesina que perdió la maleta:

SEMANARIO GRAFICO NACIONALSINDICALISTA

FOTOS

AÑO IV - N.º 150 - 13 ENERO 1940
DIRECTOR: MANUEL FERNÁNDEZ-CUESTA

Carmencita Franco, rodeada de niños del barrio de Usera, a los que regaló juguetes y prendas de abrigo

CARMENCITA FRANCO

visita los hogares de los humildes y reparte prendas de abrigo y juguetes entre los niños del barrio de Usera

La fiesta de los Reyes Magos ha tenido este año una significación, una emoción y una brillantez excepcionales. Después de las tres fechas en blanco — 6 de enero de 1936, 1937 y 1938 — en las que el odio rojo suprimió la anual visita de Melchor, Gaspar y Baltasar, este 6 de enero de 1940, pletórico de ilusiones, cargado de juguetes, con las espectaculares cabalgatas otra vez en las calles del Madrid recobrado, ha constituído, por muchos motivos, una fecha difícilmente olvidable.

Tres años — tres largos años — se han pasado sin juguetes los niños madrileños. Tres años en los que el terror hacía todas las noches su mueca de espanto a sus almas ingenuas. El padre, preso, o peor todavía, asesinado en una de las terribles «sacas» de las cárceles.

La madre, en las colas, soportando las vejaciones y los insultos de las que Unamuno acertó a calificar expresivamente: las tiorras. Y los niños, en casa, temblando de miedo, mas con la esperanza puesta en el amanecer seguro de la Victoria.

En ésas noches tétricas, mientras los mayores sacrificaban sus lentejas para que los chiquillos pasaran menos hambre, se les hablaba de la fiesta de los Reyes en los tiempos de la paz. Los más pequeños — los que nacieron un poco antes de la guerra y en la guerra misma — no conocían la tradicional costumbre y las palabras con que sus padres se la explicaban dejaban en sus mentes puras la gran interrogación de la incertidumbre. ¿Sería verdad tanta belleza? En sus sueños fantásticos no se habían atrevido a llegar a tanto.

Los niños — los buenos niños de la zona no liberada — han alimentado durante estos tres años sus mejores esperanzas. Sus pequeños zapatitos han esperado esta oportunidad en el Madrid sin luz.

La hija del Generalísimo conversa en la calle con las niñas del barrio

(Revista *Fotos*, enero de 1940.)

Carmiña Franco repartiendo prendas de abrigo y juguetes en los hogares de los humildes… ¡y sin darle asco!

¿Qué opinión pueden formarse los viajeros de una joven que se sienta con una pierna sobre la otra, que se ciñe el vestido, fuma impertérrita, lanza miradas asesinas, se mezcla en conversaciones que no rezan con ella, busca mil medios para concentrar en ella la atención de todos? De éstas serán seguramente las jóvenes de que con frecuencia tienen que ocuparse las crónicas de los periódicos; enternecidos ante los cumplimientos de cualquier gomoso, se dejan fácilmente engañar, dejando, por la menor cosa, perdida la maleta. Tiempo ha, una joven conoció en el tren a un chico apuesto que se brindó a acompañarla por la ciudad... Excusado es decir lo feliz que se sintió. Sin darse cuenta de nada, bajó a la estación dispuesta, sin preocupación alguna, a seguir a su acompañante. Tomaron el autobús bajando cuando el joven creyó más oportuno, entraron en un café, dejaron la maleta en un rincón de la sala. Poco después el joven tuvo que salir un momento. Como tardaba en volver, la joven se impacienta, mira por todas partes, llama... pero no ve volver a nadie, y, lo que es peor, no encuentra su maleta, que contenía todo su haber. Tuvo que pagar los cafés, que aún estaban sin pagar, y corrió a denunciar el caso a la Policía. (Maximiliano Mazzel, paulino, *En espera de las bodas.*)

Con los recuerdos pasa igual que con las cerezas y con los vagones del ferrocarril, unos tiran de otros y al acordarme de la señorita de falda ajustada que ganó el estribo del tren, del vendedor de ultramarinos de tercera categoría con una colilla en el labio inferior y de la joven de mirada asesina que le robaron la maleta, me acordaba de Paqui A Portugueseira. Yo era muy asiduo del coche de línea de la empresa Auto Industrial que de Piñeira de Arcos me transportaba regularmente a Orense y viceversa. Asidua también, que la conocía de coincidentes los lunes, era una hembra que rayaba cuarentona y le decíamos doña Ramonita y, por malnombre, Paqui A Portugueseira, de falda ajustada como la señorita que pretendió ganar el estribo en la estación de San Francisco y de cintura de avispa como Carmiña, sí, pero de avispa preñada. Piñeira de Arcos es mi pueblo y el de ustedes con tal de que no abusen ni sean muchos ni se queden a cenar. Paqui A Portugueseira se ostentaba lagarta de guiños, bambolina de ancas, voluminosa de pechumbres, descocada de desabroches, amplia de embadurnes y desmedida de afeites.

El marcado descoco en el vestir, las impúdicas desnudeces que se exhiben por calles y plazas, y el embadurnar la cara con albayalde, el pintar los labios con sangre de toro, el arrojar por la boca nubes de aromático egipcio..., todo esto resiente la buena honorabilidad, el buen nombre, la buena fama de la mujer. (Ricardo Delgado Capeáns, padre mercedario, *La mujer en la vida moderna*.)

De Paqui A Portugueseira murmurábase que durante la semana trabajaba en Orense clientes a domicilio y que los sábados por la tarde subía a Verín a alegrarle las horas a un presbítero ciego que en años mozos había sido capellán castrense y confesor de reyes. Por estar ciego y guiarse al tacto necesitaba de hembras metidas en carnes y de curvatura solemne.

Pobriño.

Llamarla con el alias de Paqui A Portugueseira debíase ignoro si a los trajines que se marcaba con el presbítero de Verín, en la frontera hispanoportuguesa, o por aficionada al bacalao a la brasa, que es plato típico del país vecino. Dado que yo muchos fines de semana los pasaba en el pueblo, el lunes por la mañana coincidíamos en el Auto Industrial. Repantigada en su plaza de berlina, Paqui A Portugueseira gustaba de remangarse la falda estrecha para que le fuera factible cómodamente escarrancharse. Aquel imperio de pantorras abiertas los obispos españoles (*Instrucción sobre la moralidad pública*, mayo de 1957) lo hubieran conceptuado atrio de la depravación:

¿Hará falta describir los daños que producen en el orden moral las modas inverecundas, armas principales de Satanás para abrir las puertas del impudor público, atrio de la depravación moral?

No, no hace falta, señor obispo.

Déjelo.

Lo tengo aquí, en la cabeza, como si fuera hoy. Tengo que cierta mañana de otoño en la parada de Allariz subió al Auto Industrial un caballero que debía de ser vendedor de ultramarinos de tercera categoría, porque llevaba un lápiz en la oreja, como los vendedores de ultramarinos de tercera categoría y los carpinteros, y encontró acomodo en el asiento contiguo al de Paqui A Portugueseira. Carpintero no lo creo, porque el lápiz de los carpinteros es aplastado. Saludó, galante y pamplinero, a Paqui A Portugueseira y casi al instante lo vi hurgándose el bolsillo de dentro de la chaqueta y pensé que para sacar un cuarterón de café molido, pero sacó una pitillera de alpaca, la abrió y ofreció a la prójima:

—Si le place...

—¿Rubio?

—Americano.

—Entonces, sí.

—Y mentolado.

—Graciñas.

—Y con boquilla.

Digo que sería vendedor de ultramarinos de tercera categoría porque si fuera de segunda sacaba un cuarterón de café molido. Los de segunda categoría se distinguen desde lejos porque huelen a café molido. Los de primera categoría no llevaban lápiz en la oreja, sino estilográfica en el bolsillo de arriba y una libra de café molido en el bolsillo de dentro. El café molido en los bolsillos era para oler bien y para obsequiar a la novia, en aquellos famélicos años el café molido resultaba de lo más persuasivo y seductor. El vendedor de ultramarinos que subió en Allariz se frotaba las manos, le agradaba que Paqui A Portugueseira fumase. Si fuera vendedor de ultramarinos de primera categoría o la camarada María Pilar Morales o, por lo menos, mancebo de botica, le habría desagradado enormemente. La camarada María Pilar Morales es una falangista de pro con mano en la Sección Femenina que en el libro *Mujeres*, 1944, prologado por la muy solvente camarada Pilar Primo de Rivera, escribió:

> A los hombres les desagrada enormemente que la mujer fume. Hemos observado cómo prefieren que la mujer no acepte el cigarrillo ofrecido, y hemos advertido que en el gesto galante del amigo al

sacar la pitillera, hay mucho de curiosidad burlona y muy poco de admiración y respeto. Hemos visto que a las muchachas verdaderamente estimadas por sus amigos, jamás éstos les ofrecen tabaco. En cambio, insisten con aquellas que juzgan propicias a la tentación, a la vez que no consienten a su hermana o a su novia que lo hagan. En lugares públicos, la mujer que fuma se hace acreedora a las impertinentes galanterías de los hombres indiscretos.

Con este cigarrillo que fumo y este otro que acepto y este tercero que chupo, Paqui A Portugueseira se estaba haciendo acreedora a las impertinentes galanterías del indiscreto vendedor de ultramarinos de tercera categoría. En el término de Taboadela y subiendo una cuesta, al coche de línea le reventó la rueda derecha de atrás y, como el cambiarla tiraba para largo, los tórtolos trasladaron sus aposentos a la última fila, donde más recatadamente enternecerse, cual dos adolescentes. ¡Cuánto frenesí en la última fila del Auto Industrial! Pero como no eran adolescentes, sino adultos a talluditos, tenían prisa y a la altura de Mariñamansa ya andaban en los recorridos por el cuerpo.

No se recorre, quizá, en un día la distancia que hay desde los besos amistosos a los apasionados, del simple apretón de manos de un saludo al estrechárselas sensualmente; de ligeras caricias, a recorridos por el cuerpo. La joven, por otra parte, no lo permitiría de ley ordinaria. Pero de concesión en concesión por parte de ella, de audacia en audacia por parte de él, el recorrido acaba por llegar al término o cerca del término. (Ángel del Hogar, *Psicología de los adolescentes*, 1956.)

Por los entusiasmos que Paqui A Portugueseira derrochaba en aplicarse al vendedor de ultramarinos de tercera categoría, la juzgué frígida y con el masculinoide muy exaltado. El eminente doctor Botella Llusiá, que fue rector de la Universidad de Madrid y presidente de la Real Academia Nacional de Medicina, me daría la razón en 1973, cuando declaró:

Yo he llegado a pensar alguna vez que la mujer es fisiológicamente frígida y hasta la exaltación de la libido en la mujer es un carácter masculinoide, y que no son las mujeres femeninas las que tienen por el sexo opuesto una atracción mayor, sino al contrario.

Ya en Orense do hierve el agua y la puente es romana y luego de que entrambos se hubiesen despedido para consagrar rutas divergentes, Paqui A Portugueseira entró en el váter de un bar del camino a subirse las medias, tensar la faja, orinar un poco y trasvasar al bolso unos billetejos de cinco duros que escondía en el escote, se conoce que era la paga percibida por los servicios prestados en Verín y tenía previsto ingresarla acto seguido en una cuenta corriente. Como buscando y removiendo en los interiores propios no diera con la numismática, ipso facto supuso que el vendedor de ultramarinos de tercera categoría se la había birlado durante los encandiles del trayecto. Paqui A Portugueseira acudió a la Policía:

—Y el muy bandido, señor comisario, me robó los gananciales que una servidora llevaba en el escote, entre las tetas, con dispensa de la expresión.

—Señas personales y domicilio del querellado.

—¿Y cómo voy a saberlos, si es que nunca antes lo había visto ni razón tuve de él?

—A ver si nos explicamos, señora, ¿cómo puede ser que usted no haya notado que el individuo de autos le estaba con las manos en los pechos?

—Y claro que sí, ¿y no iba a notarlo? Pero no pensé que tuviera malas intenciones.

El comisario, que pertenecía a la adoración nocturna y posiblemente tuviera sobresaliente en Derecho Canónico, sacó del cajón unos libros, que no el código penal o el Fuero de los Españoles o el reglamento de prisiones. Sacó *¡Ay del mundo por los es-*

cándalos!, del jesuita Juan Rey; *Luz en el camino*, del fraile capuchino Quintín de Sariegos; *Los consuelos de la madre*, de A. Arrichi (Colección de pedagogía familiar, Ediciones Paulinas, 1957), y *¡Muchachas! Así...*, de monseñor Tihamér Tóth, polígrafo y moralista, obispo húngaro multitraducido al castellano, tanto que nos parecía uno más de la familia. Monseñor Tihamér Tóth, obispo de Veszprem (Hungría) y notable polígrafo cuyos numerosos y moralizantes libros fueron, en los tiempos de Franco, traducidos al castellano por don Antonio Sancho Nebot, canónigo magistral de Mallorca, y, cuando era estimado de provecho, una tal licenciada señorita María Rosa Vilahur, en calidad de adaptadora, les introducía enmiendas y añadidos propicios a la nacional católica España. ¡Qué abundancias nos fue monseñor y un tener que leer al irnos a la cama!

¡Y qué miedo!

Monseñor Tihamér Tóth era obispo y tenía, seguro, sobresaliente en Derecho Canónico, y por eso estaba en todos los despachos de los comisarios de policía que eran canónigos. Quintín de Sariegos tenía nombre con apariencias de seudónimo o cachondeo, pero, como el lector que aguante comprobará, era un grandísimo Séneca de la braga y el corpiño y con nota alta en Derecho Canónico, creo que no me equivoco al indicarlo. Y de *¡Ay del mundo por los escándalos!* el comisario leyó, para que Paqui A Portugueseira se enterase y sacarle los colores:

> La escandalosa seduce hasta poner en los despeñaderos del abismo infernal al que va camino del cielo. Por eso suelen compararla a una flor de cementerio, muy esbelta y ostentosa, brillante y aromática; pero que brota entre cadáveres de almas, a las que aprisiona entre sus raíces, y con cuyas emanaciones parece que se regodea.

Paqui A Portugueseira se desabotonó la camisa, separó las mitades, con sus manos abarcó las copas del sostén.

—¿Y dice que escandalosa, yo? ¿Y qué culpa tiene servidora de que sean grandiosas y hagan la bulto que hacen? Estaría bueno que yo tuviese la culpa.

—¡Abróchese!

España era reserva espiritual de Occidente y los comisarios de la policía tenían sobresaliente en Derecho Canónico, incluso algunos eran canónigos. El comisario, no obstante que adorador nocturno y posiblemente canónigo, empezaba a acusar involuntario recibo del cebo apetitoso que la denunciante le ofrecía. El comisario apoyó las manos sobre la mesa para ponerse en pie y cuando en trayecto ascendente ya casi había logrado verticalidad definitiva, la fiera pasional chocó contra el saliente de la tabla superior de la mesa, y sin quejarse, ni blasfemar ni un ¡ay!, se sentó. La fiera pasional del comisario bramaba ante el cebo apetitoso de la mujer. La fiera pasional pugnaba por expansionarse a través de la bragueta hasta alcanzar una largura de respeto, entre quince y treinta centímetros según las últimas estadísticas, es decir, según el noventa y cinco por ciento de los encuestados. El comisario tomó el librito *Luz en el camino*, de Quintín de Sariegos, y leyó:

Cuando la fiera pasional que duerme en la naturaleza del hombre brama, en el noventa y cinco por ciento de los casos son ellas las que la desperezan con el ofrecimiento de su cebo apetitoso.

—Señorita, ¿o señora?

—A unas horas señora, y a otras, señorita, a voluntad de su señoría.

—Señora o señorita, en lo sucesivo cuídese de no desperezar la fiera pasional del hombre, pues, en supuesto contrario, de por vida será objeto de latrocinios y faltas de respeto.

¿Pero no se da cuenta la mujer de que, al perder el pudor, pierde toda su dignidad y todo su decoro? ¿Qué le queda de bueno a la mujer, una vez perdido el pudor que es su más bella cualidad natural para la defensa de su pureza? Si no se sonroja de un desnudismo que la degrada de su dignidad femenina, ¿cómo podrá pretender el respeto que todos deben guardarle? (Arrichi, *Los consuelos de la madre.*)

Paqui A Portugueseira tirando de las copas del sostén hacia fuera se miraba por dentro:

—Aquí, mismamente, a más que esté feo señalar, llevaba los gananciales de toda una fin de semana.

—¡Vístase! ¡Es una orden!

> Yo, conociendo las inmundicias de los hombres, a veces siento impulsos de maldecir a la mujer. Hay que decirlo, aunque sea indelicado: la juventud femenina moderna, en general, no está ya a la altura de su misión santificadora y rectificadora de los instintos del varón. (Sariegos, *Luz en el camino.*)

—¿Por un casual no considera suficiente prueba de convicción, señor comisario, estas tetas que son como dos carretas?

El comisario estimó asunto de poca enjundia y de nula convicción las razones de la denunciante, pues sólo ella era culpable por ser cebo apetitoso de fieras pasionales.

—Marcha, marcha en paz y que Dios te bendiga.

Abandonó Paqui A Portugueseira el recinto policial dándose sonoros golpes de pecho:

—Soy mala, muy mala, ¡qué mala soy!

El comisario quedó meditabundo y pensativo. El comisario se asomó y la llamó desde la ventana:

—¿Mala, tú? No, hija mía. Eres mujer.

Y le leyó esta parrafada extraída de *¡Muchachas! Así...*, de monseñor Tihamér Tóth, polígrafo y moralista:

> **¡Cómo vas a ser mala, hija mía! Eres mujer y basta. No eres ángel y por eso no puedes lograr que no saque su cabeza el instinto.**

Mariscal Pitillo, por ex seminarista y su afición a la literatura sacra, lo más probable es que tuviera sobresaliente en Derecho Canónico.

Era domingo y Mariscal Pitillo se presentó furioso en As Mercedes, y amenazante:

—Hoy van oírme.

Y en tanto sacaba de la mochila el libro *Jesús nos reclama*, 1944, de don Perpetuo Espejo Higueras, consiliario diocesano de la Asociación de las Jóvenes de Acción Católica, farfullaba:

—Don Perpetuo Espejo Higueras es un genio de la teología y de la metafísica. Las que están en la misa de Las Esclavas me van oír bien oído. Vamos para allá.

Anduvimos unos metros hasta, habiendo cruzado una calleja, situarnos a la puerta de la iglesia del convento de Las Esclavas. Cuando las feligresas salían de la misa de doce, mirándolas con el rabillo, leyó Mariscal Pitillo en el libro de don Perpetuo, con voz entonada y, sin embargo, apocalíptica:

> Pasa revista al mundo dentro del cual vives. ¿Ves aquella joven que en su rostro está marcada la huella del vicio? Restrega su alma hasta que logres que de nuevo brille en él la luz que irradia la pureza. ¿Ves aquella otra que en sus modales y en sus costumbres y en la manera de sentarse más parece hombre que mujer? Pues hasta que no devuelvas a su vida los rasgos de la más exquisita y cristiana feminidad no debes cejar. ¿No notas a aquella otra que va como el pavo real ostentando las galas, a veces extravagantes, de la moda y va provocando, con sus desnudeces, incendios devoradores de concupiscencia? Pues si tienes influencia debes hacer todo lo posible para que no produzcan nueva sed ardiente en el corazón de Cristo, consiguiendo que sea un dechado de modestia en todos los sentidos.

Digo: si en su rostro lleva marcada la huella del vicio, ¿por qué he de restregarle el alma y no el rostro? Si una no sabe sentarse, ¿por qué debo no cejar? Si otra provoca incendios de concupiscencia, ¿cómo tengo que actuar al objeto de impedir que se ponga sediento el Corazón de Cristo? Era para volverme loco. Mariscal Pitillo me interrumpió la cavilación:

—¡Viva don Perpetuo!

—¡Viva! —coreamos la muchachada.

—¿Para esto hemos ganado una guerra?

—¡No! —respondimos.

MANDAMIENTOS DE LA LEY DE DIOS: EL 6.º, NO FORNICAR, Y EL 9.º, NO DESEAR LA MUJER DE TU PROJIMO

Cumplen estos dos mandamientos los que son castos en palabras, en obras y en pensamientos. Para serlo nos ayudan la oración, los Sacramentos, la ocupación y las buenas compañías.

En el Cielo seguirán al Cordero (1), cantando siempre un cántico nuevo, los que han sido más puros, como (2) la Santísima Virgen María, (3) San José, (4) San Juan Evangelista, San Luis Gonzaga, etc., y contemplarán y gozarán (5) de tan deliciosa procesión todos los que, dentro de su estado, se salven. En cambio, todos los que se dejen seducir (6) de la impureza, con (7) malas lecturas, (8) malos espectáculos, (9) bailes malos o peligrosos, o cualquier acción impura y aun por simples deseos, irán al Infierno (10) a padecer tormentos espantosos y eternos.

39

(José María Lorente, *Luz*, catecismo gráfico de la Doctrina Cristiana.)

Y mira que se les avisó.

Y a continuación les echó este rapapolvo extraído de la revista *El Mensajero del Corazón de Jesús*, verano de 1947, artículo de Julio Martínez, jesuita:

> ¡Qué poco han servido —en lo que se refiere a la moralidad de las costumbres públicas, especialmente en el vestido de la mujer— tantos años de guerra, tantos ayes de seres queridos arrancados de vuestros brazos, tanta sangre generosa vertida por los mártires de un ideal de religión, de patria, de hogar, completamente opuesto a esta invasión del paganismo sensual moderno, asesino de las almas! ¡Qué poco han servido tantos Ejercicios Espirituales, tantos retiros, tantas campañas de Acción Católica, tantos consejos de los que os aman bien! Ni siquiera os hace mella la amenaza de negaros los Sacramentos, la amenaza de expulsaros de las iglesias, como lo hizo el Obispo de Pamplona, hoy Arzobispo de Valencia, prohibiendo en absoluto entrar y permanecer en el templo a toda mujer mayor de doce años que no llevara las piernas cubiertas con medias! Ni os importa tampoco el oír que esas malditas modas son caprichos y ocurrencias de modistos afeminados, vendidos al oro judío, a la masonería, a la frivolidad extranjera, a todos los enemigos de Dios y de España, los cuales encuentran en vosotras sus magníficos aliados.

—¡Viva Pamplona!

—¡Viva!

—¡Viva Valencia!

—¡Viva!

Nada más volvernos para regresar a nuestro puesto habitual del parque de As Mercedes, percibimos una humareda ascendente en oblicuo que partía de entre aligustres. Mariscal Pitillo avanzando cautelar en la dirección, fija la mirada, nos ordenó:

—Quietos parados, que así como por el humo se sabe dónde está el fuego y por el hilo dónde el ovillo, así daremos con la causa de la concausa del voraz incendio que nos acecha. Algo se está quemando.

Nos aproximamos y lo primero fue ver unas sandalias, luego los bajos de una faldita plisada y, ya al final, un carrusel de niñas acuclilladas echándose un cigarro mentolado y tosiendo en barítono una tos cavernosa, urgente, vibradora, y Mariscal Pitillo nos frenó:

—Tate, son elegantes que pertenecen a la escuela fumante.

Las elegantes que lucen un cigarrillo egipcio, americano o mataquintos, han sido algún tiempo alumnas de la escuela fumante, y por ende han pasado por los escalofríos, los sudores, las bascas, la hiel y el tóxico que produce la nicotina, con mucha más intensidad en ellas que en el sexo fuerte. (Daniel Vega, paúl, *Las modas al ridículo*.)

Del grupo de fumantes acuclilladas significábase una pollita muy puesta y pizpireta, bien que algo tísica de flaca y desajustada que era, alumna de la muy célebre y fundamentada academia Estudios Galicia, ubicada en las proximidades del Calvo Sotelo donde me instruía bachiller. Se enarbolaba minifaldera, tal vez por haber crecido demasiado aprisa o por tratarse de un vestido heredado de una difunta de menos talla, y de eso que particularmente se me hubiese grabado en los sentidos y de asidua también al parque de As Mercedes, pues se domiciliaba en la vecindad, y de encontrármela yendo o viniendo de Estudios Galicia cuando

...cuando una mujer es mala, es mucho peor que un hombre...

(Antonio Vallejo Nágera, psiquiatra, *Antes que te cases.*)

¿Peor que un hombre? Incluso que dos.

yo iba o venía de mis clases en el Instituto Nacional de Enseñanza Media sito en las inmediaciones de los jardines de El Posío. Como su nombre no lo sabía, al tener necesidad de mencionarla le llamaba La Tísica, por lo aducido. Las fumantes, alarmadas por los comentarios de Mariscal Pitillo y las pisadas de nosotros, acercándonos, levantaron el vuelo, como una manada de gorriones al tocar palmas el amo del sembrado, y, apenas caminados diez pasos por una de las aceras de la avenida de Buenos Aires, La Tísica se detuvo, de nuevo se acuclilló con los libros en el regazo y jersey al hombro, las mangas anudadas al cuello, y se dobló para subirse un calcetín y enseñar una braguita que, por los nervios y el azoramiento, no sabría jurar que si amarilla, o rosa, ¿o azul? Mariscal Pitillo comentó, señalando a La Tísica:

—Ese culo hará carrera. Cuando se haga mayor nada tendrá que envidiar al de Carmiña propiamente dicho. ¡Tía buena!

—Déjala en paz, Mariscal Pitillo, ¿no te da pena tísica como está?

—Si está tísica, algo habrá hecho. ¡Tía buena! ¡Peripatética!

Y, mirándola alejarse hasta perderse en los entrecalles, Mariscal Pitillo se reanudó en La Tísica, tomándola por argumento:

—A las tísicas, al estar en la cama y venirles el atragantón y los espasmos de la tos, con las inercias y arrebatos le ponen muy deleitoso y convulso movimiento al apaño, lo que se resume en un alabar a Dios, quedarse quieto y nunca pegar gatillazo. Lo único de perjudicial que tienen las tísicas es que en los calambres del orgasmo se te mueren, pero como no sangran resultan unas muertas de lo más limpio.

No sabíamos con precisión qué era un orgasmo, pero nos hacíamos una idea. La Tísica era generosa de muslámenes, tal vez por sucinto el vestido, perversa de ingenuidades y guapita de pómulos, y tenía longuilínea la pierna y sesgada la boquita, o sería yo que yo empezaba a enamorarme. Mariscal Pitillo precisó más:

—¡Y de qué manera se arriman las tuberculosas al bailar! Claro, como están debilitadas y sin fuerzas, tienen miedo de caerse.

Don Serafín (*Don Serafín, ¿bailamos o no bailamos?*, 1945, por Darío, seudónimo de don Ramón Masnou, obispo de Vich) lo tiene claro:

Yo creo que el deporte o la cultura física se realiza al aire libre, y no pegándose el uno al otro, tragándose mutuos alientos, chupándose mutuos sudores, bailando el pretuberculoso con la tuberculosa, o la aprensiva con el sifilítico y otras tantas curiosidades... La cultura física no tiene nada que ver con las noches pasadas en dura fatiga de piernas y pulmones, y salir luego andando largo trecho para dormir poco o nada y trabajar el lunes...

Yo era enclenque y tosiente y, por tanto y quizá, pretuberculoso. A ver si nos chupamos unos pocos mutuos sudores, hombre, si nos intercambiamos unos bacilos, mujer. Al verla tuberculosa y destartalada la veía muñeca vestida de azul, con su camisita y su canesú, pues, efectivamente, se me antojaba muñeca de cartón o de hojalata y con bisagras en los sobacos y en las ingles, que la coges de una mano y las piernas se le van para un lado y los brazos para otro, y tenía cuerpo de acordeón, como otras podían tenerlo de guitarra, Carmiña, por ejemplo. A uno le gustaba el cuerpo de acordeón de La Tísica, bueno, a lo mejor era un cuerpo de percha, en cualquier caso parecía de esos cuerpos exquisitos que van por ahí mirando al suelo, o sería que yo estaba enamorado.

Alguien ha dicho, con muchísimo acierto, que el cuerpo humano es una percha o un acordeón, según lo que hacemos de él. Es incongruente hablar de hermosura si andamos por esas calles de Dios con la espina dorsal curvada, mirando al suelo como si estuviéramos avergonzados. ¡Parece que estamos pidiendo perdón por haber nacido! (Esperanza de Briones, *La belleza*.)

Por un lado pidiendo perdón y azotillo, al mirar al suelo, y por otro pidiendo guerra y colleja, al doblarse, y de verla contradictoria me venía admirarla y desearla. Por entonces me eran muy predilectas quienes se saltaban la norma, aunque meramente fuera por medio de cuerpo de hojalata, esquelético y desarreglado, era la inevitable atracción de lo cutre y lo heterodoxo, de esto que me gustara La Tísica, después de todo, ¿y quién puede asegurar que la torre de Pisa está torcida? ¿Y si lo que está torcido es el mundo? Yo veía en La Tísica un destello de lo más subverso. ¿Por tísica? O por gallega.

¿Y por femínea?

Como Galicia.

Con su aquel afrodisíaco y subverso.

Sus carnes blancas y tiernas de molusco al agacharse para subirse el calcetín.

> ¡Qué inmensamente femínea es Galicia! Envueltas sus carnes blancas y tiernas de molusco en cendales de neblina, nos oculta en seguida lo que parece enseñar y ofrecernos. Por eso no hay castellano que resista soltero en Galicia. Todos se casan o se pierden, si no huyen pronto. La mujer gallega es la más peligrosa de todas las españolas. Parece mentira que haya habido españoles ciegos frente a estas mujeres, que todas tienen —aun la rapaza más rolliza, zafia y lugareña— un destello afrodisíaco y subverso. (Ernesto Giménez Caballero, *Amor a Galicia*.)

Yo, sin ir más lejos y aunque esté feo señalar, fui uno de ésos que se había perdido por el destello subverso de La Tísica. Fuere percha o acordeón a La Tísica no le impedía arrastrar los pies, o sea, mostrarse caprichosa, «andar taconeando, arrastrando los pies, ladeando las puntas hacia dentro o hacia fuera, rozando con los talones, abriendo las piernas, con paso precipitado o excesivamente lento, es propio de jóvenes caprichosas o indolentes» (Vicente Gambón, jesuita, *Educación cristiana de las jóvenes*), y por su aspecto escasamente garboso de inmediato la juzgué caprichosa. La Tísica, no obstante percha o acordeón y arrastrar los pies y abrir las piernas, o precisamente por ello, tenía andares torcidos y destartalados de hembra atosigada por el benemérito escozor, que diría el ínclito don Camilo José Cela. Y como arrastraba los pies, la juzgué patosa, que diría —dice, dijo, escribió— la camarada Carmen Werner en *Convivencia Social*, primer curso, texto bachiller editado por la Sección Femenina:

Las personas que arrastran los pies tienen un aspecto cansado y poco garboso. Es propio de ancianos andar arrastrando los pies. Las niñas que arrastran los pies resultan muy patosas.

Por largo tiempo yo seguiría viendo a La Tísica arrastrar los pies y acordándome de Carmiña cuando la veía por detrás en el paseo o donde fuera, si bien el culo de Carmiña estaba más fundamentado de glúteos, según nos era dado comprobar desde el gallinero del Principal. Que cada vez que Mariscal Pitillo ponderaba el culo de Carmiña yo me acordase de La Tísica y cuando le vi la braguita es impropio de un rector de la sociedad española en sus múltiples facetas y cae de lleno en la acción punitiva y pasa los límites de lo soportable, lo reconozco y bien que me arrepiento. Es como comulgar sin medias mientras rebuzna el burro.

La entrada en el santuario sin medias, con la falda corta, con los brazos al aire, con el escote pronunciado, y el acercarse así a la sagrada mesa, ofrece tanta anomalía como si esas mismas cantaran el cuplé "María de la O" mientras el órgano desgrana majestuosamente las severas notas del "Tantum ergo", o se oyeran las carcajadas histéricas de una bacante en la ceremonia de un funeral, o rebuznara un asno mientras saboreamos ensimismados las delicias inigualables de la serenata en "si bemol" de Schubert. Tal conducta cae de lleno en la acción punitiva, y pasa los límites de lo soportable. (Daniel Vega, paúl, *Las modas al ridículo*.)

En Jaén no hubiera rebuznado el burro.
¡Joder con el obispo de Jaén!
¡Bueno es monseñor para estos pormenores!
De la Carta Pastoral *La Virgen Santísima y la pureza* (abril de 1944) del excelentísimo y reverendísimo señor Obispo de Jaén, doctor don Rafael García y García de Castro:

La moda es un tirano y no admite a su lado más que esclavos y adoradores. Con harta frecuencia os encontraréis con señoritas y señoras, cuyos vestidos estrechos y vaporosos, cuyas telas cortísimas por arriba, por abajo y por los lados, son una continua invitación al pecado y un reclamo mal disimulado del vicio. Y por si esto fuera poco, el descaro de esas personas, que a veces hasta en cofradías piadosas figuran llega a tal grado que entran en las iglesias con estos indecorosos atavíos y osan profanarlas con sus elegantes desnudeces.

De las tísicas cuenta Mariscal Pitillo que en la cama son un dieciocho de julio y con los espasmos de la tos y otros movimientos te dan el trabajo hecho. Las tísicas en el orgasmo se te mueren, pero como no sangran resultan unas muertas de lo más limpio. Las tísicas también se mueren si bailan mucho rato la raspita, y entonces sangran un poco, al dar con la cabeza contra el piso. Menganita bailó varias veces la raspita y al llegar a casa tuvo los vómitos de sangre.

Toca el timbre de un entresuelo. Abre una criada.

—¿Salió Menganita?

—No, señor.

—Quisiera decirle dos palabras.

—Se lo comunicaré a su mamá.

Aparece una señora enlutada.

—Usted perdone, joven; pero mi hija no recibe visitas —pronunció con severo continente.

—¿Pues?

—Ha tenido un vómito de sangre.

—Caramba, lo siento.

Era Menganita una muchacha muy delicada de salud. Hacía, no obstante, lamentables excesos, trasnochando con su novio, sin que recibiera de sus padres la más insignificante advertencia. Había asistido el domingo a un partido de fútbol, aguantando un aguacero que no amainó en toda la tarde; se había encerrado, a continuación, en un cine, y, por la noche, había bailado varias veces seguidas "la Raspita", sometiendo el cuerpo a violentos saltos que la dejaron sudorosa, jadeante y rendida. A poco de llegar a casa sufrió una hemoptisis. (Juan Alonso Ortiz, jesuita, *El ídolo de la mujer.*)

Repito: me gustaba La Tísica.

Incluso bailando la raspita.

Incluso muerta, porque está callada y como ausente, que de esta manera le gustaban a Neruda y a mí:

Me gustas cuando callas porque estás como ausente,
y me oyes desde lejos, y mi voz no te toca.
Parece que los ojos se te hubieran volado
y parece que un beso te cerrara la boca.

Me gustaba por la hermosura doliente de hembra sin rumbo debajo de una lluvia o como de haber llorado o como de haber bailado mucho rato la raspita. Si a Mariscal Pitillo le fue dado tocar el culo de Carmiña, ¿es que no llegaría tan siquiera a sopesar el culo de La Tísica? Me tocaba conformarme con verla andar por la calle.

El cuerpo humano es una percha o un acordeón.

(Esperanza de Briones, *La belleza.*)

Si se fijan verán que un cuerpo de acordeón es mucho más sugerente que un cuerpo de percha, por su destello afrodisíaco y subverso y porque tiene que haber gente para todo.

Hay chicas que da lástima verlas andar por la calle.

Otras hay que da asco mirarlas...

Otras, sin embargo, da gusto.

Unas andan por ahí como si fueran plumas o ángeles... Dejando tras sí un reguero acariciante de blancura impalpable, a la que, aun sin pretenderlo, mancharía el piropo humano, por muy delicado que fuera.

Te confieso que esto suele ocurrir tan sólo una vez cada año y, además, siempre que se te ocurre a ti pasar por la calle...

También hay chicas que más que chicas parecen bestias de carga, al caminar por ahí...

Son chicas que no merecen ser recordadas aquí. Profanan su cuerpo y profanan, además, el paisaje de todos los ojos humanos en los que se refleja su silueta al pasar...

Perdieron de vista que su razón de ser en el mundo es la de ser mensajeras de la ternura de Dios y se tornaron ángeles negruzcos que van dejando tras de sí una hozadura de pasión y de asco. (Antonio Aradillas Aguado, periodista y sacerdote, *Cartas a la novia*.)

La Tísica, sin embargo, no.
Y eso que parecía bestia de carga.
Lejos de dar asco mirarla me daba gusto.
Debía de ser el único, pero es la verdad.
La gente cree que andar es fácil.
La gente cree que es poner un pie delante de otro.
Si fuera así, todos sabríamos andar.
Pero si te limitas a poner un pie delante de otro estás quieto.
Además de poner un pie delante de otro hay que moverlos.

Andar no es solamente poner un pie delante de otro, sino hacerlo con gracia, con corrección. Es importantísimo la posición de los pies. Las puntas deben estar ligeramente dirigidas hacia fuera y el pie asentado naturalmente, sin apoyar más en un lado que en otro. Nada tan feo como los zapatos con la suela comida de un lado, o los tacones torcidos, ni que dé más sensación de suciedad y dejadez; tampoco deben rozar los pies el uno con el otro; con ello se estropean las medias y se manchan los tobillos. Los pasos no deben ser ni demasiado largos (resultan hombrunos), ni demasiado cortos (resultan cursis); en el andar, como en todo, lo que resulta siempre elegante es la naturalidad. (Carmen Werner, *Convivencia social*, curso 3º.)

A lo mejor La Tísica era que tenía los tacones torcidos.

De La Tísica no puede decirse que el culo fuera notorio, por tísica, pero lo lucía abundantemente por los tacones torcidos, o por el cuerpo de percha o de bestia de carga que ni sé, ¡ay aquellos meneos acordeonados, aquellos tísicos impulsos de cadera, aquella braguita de mujer faldicorta!, a lo que el aludido eslogan que había hecho mío y así rezaba

Una Patria,
un Estado,
un Culo:
¡Carmiña!

con frecuencia se me transformaba en este otro, y todo por la mucha gana y el contradiós de los pensamientos:

Una Patria,
un Estado,
un Culo:
¡La Tísica!

Siendo mocosuelo y escolar de primaria, meramente un paleto si bien que monago, cuando en el pueblo se celebraba boda en que uno de los contrayentes, o ambos, pertenecía a casa con posibles, a los comensales nos llevaban de excursión, en un autobús alquilado, a Orense, distante treinta kilómetros, unas tres horas de viaje. Ya en la ciudad, el personal desplazado se valía de la ocasión para darle gusto a sus particulares inclinaciones, según el sexo, la edad, el concepto ético de las humanas pasiones, la educación recibida, el sentido lúdico de la existencia, el estado civil o la solvencia financiera, y así teníamos que a las ancianas, a los matrimonios desde poco y a las solteronas con principios las preferencias se les iban en poner la mano bajo el chorro de As Burgas para averiguar la temperatura de las aguas, en cruzar el Miño sobre el puente romano, a ver si no se caía o si sí, y en visitar el santo Cristo, al que le crece la barba y eso que es de palo. En un discreto aparte, las casadas de la expedición después de poner la mano ponían la entrepierna bajo el chorro de As Burgas para extremar la higiene genital y porque es bueno para una sana preñez y parir niños robustos y con todos los dientes. La higiene genital de las casadas es un coñazo, cada dos por tres lavándote las partes. No lo digo yo, es José P. Oliveras (*Guía médica sexual*) quien lo dice:

> **Es evidente que la mujer casada tiene que extremar su higiene genital debiendo practicarla con mayor asiduidad -por el hecho de las relaciones sexuales- que cuando era soltera.**

En cambio las solteras, con eso de que no tenían que extremar su higiene sexual, todo el tiempo de la estancia en la ciudad era para ellas y mataban las horas contándoles los pisos a los rascacielos, llamando al timbre de los portales y desde los andenes del ferrocarril viendo arrancar los trenes y con sus pañuelos decían adiós a los novios de otras que partían asomados a la ventanilla. Los crápulas de la expedición se hacían un garbeo por la calle del Villar, que en Orense es de las putas, y, de serles propicio el horario, se tomaban unas copichuelas en La Coruñesa o La Bilbaína, que eran cafés cantantes. En La Ibense los chiquillos nos endosábamos un helado de tres gustos con un panecillo de La Espiga de Oro, para que alimentara más, y mientras endiñábamos lametazos al helado y bocados al pan, paseando y mirando comprobábamos que la gente no tiene el mismo calor cuando calienta el sol, no hay nada como viajar un poco, aunque sea a Orense, para constatar el plan diabólico de Satanás.

¿Y cómo no ver el plan diabólico de Satanás en este desnudismo, más impulsado en la moda femenina precisamente porque es más seductor? ¿Por qué, por ejemplo, el niño en verano lleva media manga, mientras que la hermanita va con los brazos completamente al aire? ¿No es igual el calor para ambos? ¿Y por qué en las oficinas, en los tranvías, y en tantos y tantos lugares públicos se encuentra a los hombres perfectamente cubiertos mientras que muchas mujeres van descotadas o sin mangas? ¿Es verdaderamente el motivo de su desnudez el calor que sienten? ¡Y aún dicen que los hombres son peores que las mujeres! (A. Arrichi, *Los consuelos de la madre*, Colección de pedagogía familiar, Ediciones Paulinas, 1957.)

Al ser un plan de Satanás es pertinente que sea diabólico.

No va a ser divino.

Ni angelical.

Eso, ¿y cómo alguien puede decir que los hombres son peores? ¿Es que cuando calienta el sol no calienta lo mismo para el hombre que para la mujer? ¿Es que la naturaleza les es distinta?

¡No!

La naturaleza, anatómica y fisiológicamente, es substancialmente la misma para ambos sexos; las molestias del calor les afectan a los dos, sin distinciones y, aún quizá con más rigor, al masculino por su riqueza muscular; y la virtud de la mortificación cristiana a todos obliga por igual...; y, sin embargo, a las jóvenes se les pasa esos vestidos incompletos... los cuales, en el fondo son expresión e hijos legítimos de la deshonestidad honesta. (Vicente Jiménez, sacerdote, *Engrandecimiento de la Patria por las madres españolas.*)

El Esprit era tienda de modas y lencería fina y en los escaparates ofrecía un panorama de jubones, juboncillos, sostenes, saltos de cama, picardías, camisones, braguitas, bragonas y bragazas, una filigrana de hopalandas y artimañas de raso y derroche de tules con los que en mi imaginación emballenaba y andamiaba los interiores sin ropa de La Galiaca, de Paqui A Portugueseira, o de Carmiña, a tenor de como me fueran las fantasías y la gana.

Fui un niño pasmado ante El Esprit.

Como el ir sin ropa por la calle no lo consentiría la autoridad competente, la inventiva modistil ha buscado artimañas para conseguir casi el mismo fin sin alarmas para el ojo avizor de la policía, y han aparecido los fajados transparentes, no por una razón ni por otra, sino por los puntos de contacto y el sinónimo con el desnudo. Las ropas se han hecho para ocultar lo que no se puede ver sin sonrojo; pues se busca con atrevimiento el modo de destaparlo. Y esto hacen los ceñidos, tanto pectorales como abdominales, y para más detalles, siempre vidriosos. (Daniel Vega, paúl, *Las modas al ridículo.*)

A cada excursión le correspondía un cupo de tuberculosos en número indeterminado que se sentaban en los asientos traseros apartados del grueso de los viajeros por una pared de cartones para que no nos salpicaran al esputar. Los tuberculosos de la expedición de Piñeira de Arcos, con soltura, flor en la solapa, marcada arruga en la sien, chaleco de corte y a juego, buscaban por la calle a las Evas seductores y las seguían un buen trecho y te-

(Carmen Werner, *Convivencia social*, curso 3º, editado por la Sección Femenina.)

Esperemos que tengan gracia en el andar, porque en el estar quietas...

nían siempre para las más hermosas un requiebro, un madrigal, un cantar de ciego, una coplilla, antes de morir fulminados por el rayo.

> Ésas que llaman Evas seductoras son cebo de Satanás para perder a la multitud de Adanes frágiles y mal inclinados; blanco izado por la lujuria para servir de puntería a ejércitos de canallas libertinos; peste maldita, que deja a su paso montones de cadáveres de almas; imán satánico, que atrae como la serpiente y mata como el rayo... Mujeres sin vergüenza, que desplegando lujo provocativo y ostentando brazos y pechos descubiertos con cínica desenvoltura, volvéis a casa después de pasear vuestra indecencia por las calles o sentarla en la butaca de un teatro, orgullosas y satisfechas, dormid, dormid tranquilas. (Padre Sarabia, *¿Cómo se educan los hijos?*)

Los tuberculosos de Piñeira de Arcos eran frágiles Adanes, siendo tuberculoso a ver quién no es frágil, pero serlo no les impedía piropear a las Evas seductoras:

—¡Dormid, dormid conmigo!

Las Evas seductoras, por ser delicadas con los tuberculosos Adanes de Piñeira de Arcos y compadecerse de aquellos cuerpos decrépitos y almas en pena, a pesar de la flor en la solapa, respondían misericordes:

—Para dormir no me voy con usted a la cama, señor.

De la expedición de Piñeira de Arcos los más guerreros eran los tuberculosos. Don Ramiro Camacho (*Moral íntima de los cónyuges*) dice que los tuberculosos están dotados de un enorme impulso venéreo:

> **Los tuberculosos, en general muy pasionales, deben reprimir cuanto sea posible los impulsos venéreos. No hay cosa más peligrosa para su salud.**

Sobre todo para la salud de la compaña, por el contagio.

Los tuberculosos de Piñeira de Arcos, incapaces de reprimir los impulsos venéreos, remataban la tarde en una alcoba de tablas crujientes y puerta desvencijada de la calle del Villar, que en Orense es de las putas, encamados con una Eva seductora. Por los tuberculosos siempre el grueso de la expedición teníamos que esperar, con el conductor blasfemando y pegando bocinazos, a ver si oían y se daban prisa. Subían los tuberculosos, arrancaba el autobús y a la buena vieja le venían las arcadas de la vomitona:

—Abuela, ¿algo comió que le sentara mal?

—¡Qué escándalo!

—¿Y quiere que le abramos la ventanilla?

—Escandalizada voy.

—Si el cuerpo le pide vomitar, pues vomite.

—¿Qué coños le pasa a la buena vieja? —preguntó el conductor, que ya empezaba a cansarse y arrearle manotazos al volante y tocar la bocina.

—¿Y qué le va a pasar? Que está escandalizada.

Escandalizada estaba la buena vieja. Acababa de pasar por el paseo, y ¡qué cosas había visto!: ¡Niñas con faldas desvergonzadas que no cubrían la rodilla, señoritas encerradas en unos sacos estrechos de tela casi transparente que daban asco, señoras con unas caras, y unos peinados, y unos corsés, y unos sombreros y unos vestidos...! ¡Y todas con los brazos al aire hasta el codo y aún más arriba, y al aire también las carnosas espaldas, y al aire el pecho! ¡Todo al aire!

—Padre —preguntaba a su confesor la santa anciana—, al ver tan poca vergüenza en esas señoras y señoritas que se llaman cristianas he dicho: "¡Ojalá viniera un viento helado de Sierra Nevada y les diera un tifus, para que escarmentaran!" Padre, ¿es esto pecado?

Tranquilizóla el confesor, explicóle cómo podía desear a tantas desvergonzadas tifus, pulmonías y tisis sin cometer un átomo de culpa, y desde aquel día no hacía más que repetir la buena vieja:

—¡Señor, el tifus, el cólera, la peste bubónica! A ver si barren tantas indecencias. (Ramón Sarabia, padre redentorista, *¿Cómo se educan los hijos?*)

—¿Un viento helado de sierra Nevada? De la sierra de San Mamede, que cae más cerca —propuso el conductor.

— 93 —

clinación de cabeza, en el gesto con que se acompaña, pero sin genuflexiones ni reverencias de épocas pasadas.

Negar el saludo constituye una ofensa grave.

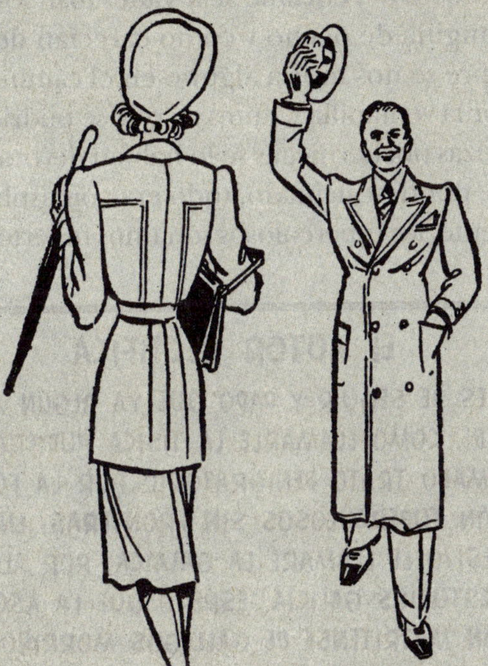

A quiénes se saluda

Se saluda a los familiares, a las amistades, a los conocidos. Se saluda también en determinados casos a vecinos, a gentes a las cuales se ve con frecuencia, aun cuando no medie con ellas ningún trato ni vinculación. Son muestras de cortesía prescritas por la buena educación.

(Irma Padovani, *Cortesía y distinción*, 1946)

Una cosa así de chula eran los tuberculosos de Piñeira de Arcos saludando a las Evas seductoras de Orense.

—¡Eso, eso, de la sierra de San Mamede! —asintió la buena vieja— ¡El tifus, el cólera, la peste bubónica! —musitaba la buena vieja, como si fueran unas letanías— ¡El tifus, el cólera, la peste bubónica! ¡El tifus, el cólera, la peste bubónica! ¡El tifus, el cólera, la peste bubónica!

El viaje de regreso a Piñeira de Arcos se ensañaba muy sañudamente con los tuberculosos, pues por los cambios de temperatura y los sofocos del encame se les alteraban los pulsos, les sobrevenía la angina de pecho y como carecían de reservas suficientes siempre se nos moría alguno en el camino, entonces lo tirábamos por la ventanilla y, antes de que se pudriese y diera mal olor, las lechuzas nocherniegas se lo habían devorado sin dejar ni huesos, pues, por descalcinado, todo era comestible.

Efectivamente, los tuberculosos son unos muertos muy limpios.

EL AUTOR RECTIFICA

ANTES DE SEGUIR Y DADO QUE YA ALGÚN AVISO RECIBÍ, COMO LLAMARLE **LA TÍSICA** PUDIERA SER ESTIMADO TRATO DENIGRATORIO POR LA FUNDACIÓN **TUBERCULOSOS SIN FRONTERAS**, EN LO SUCESIVO LE LLAMARÉ **LA GALAICA**, POR ALUMNA DE **ESTUDIOS GALICIA**. ESPERO QUE LA **ASOCIACIÓN MATRITENSE DE GALLEGOS MORRIÑOSOS** NO SE ENFADE NI ME PONGA QUERELLA.

Siendo ya alumno bachiller y un cinéfilo a la procura de Carmiña para en sus encantos y protuberancias recrearme, lo que el padre Aparicio Pellín y yo más encontrábamos era materialismo grosero y ausencia de Dios, sería que los directores de cine no tenían sobresaliente en Derecho Canónico. El padre Aparicio Pellín era consejero general de los Sacerdotes del Sagrado Corazón y autor del libro *Problemas de juventud*, en el que figura:

> Uno de los grandes defectos del cine moderno es su materialismo grosero, la ausencia de Dios. El cine es un regalo que Dios ha

> hecho a la inteligencia del hombre para su recreo y cultura. Y el hombre, olvidándose de su Creador, utiliza este invento como arma mortífera contra los designios de la Divinidad. No es que se vaya a exigir la presencia corporal de Dios, sino que en la vida de los personajes se manifiesta en alguna manera la fe y la moral. Salvo alguna rarísima excepción, el cine, sobre todo el cine moderno, suele reflejar una sociedad que se diría pagana, viviendo al margen de Dios y sus más elementales preceptos de carácter moral. Sus personajes viven y actúan como si Dios no existiera, sin preocupación alguna de cuanto a Él pueda referirse, con una noción puramente terrenal, materialista, de su paso por la vida.

Si los directores de cine fueran canónigos se acabaría de una vez por todas con el materialismo grosero y la ausencia de Dios. No sólo había ausencia de Dios, sino excesiva presencia de masones y judíos. «Los masones, los judíos, todos los enemigos de la Iglesia, se valen del cine para atacar su dogma, su moral, su cultura, su historia.» (Ramiro Camacho, *Profilaxis espiritual.*) Mientras los directores de cine no tengan sobresaliente en Derecho Canónico permanecerá vigente la reivindicativa e incendiaria proclama lanzada por monseñor Olaechea, obispo de Pamplona, en agosto de 1939: «Son los cines tan grandes destructores de la virilidad moral de los pueblos, que no dudamos que sería tan gran bien para la Humanidad el que se incendiaran todos los de la tierra cada dos días a la semana (dejamos los intermedios para el trabajo febril de la reconstrucción y damos por descontado la ausencia de desgracias personales). En tanto que llegue este fuego bienhechor, ¡feliz el pueblo a cuya entrada rece con verdad un cartel: no hay cine!» Los intermedios debieran ser aprovechados por los empresarios para reconstruir el edificio, de acuerdo, pero más importante sería que los directores de cine aprovecharan el paro forzoso impuesto por el cierre para sacar sobresaliente en Derecho Canónico. Si los directores fueran canónigos se rezaría mucho más en el cine. Pero no. Don José Manuel Vivanco (una de las primeras figuras de la crítica y clasificación cinematográfica en España, según la revista *Hechos y Dichos*) en *Moral y Pedagogía del cine*, 1952, constataba:

¡Qué poco se ve orar en el cine! ¡Qué poco se ven realizar individualmente las prácticas de la religión católica y aun la misma protestante! Nosotros no recordamos haber visto nunca en una película de ambiente moderno —y nuestra experiencia de crítica cinematográfica cuenta en su haber muchos centenares de películas— que cualquiera de sus personajes católicos, como lo son muchos, haga sus oraciones al acostarse o levantarse, lea un libro de meditación, vaya a Misa o comulgue antes de sus ocupaciones habituales, entre en una iglesia a realizar una visita al Santísimo o acuda a un sacerdote a consultar cualquier cuestión trascendental para su vida. Únicamente a los toreros, en las películas españolas, y algunos marinos en las extranjeras, se los ve rezar ante el peligro. Aparte de eso, en las películas los hombres no rezan nunca, las mujeres muy raras veces, y solamente a los niños se los suele exhibir en esos actos de piedad, porque "hace su efecto" en los espectadores y pone una nota sentimental y delicada al verlos tan monos y buenecitos de rodillas en sus cunas.

Hombre, claro.

No van a poner a un marino yanqui de uno noventa rezando el Jesusito de mi vida en una cunita, por mucha notita sentimentalita y delicadita piedad que le aporte a la secuencia. Si los acomodadores de cine fueran canónigos rezaríamos unas avemarías antes y después de la película. El jesuita Ángel de Arín Armazábal en la revista *Hechos y Dichos*, 1954, escribió que el cine es un peligro social:

El cine es un peligro social porque envenena el amor, socava los fundamentos del hogar, aparta a las generaciones jóvenes de los caminos laboriosos de la virtud, cultiva el indiferentismo religioso, olvida los deberes patrióticos, predica una falsa concepción de la vida y de la muerte, es frecuentemente la antítesis de la moral y de la ascética cristiana, de la sociología predicada en el Evangelio y en las Encíclicas pontificias.

Para que el cine no olvide los deberes patrióticos sería conveniente que el director de cine además de tener sobresaliente en Derecho Canónico fuera sargento del tercio o capitán de fragata o instructor del Frente de Juventudes. Reivindicamos aquí un cine patriótico e imperial al estilo de *Raza*, película inspirada en una novela de Franco. Cine de culto genuinamente español. Por cierto, imagínense a un actor de ojos negros y uno ochenta de estatura en el papel de Franco:

¿Recuerdas el cuento de Caperucita? Escucha. Iba la niña a visitar a su abuela, que vivía en una casita muy dentro del bosque. Y el lobo feroz aguardaba escondido en la cama de la abuelita para tragarse a Caperucita en cuanto pasara. Igual, igual, esperaba el lobo de la masonería y el comunismo clavar la dentellada de su colmillo en el corazón de nuestra Patria, de España. Ya se relamía los hocicos y abría en un bostezo de hambre la boca, mientras tenía clavados los ojos en la pobrecita España. Pero, cuando iba a levantar la zarpa para atontarla de un manotazo, surgió... Ya lo sabes. Apareció un hombre de ojos negros y de mirar penetrante, estatura media, rostro ovalado; en su negro pelo han puesto las preocupaciones unas hebras de plata. Su boca se alarga, en una sonrisa segura de que ha de vencer, y mira a la Caperucita de España. Ella se echa en sus brazos tranquila y confiada. Pero el comunismo no se resigna, y comienza la lucha horrible, sangrienta. Tú, niño, no sabes lo que es la

Crisis de femineidad. Crisis de virilidad.

(Antonio Vallejo Nágera, psiquiatra, *Antes que te cases.*)

Fumadora con las piernas cruzadas porque si las abriera veríamos que es más viril de lo que parece.

guerra. Y quiera Dios que no lo sepas nunca. Ese hombre que salvó a España se llama... Franco. (José Manuel Miner Otamendi, maestro nacional, *Cruzada de España*, libro escolar de lecturas patrióticas, 1941.)

Mira tú, a Franco, que era canijo, podríamos meterlo en la cuna, calcando un poco creo que cabe. Ni hace falta que se arrodille. Cuando el cine olvida los deberes patrióticos es normal que degenere en el pintarrajeado. Las maquilladoras jefe de las películas son muy dadas a olvidar los deberes patrióticos, eso les pasa, claro, porque no tienen sobresaliente en Derecho Canónico ni son sargentos del Tercio o capitanes de fragata o instructores del Frente de Juventudes.

> El pintarrajeado puede constituir un crimen contra la Patria. Desde el momento que meten su mano pecadora en el cubo de la pintura y empiezan a hacerse la mascarilla, además de atropellar las leyes de la estética y de la gratitud, entran a saco en terreno vedado, como es el arte escultural; embadurnando algo que no es suyo, sino del patrimonio nacional, del buen ver de un país, cuales son las facciones del bello sexo, primer documental en que se posan los objetivos de las máquinas fotográficas al entrar en un pueblo extraño. En el instante que empieza el camuflaje con tales amasijos, debe actuar un delegado de la comunidad para evitar este deterioro, y salir al paso de la protesta ciudadana, que pondría el grito en el cielo, de la misma forma que acaecería, v. g., si unos enjalbegadores nos sorprendieran de la noche a la mañana blanqueando con brocha gorda las piedras milenarias de la catedral de Burgos, de San Lorenzo de El Escorial o de Notre-Dame de París. (Daniel Vega, paúl, *Las modas al ridículo*.)

Para que no se cometieran crímenes contra la Patria las maquilladoras jefe deberían ser regidoras de la Sección Femenina o maestras de obras especialistas en alicatados o doctoras en ciencias químicas. Las doctoras en ciencias químicas dan proporción a las mezclas, combinan los colores y no se exceden en los tonos. Como los directores, sobre todo en el extranjero, no tenían sobresaliente en Derecho Canónico, el cine era escuela de perversión, a tenor de lo que en 1950 el excelentísimo y reverendísimo

Benjamín de Arriba y Castro, arzobispo de Tarragona y primado de las Españas, había proclamado:

> **Los cines públicos son verdaderas escuelas de perversión. En España hoy se ejerce una saludable censura, que no siempre impide la acción deletérea que el cine sigue ejerciendo sobre niños y adultos.**

Al objeto de frenar la acción deletérea sería recomendable que el director de cine fuera un canónigo con sobresaliente en Pastoral Catequística para impartir adecuada doctrina a través de pertinentes películas. Si el director tuviera sobresaliente en Pastoral Catequística sacaría de protagonista a este teólogo de siete años, un personaje muy propio y asequible para meterlo en la cunita:

> La escena tiene lugar en un hogar cristiano, en uno de esos benditos hogares en que todavía se conservan la fe y las costumbres patriarcales de nuestros antepasados. Una madre cristiana, piadosa y conocedora de sus obligaciones, toma a su niño, de siete años; lo sienta sobre sus rodillas y le pregunta:
>
> —¿Qué has estudiado hoy en la escuela, ángel mío?
>
> —Muchas cosas: Geografía, Historia Sagrada, Aritmética, Gramática, Catecismo —responde candorosamente el pequeñuelo.
>
> —¿También Catecismo? ¡A que no lo sabes!
>
> —¡Como que soy el que mejor lo sé de toda mi sección, y el Señor maestro me ha prometido que me va a regalar un libro muy bonito!
>
> —Si lo sabes, yo también te compraré el regalito que tú quieras. La Santísima Trinidad, ¿quién es?
>
> —El mismo Dios Padre, Hijo y Espíritu Santo, tres personas distintas y un solo Dios verdadero.
>
> —El Padre, ¿es Dios?
>
> —Sí, Padre.
>
> —El Hijo, ¿es Dios?
>
> —Sí, Padre.
>
> —El Espíritu Santo, ¿es Dios?

—Sí, Padre.

—¿Son tres dioses?

—No, sino un solo Dios verdadero.

El pequeñuelo teólogo contestaba con un aplomo, con una seguridad y con una gracia que llenaba de júbilo el corazón maternal. La madre lo felicitó, y después ella misma comenzó a explicar a su futuro hombre cristiano la lección que acababa de recitar con la naturalidad de un gracioso papagayo... ¡A los seis años!, ¿qué más se puede pedir? (Ramón Sarabia, *¿Cómo se educan los hijos?*)

¡Qué profundidad de pensamiento!

¡Qué papagayo el pequeño teólogo!

¡Qué gracioso!

Éste va para arcipreste.

¿Arcipreste?

O Sumo Pontífice.

Ser pequeño teólogo rejuvenece.

Te quita años de encima.

El pequeño teólogo que nos ha ocupado al comienzo de la escena tenía siete años y al final, seis. Relean y comprobarán. Enigmas que, naturalmente, sólo los teólogos, aunque pequeños y papagayos, saben interpretar. Otro guión de cine catequístico podría ser éste en que el protagonista no es un pequeño teólogo, sino un gran gilipollas que tiene una madre un poco bestia y que orina niños como quien sacude el moco.

Te voy a poner aquí un ejemplo de un posible diálogo de un niño con su madre, con las respuestas, que he encontrado en varios libros que he leído sobre este tema, a las preguntas más comprometidas que los niños pueden hacer. Evidentemente que no es para que des la respuesta al pie de la letra. Es para que te orientes en las respuestas que necesitas y las acomodes a la edad, el sexo, madurez, etcétera, del niño que pregunta.

—¿De dónde ha venido mi hermanito?

—Se lo ha mandado Dios a papá y a mamá porque se quieren mucho.

—Entonces tía María y tío Pepe no se quieren porque Dios no les manda ningún hijo.

—Es que los hijos son un regalo de Dios, y ese regalo Dios no se lo da a todos.

—¿Y cómo vienen?

—Dios ha puesto en la barriga de las madres un niño muy abrigadito. Y ahí está el niño durante nueve meses, porque al principio es muy pequeñito y se le podría pisar como a una hormiguita. También yo te he llevado a ti nueve meses debajo de mi corazón y te he alimentado con mi sangre. Por eso te quiero tanto, porque eres hijo de mi sangre. Cuando yo te llevaba dentro de mí, pensaba mucho en ti, te preparaba la cuna, los pañales, camisitas, y muchas cosas más, y rezaba mucho a Dios por ti. Cuando ya fuiste un poco mayor entonces te di a luz. Esto me hizo sufrir fuertes dolores, y tuve que guardar cama. Pero estos dolores se transformaron en alegría cuando te tuve en mis brazos y pude abrazarte y besarte.

—¿Y por qué te hice sufrir?

—Porque cuando saliste de dentro de mi cuerpo eras ya grandecito, y me costó mucho trabajo.

—¿Y por dónde salí?

—Por una puerta que Dios ha puesto en el cuerpo de las mujeres, y que llevamos siempre tapada, porque las personas mayores nunca enseñan eso.

—¿Dónde está esa puerta?

—Por donde se orina. (Jorge Loring, jesuita, *Para salvarte*, 38ª edición, 1975.)

¿Por donde se orina es parte deshonesta?
¿Y usted me lo pregunta?
Yo no soy teólogo.

Los teólogos son unos señores muy serios y muy formales que con sólo mirar un poco te señalan las partes deshonestas de las mujeres. Cuando los directores de cine no son teólogos se ven obligados a besar en su integridad el cuerpo de la primera actriz y no paran hasta detectar todas las partes deshonestas y marcarlas con un rotulador negro.

Los besos verdaderamente deshonestos, esto es, los que se darían en las partes deshonestas de otros, siempre son pecado mortal, aunque no exista peligro de afecto venéreo, por razón de la grave indecencia que encierran y del inminente peligro de lascivia que acarrean. Partes deshonestas, dicen los teólogos a las partes genitales o las a ellas próximas. (Ramiro Camacho, *Profilaxis espiritual.*)

Hay que ser muy teólogo con sobresaliente en Derecho Canónico para saber que las partes genitales son deshonestas. En las películas de amor apasionado el director ha de ser, además de canónigo, teólogo, o sea un canónigo teologado. Si no es teólogo se pasa todo el tiempo buscándole a besos las partes deshonestas a la primera actriz y el rodaje no avanza. Si el director de cine no es teólogo corre el riesgo de estimar parte honesta los genitales y considerar que es lo mismo un ligero besín que un besazo. Y no.

No es lo mismo un ligero besín, que un sensual besazo. Si se trata de un abrazo de frente y apretado, con un beso en la boca, prolongado y ardiente, que no tiene nada de casto, que es un desahogo pasional, que es un sustitutivo... entonces, ¿qué se siente en las pasiones? Pues Jesucristo dice que es pecado desear lo que está prohibido hacer. Y es pecado mortal provocar voluntariamente una excitación sexual. El beso en la boca es especialmente excitante, pues va unido al apetito sexual. Los labios son una zona erógena. (Jorge Loring, jesuita, *Para salvarte*, 34ª edición, 1969.)

No, no es lo mismo un besín que un botellín.
Ni un besuco es lo mismo que un besugo.
Ni un besazo lo mismo que un botellazo.
El besín con el botellín y el besuco con el besugo lo confunden mucho los sordos, aunque sean teólogos con sobresaliente en Derecho Canónico.
Va el director y le dice a la actriz:
—Dale un besín.
Y la actriz le da un besín.
—No le des un besazo lascivo.
Y la actriz no le da un besazo lascivo.
Va el director y dice:
—Necesito un besugo.
Y el productor va a la pescadería, trae un besugo y se lo da.
Pero si el productor es sordo, por mucho sobresaliente que ten-

COMO DISCURRE UN NIÑO

La mesa en que ahora escribo la construyó un carpintero.

El carpintero tuvo que comprar y cepillar las tablas.

Las tablas se serraron de los troncos de los árboles.

Los árboles crecen en la Tierra.

La Tierra fue creada por Dios.

Dios es el principio de todas las cosas

CONVERSACIÓN.—**Artes y Oficios:** ¿Qué objetos construye un carpintero?—¿Qué herramientas necesita?—¿Qué materiales emplea?—**Religión:** ¿Cómo es Dios Creador?—¿En cuántos días creó Dios el mundo?—**Gramática:** ¿Cuáles son las palabras de una sílaba en el anterior relato?—¿Cuáles son las de dos, tres y cuatro sílabas?

5

(Ezequiel Solana, *Lecturas infantiles*, Editorial Escuela Española, Madrid, 1944.)

Un pequeño teólogo en trance metafísico.

ga en Derecho Canónico, cuando el director le pide un besugo el productor le da un besuco.

Así de sencillo.

Así de teologal.

De aquí la necesidad imperiosa de que el director de cine no sea sordo. Los coreógrafos y los técnicos de sonido de las películas musicales tampoco deben ser sordos. En los bailes de salón de las películas románticas y en los bailes acrobáticos de las películas musicales con frecuencia se comprobaba que el coreógrafo no tenía sobresaliente en Derecho Canónico. Si lo tuviera, al cuerpo bailón de las chicas de conjunto que componen el cuerpo de baile les pondría un buen cilicio. Y si los técnicos de sonido fueran sochantres, en vez de ponerles un tango les pondrían un Tántum ergo.

> Bailadora y virtuosa son incompatibles. ¿Cuándo no lo serán? Cuando la que baile lleve un buen cilicio. Cuando, mientras baile, esté meditando en la Pasión. Cuando su compañero, en vez de piropearla, rece jaculatorias. Cuando, en vez de tocar la orquesta un tango, toque el Tántum ergo. (Ángel Ayala, *Consejos a las jóvenes.*)

En el libro *El decenio crítico*, edición de 1966, imprimátur, especie de cuaderno de rodaje del que resulta guionista-autor quien se encubre bajo el título Un Consiliario de Acción Católica, se dice..., ¿lo pongo?, no me atrevo, por si hay niños delante o si el lector es propenso a que se le solivianten los bajos instintos, ¿no lo pongo?, en fin, lo pongo, pero quedan ustedes advertidos, dice quien se firma Un Consiliario de Acción Católica:

> Él, embriagado por el movimiento vertiginoso de la danza, siente crecer la pasión sensual en términos indescriptibles. Ella, por cierto pudor, opone una resistencia melindrosa, que no hace otra cosa que excitar aún más los bajos instintos del joven, hambriento de placeres e incapaz de quedar saciado. Él, como un volcán en erupción, arde en llamas de lujuria: ella, cual inquieta mariposa, abandonada en los brazos de su galán, atiza cada vez más la llama crepitante que acabará por convertirla en ceniza. Él, cual inmundo sátiro, atropellando todo sentido del pudor, se sumerge por completo en los va-

pores de su sensualidad que le inflaman y le abrasan, y ella, cual vestal impúdica, ya no pone resistencia alguna y aún se siente inclinada a satisfacer los gustos y caprichos del lobo que la estruja entre sus brazos. He aquí el cuadro, plásticamente pintado. Si una madre viese, en otro momento, a su hija entregada y perdida de esa forma en los brazos de un joven, exclamaría: ¡qué es lo que hace con ella!, y correría a arrebatársela a viva fuerza. Pero aquí todo se perdona en honor... ¡de la música!

Se nota que el guionista no tiene sobresaliente en Derecho Canónico, por muy Consiliario de Acción Católica que sea. Si lo tuviera, la madre no sólo rescataría a la inquieta mariposa del volcán en que se hallaba, sino que sobre el inmundo sátiro vaciaría el cargador de un nueve largo. Si el director fuera canónigo, los protagonistas que en la película han trabajado de novios, amantes o esposos por lo civil o parejas de hecho saldrían del rodaje sólidamente casados por la Iglesia y como Dios manda: Maureen O'Sullivan con Johnny Weissmüller, Carmen Sevilla con Jorge Negrete, Vivien Leigh con Clark Gable, Ingrid Bergman con Charles Boyer, Paquita Rico con Vicente Parra, Lana Turner con

(Jeremías de las Sagradas Espinas, pasionista, *Jóvenes, cuidad la pureza*, 1950.)
El pinchadiscos de la discoteca del infierno haciendo caja.

Robert Taylor, etcétera, con lo cual que las parejas más que estar en un plató estarían en una luna de miel, y en lugar de pervertir al público de la sala les serviría de benéfico ejemplo.

Cine verité, le dicen.

Si el director tuviera sobresaliente en Derecho Canónico, sería abogado de la Rota, que se gana más que haciendo películas. Si el director fuera canónigo, tendríamos bodas de verdad en el cine, y no meros amancebamientos. Si los guionistas fueran canónigos, aunque vivieran amancebados, llevarían al cine este dramón:

> Un hombre había vivido escandalosamente amancebado. Estaba ya para morir y no quería echar de casa a la manceba; pero unos amigos la sacaron a la fuerza y llamaron al confesor. Habló éste con tal fervor, que se compungió y se confesó con muchas lágrimas. Murióse pronto, y a la mañana siguiente fue el Padre a decir Misa por su alma. No había nadie en la sacristía y empezó a revestirse mientras llegaba el ayudante; pero al ponerse el amito, sintió que por detrás se lo tiraban al suelo. Se vuelve y no ve a nadie; prosigue no sin susto, y a todas las vestiduras sentía que le impedía no sé qué fuerza. Ya revestido y puesto delante del cáliz, desaparece éste de su vista. Aquí lleno de espanto oyó unos tristísimos gemidos. "¿Quién eres —preguntó— y qué quieres?" En esto se le pone delante un terrible hombre, que le dice: "¿Qué intentas, Sacerdote de Dios?" "Quiero decir una Misa por un hombre que murió ayer." "Pues yo soy ése, no la digas, que estoy condenado." "¿Cómo? Pues, ¿no te confesaste llorando?" "Sí, pero empezando ya la agonía me representó el demonio: '¿Cómo te olvidas de fulana?' Y yo: '¡Oh, nunca la hubiera conocido!' Volvió a instarme: '¡Si te quiere tanto, si lo supieras, está hecha un mar de lágrimas! ¿Y tú te olvidas?' 'Yo resistí.' 'Eso haces —replicó— porque piensas que te mueres, pero si sigues viviendo, ¿has de tener corazón para dejar a esa pobrecita?' Yo dije: 'Si vivo volveré otra vez a esa amistad'; y al decir esto, expiré; y este pensamiento consentido borró mi penitencia y me tendrá eternamente condenado." (Ginés María Muñoz, misionero apostólico de la Compañía de Jesús, *La santa perseverancia*, 1943.)

El gallinero del Principal éramos un alborozo de chiquillerías que aplaudiendo y espoleando el suelo con los zapatos y cabal-

XI. EL TELEFONO

Petrita, que no tiene más que cinco años, ve que su mamá suele hablar por el teléfono. La niña está muy intrigada y quisiera también hablar por el aparato, como lo hace su mamá.

Por fin, un día se atreve a pedírselo.

–¿Quieres hablar por teléfono? –pregunta su mamá–. Muy bien, hablarás. Pero ¿con quién?

Petrita no sabe con quién. Pero insiste en que quiere hablar. Entonces su mamá le pone en comunicación con la señora maestra, diciéndole que Petrita quiere hablarle.

–Toma el aparato y háblale a la señora maestra, que está preparada para escucharte.

La niña lleva el aparato a la boca... y no sabe qué decir.

–Anda, háblale –le dice su mamá–, que está esperando.

Petrita no dice nada, no se le ocurre nada.

–Pero, hija mía, di algo; lo que sepas.

Y Petrita, al oír que diga lo que sepa, exclama:

–Pregunto: ¿sois cristiana? Sí, por la gracia de Dios.

Y, satisfecha de haber salido del paso, cuelga el aparato.

(Antonio J. Onieva, *Pinitos*, primer libro de lectura, 1950.)

Pequeña teóloga exigiendo a gritos (y por teléfono) un papel de protagonista en una película española.

gando los bancos corridos salvábamos al hombre blanco, al hombre bueno, al hombre generalísimo, al hombre paramilitar, y de ello y la escandalera producíase tremolina y el riesgo de que todo el tinglado y maderamen se derrumbasen y nos precipitáramos sobre las nenasbién del patio de butacas. Con algo de suerte podría tocarme caer encima de La Galaica. Yo veía a Tarzán con su señora en los selvavírgenes y, fruto de mi aplicación a la Historia Sagrada, irremisiblemente me acordaba de Adán y Eva haciendo cochinadas en el paraíso terrenal, y me acordaba de las parejas haciéndolas en las filas postreras del patio de butacas y aun en los bancos corridos del gallinero, mira que si La Galaica con otro.

¡Qué escenas tan bochornosas se presencian hoy en las butacas de los cines, en los rincones de los cafés, en las calles solitarias, en los portales, en los paseos apartados! La desvergüenza va siendo tan grande, que las parejas se despreocupan ya de los transeúntes. Esto lo que aparece al exterior. Lo que queda oculto en el fondo del pantano, que es incomparablemente peor... Por algo los chicos tienen gran reparo en pretender a una chica que ha tenido novio. Saben por experiencia propia y ajena lo que suele suceder hoy entre la mayoría de los novios. (Juan Rey, jesuita, *Camino del hogar*, 1959.)

El Peripepe, acomodador del gallinero del Principal, era un tipo achaparrado y buena gente que lo habían metido dentro de una casaca con galones y entorchados por lo cual semejaba capitán de los tercios antañones, o napoleoncito de guiñol, o sota de espadas de una baraja Fournier, o almirante de la Invencible, y a mí qué y con qué autoridad cuando la clientela no encontraba asiento tronaba la orden del Peripepe, imperativa, como de predicador o canónigo:

—¡Córranse!

—En eso estamos, Peripepe.

Al cine se va a oscuras y realmente tiene que verse a oscuras porque no pocas veces la luz resultaría insoportable al pudor humano. Una mirada escrutadora al público, abiertos repentinamente los focos de la sala, convencería de que muchas escenas y películas no se pueden ver sin vergüenza a plena luz. (Sariegos, *Luz en el camino.*)

¿Al cine se va a oscuras?

Más bien se está a oscuras.

En el gallinero del Principal eran los novios amontonados en los bancos corridos, sin el apoyabrazos de las butacas de patio siendo obstáculo al ayuntamiento de los cuerpos candentes y al intercambio de los sopores y era el Peripepe con la linterna poniendo luz y con su voz de teniente coronel imponiendo recato:

—¡Esas manos, esas manos, que van al pan! Encima de las rodillas las quiero todas.

Cine en el cine.

A la última fila, donde las parejas se intercambiaban sudores, la llamaban la fila de los mancos.

Encuéntranse en la sala de cine muchas parejas de novios, separadas por un delgado brazo de madera sobre el que brazos de carne buscan apoyo. El demonio, llamado en las Escrituras "espíritu de inmundicia", se enrosca, como en tiempos se enroscó al tronco de un manzano, al brazo de la butaca donde descansan dos brazos de carne: el del novio o amigo y el de la novia o amiga, y tienta. Ya tenemos los tres elementos de que se compone el sabio refrán: novio, novia y diablo: "el hombre es fuego, la mujer estopa, viene el diablo y sopla". Sobreviene el incendio... Nadie advierte el estrago. Ilumínase el interior anunciando el descanso. Se disfraza con risas lo que arrancó lágrimas a los ángeles de guarda. Vuelve la oscuridad; se reanuda la proyección. El fuego y la estopa esperan nuevamente el soplo del demonio. Éste lo hace ya a distancia; ¿qué necesidad tiene de aproximarse? Pronto se hace ascua lo que fue carbón. Perfílase en el telón la palabra FIN...; fin de la película y fin de los zarpazos de la fiera... Los rugidos no se oyen, pero aquélla sigue bramando insatisfecha. Se le ha recrudecido el hambre. Salen; el aire de la calle refresca sus sienes encendidas por el calor de la atmósfera cerrada y el fuego de la pasión. Voltejean por el paseo ni avergonzados ni arrepentidos... ¿De estos noviazgos, qué bueno puede esperarse para el día de mañana? (Juan Alonso Ortiz, *El ídolo de la mujer.*)

En los bancos corridos del gallinero y en las butacas de la última fila del patio de butacas la juventud orensana se entregaba al petting americano. La juventud orensana era de lo más cosmopolita.

El "petting" americano se ha practicado y se practica en la penumbra de las callejas, de los portales y de las últimas filas de los cines de todo el mundo (en Francia cada vez se exige menos oscuridad), pero existe una diferencia con la juventud americana. Las juventudes de otras latitudes, y concretamente la nuestra, se abandonan a estas caricias empujados por el deseo y sin el propósito de entrar en un juego cuyas reglas están claramente delimitadas. La práctica no está tan extendida, porque no existe la sensación de conducta general y porque, persistiendo una moral cristiana, no se suscribe con carácter casi general una ética como la del "petting". Los que saltan decididamente las normas morales, entran libremente en un terreno en el que no se ven presionados por un "reglamento de juego" que procuran seguir todos, y el peligro de perder la cabeza es más inminente. (José María Dexeus Trías de Bes, ginecólogo, *La sexualidad en la práctica médica.*)

En el patio de butacas y en los bancos corridos del gallinero las novias besaban a los novios. Si los acomodadores tuvieran sobresaliente en Derecho Canónico lo impedirían. Si los acomodadores fueran canónigos, las novias del patio de butacas o de los bancos corridos del gallinero les preguntarían si es pecado besarse. Si el acomodador fuera el padre Ramón Sarabia (*Experiencias misionales*) les contestaría:

A las que me preguntan si es pecado besar al novio, les contesto sin vacilar: "Las jóvenes que comienzan besándose en sus relaciones, se pierden todas..., ¡todas!, ¡todas!, ¡y todas!"

Si las que empiezan besándose se pierden, ni te digo de las que empiezan yéndose a la cama.

Cine en el cine, sombras tétricas y cavernosas, y ay si el Peripepe nos contara.

Se apagaban las luces, empezaba el Nodo y de las oscuridades salía humo y los novios decían entre sí lo nuestro está que arde:

—La nuestro está que arde, cariño.

—No hay quien lo pare.

—Soy fuego y tú, estopa.

—Y viene el diablo y sopla.

—¿Te fijas?, nos salió en verso.

—Sí, somos poetas.

Un vate listillo le había compuesto al Peripepe hermoso himno que la chavalería, tras ocultarnos por las esquinas y achantarnos en los agujeros del gallinero, recitábamos, sólo por joder la marrana. El himno, latinado, macarrónico, estrafalario y disparatado, rezaba: «César fuit teatrum Principalem, Peripepus pedivit carnet, César dixit: "Non haberem." Peripepus echavit fuera. Postrero die César con duobus legiones invadit teatrum Principalem et Peripepus mortus est.» A lo que el Peripepus, que no estaba muerto, sino cabreado, replicaba gritando ¡silencio!, ¡silencio!, ¡silencio!, y con la linterna iniciaba la caza de delincuentes.

> Lo peor en los cines no son las películas, son las sombras. De las sombras nocturnas dicen las Escrituras que en ellas salen y discurren las fieras de la selva. Y de las sombras de los cines digo yo que son el momento propicio que buscan las pasiones para desbordarse con más cinismo. ¡Sombras de los cines, qué tétricas y cavernosas sois! ¡Como las sombras del infierno! Sombras de los cines, cuando el Juez vengador proyecte sobre vosotros los rayos de su luz en el día de las cuentas, allí aparecerán las osadías impuras que en vano procurasteis ocultar con vuestro negro manto... ¡Sombras de los cines, cuántos amantes os maldecirán el día en que los desengaños y los remordimientos desgarren las conciencias de las pobres y engañadas víctimas! Sombras de los cines, todos saben que sois cómplices malditos de novios sin conciencia... ¡Todos menos sus padres! (Padre Sarabia, *¿Cómo se educan los hijos?*)

Mucho antes de que el juez vengador proyectase los rayos de luz, nuestro entrañable Peripepe encendía la linterna y, apuntando fantasmal, enfocaba occipucios, se recreaba en las personas, se expandía por la oscuridad, se dirigía a los bancos corridos, apuntaba a las braguetas, era el Peripepe buscando al culpable, o sea, al delincuente, y al descubrirlo le arreaba tremendo coscorrón o, de serle factible, una patada a voleo. A lo mejor el Peripepe tenía sobresaliente en Derecho Canónico. ¡Ah de los cines y las sombras tétricas y cavernosas!

> En tus relaciones con el novio sé cauta, reservada, digna, y, sobre todo, huye de las sombras. La hora oscura es la hora de las confidencias... pero es también la hora del ángel de las tinieblas. Ciertos coloquios prolongados, interminables, por caminos solitarios, ciertos encuentros que duran horas en las salas oscuras de un cine, ocultan siempre la emboscada del mal. (Maximiliano Mazzel, paulino, *En espera de las bodas*.)

La película de los novios en el cine concluía cuando el acomodador —gendarme de la castidad, ángel de pureza, padre espiritual, delegado de la autoridad civil, religiosa y militar, juez vengador— exploraba con su linterna la zona de sospechas para expulsar del paraíso terrenal de la sala de butacas o del gallinero a quienes se hallaren comiendo la manzana puñetera. Al ser enfocada por la linterna la novia surgía de entre las espesuras con el sujetador escorado, con una teta al aire y, para simular, mirando al techo. El padre jesuita Vicente Gambón (*Educación cristiana de las jóvenes*, 1942) llama descuidadas a las novias de sujetador escorado:

> **Es indicio de sumo descuido llevar las prendas de vestir desabrochadas.**

La película de los novios en el cine se reanudaba o continuaba al arrimo de los árboles del jardín del Posío o en los retamales de las cunetas de la carretera de Rairo. Al salir del cine las sombras tétricas se prolongaban en juegos de excitación y caricias atrevidas que el ginecólogo José María Dexeus Trías de Bes (*La sexuali-*

dad en la práctica médica, 1963) señalaba con el esdrújulo y pomposo alias de preámbulo coital:

> La amistad juvenil entre ambos sexos es conveniente, pero resulta peligrosa la profundidad de esta relación humana mediante el flirteo que excluye todo compromiso sobre la perdurabilidad de la misma. También lo es la práctica de caricias atrevidas, propias del preámbulo coital, en lo que se ha llamado por los americanos "petting" y por los franceses "juegos de excitación".

En los confesionarios tremebundos las penitentes se daban sentidos golpes de pecho:

—Padre, este sábado me hice dos preámbulos coitales.

Otra:

—Padre, si soy virgen es por los pelos.

Una tercera:

—Tengo un himen que ni de acero.

—¿Por inoxidable?

—Por duro y resistente.

Al arrimo de los árboles del jardín del Posío o en los retamales de las cunetas de la carretera de Rairo o en las sombras tétricas de los cines, las jóvenes vírgenes apartaban de un manotazo la mano del novio:

—Cariño, déjame los alcázares en paz, por favor, ah, ay.

Entre risas y remilgos y suspiros las jóvenes vírgenes se protegían los alcázares con una mano, unos libros o un abrigo sobre el regazo:

—Ah..., ay..., cariño...

> Para guardar la virginidad en las jóvenes, si su propia estimación lo exige, se han de cerrar por ellas mismas los caminos de acceso en que pudiera peligrar, siendo ella la primera interesada en el asunto y teniendo en sí misma el primer peligro de que el enemigo entre por sus alcázares y se haga dueño de la fortaleza. (Antonio García Figar, dominico, *Por una mujer mejor*.)

—Padre, mi novio me anduvo en los alcázares.

Era un tiempo de mucho sexo es no es, de quiero y no puedo

o apenas puedo: casi desnudos, casi juntos, casi el orgasmo, casi la luz encendida, casi la luz apagada, casi dentro, casi fuera y entre los muslos, las piernas cerradas, los alcázares inexpugnables, amurallados, atrincherados.

España y yo fuimos así, señora baronesa.

Todos poniendo cara de benditos, de no haber roto un plato y nunca haberle metido mano a la novia o a la amante, ni siquiera a la esposa.

Al novio, al amante, ni siquiera al esposo.

Era un tiempo de muchas cifras decimales en que los confesores para dar respuesta solvente y justa debían saber matemática cuántica, por lo menos, o valerse del ordenador del cura del chiste, ¿lo cuento, cuento el chiste? Bien, lo cuento, pero como la gracieta podría herir la sensibilidad del casto lector, éste deberá soslayar lo que a continuación va en recuadro y escrito al revés:

El señor curapárroco, sin duda mundado y cibernético, en el confesionario se ayuda de ordenador, pues no estaría ni medio bien que se ayudase de secretaria en minifalda, digo, por muy taquimecanógrafa que fuere y experta en lenguas vivas y en los arcanos de la Teología.

—Padre, mi novio me tocó las tetas —se acusa una joven feligresa.

El cura pulsa las teclas correspondientes y en la pantallita del ordenador sale un mensaje que el cura transmite:

—En penitencia rézale cinco padrenuestros al Sagrado Corazón de Jesús.

Una semana después la joven repite sacramento:

—Padre, mi novio me tocó los bajos.

El cura, tras consultar el ordenador, dice:

—Hija mía, rézale diez padrenuestros al Sagrado Corazón de Jesús.

Al poco, la pecadora vuelve a confesarse:

—Padre, mi novio me metió la puntita.

El cura pulsa las teclas, y nada. Insiste y por la pantallita asoma un galimatías de raíces cuadradas y ecuaciones de segundo grado mezcladas con sílabas inconexas, un barullo de palabras en varios idiomas amontonadas sobre una tabla de logaritmos. Nada, imposible. El cura se dirige a la feligresa:

—Hija mía, que te la meta entera, porque esta máquina no saca decimales.

—Señor cura, me he cepillado al novio.

—¿Qué?

—Tuve relaciones íntimas.

El colectivo autodenominado Ángel del Hogar (*El matrimonio*), fecundo de libros de formación moral, a tener relaciones íntimas le llama don mutuo completo.

> Los novios deben evitar en sus testimonios de afecto todo lo que normalmente constituye las premisas psicológicas del don mutuo completo. Deben mantenerse con rectitud y lealtad en el justo medio, por una parte entre las simples exigencias de una afección recíproca que tiene derecho de manifestarse y que es perfectamente lícito mostrar y, por otra, la prudencia necesaria para evitar las demandas intempestivas del instinto.

—Detalles, hija mía, necesito detalles, cuéntame…

—Dándole que estábamos al preámbulo coital me vi acechada por las demandas intempestivas del instinto y aboqué en el don mutuo completo.

Decir don mutuo completo es igual de placentero pero mucho

...en recio freno para las libertades de la juventud...

(Antonio Vallejo Nágera, psiquiatra, *Antes que te cases.*)

Híbrido de arcipreste anciano, guarda forestal y suegra bigotuda con la carabina cargada dispuesta a disparar así los vea entregarse al preámbulo coital.

menos zafio que decir echemos un polvo o me he cepillado al novio. Las novias bien educadas demandaban intempestivamente el don mutuo completo.

—Cariño, hagamos un don mutuo completo.

Como si fueran una puta de la mancebía ofreciendo servicio, las mal educadas abreviaban la expresión:

—¿Te hago un completo, amor?

A las demandas intempestivas del instinto, monseñor Tihamér Tóht lo llama instintos briosos.

—¿Procreamos un poquito? Es que tengo el instinto brioso, ¿sabes?

Y la briosa se postraba de hinojos y golpes de pecho:

—Padre, me vinieron los instintos briosos y por un quítame allá esas pajas me entregué a la procreación, ¿qué penitencia me echa?

A monseñor Tihamér Tóth (*¡Muchachas! Así...*, Madrid, 1962, quinta edición) tanto y tanto tiempo lo tuvimos en nuestra infancia que nos parecía de la familia:

No olvides que eres mujer; mujer compuesta de cuerpo y alma. Hay en tu naturaleza instintos briosos. Y uno de los principales es el instinto de la procreación, es decir, el sexo. Por tanto, cuando éste deje oír su voz interior, si despierta deseos o pensamientos, no por eso debes asustarte ni desalentarte.

Siendo ya alumno bachiller en calidad de interno del Colegio Menor Calvo Sotelo, cuando en Piñeira de Arcos se celebraba boda de campanillas, si previamente no me había desplazado al pueblo para asistir de convidado, yo esperaba en Orense el autobús y recibía a mis convecinos a pie de estribo, como si fuera un ministro plenipotenciario, pues por producirse generalmente en sábado o festivo, que eran días no lectivos, me daban libre en el colegio. Nada más avisarme de que vendrían, yo diseñaba un itinerario para enseñarles a mis cómplices de jarana y adolescencia la

Sección 3ª

Adán y Eva

El primer hombre que hizo Dios se llamó Adán y la primera mujer Eva.
Fueron nuestros primeros padres.
Adán y Eva vivían en un jardín donde había muchos árboles llenos de fruta y de flores y muchos animales que eran muy mansos.
Aquel jardín se llamaba el Paraíso.
Pero Adán y Eva hicieron un pecado muy grande y el Señor les castigó y los echó del Paraíso.

11

(Rafael Martínez Cano, *Nociones*, libro de primeras materias para párvulos, 1951.)
Como cuando el acomodador se cabreaba y expulsaba del cine a los novios entregados a impúdicas osadías.

ciudad en todos sus vericuetos y escondites, les organizaba una gira canalla para viandantes golfos que iniciábamos en los escaparates ortopédicos, espectáculo incluso en el capítulo elástico, difuso, municipal y espeso denominado inmoralidad pública.

> Empecemos por definir "inmoralidad pública". Es un ente elástico y difuso, que embebe e impregna de esencias deletéreas, a veces impalpables, otras descaradas, todo el cuerpo social. Es esa señorita atrevida, presente en mil partes con las formas más variadas y provocativas. En el escaparate es el figurín insinuante o procaz; en la librería y el quiosco, la novela pornográfica o la revista indecente; en la farmacia o escaparate ortopédico o aparato de lesa humanidad. (David Meseguer y Murcia, jesuita, *Juventud y moral.*)

¡Ah de los escaparates ortopédicos! Cuando los hubimos descubierto, ¡qué antigualla los escaparates del Esprit, lencería fina! Íbamos de escaparates ortopédicos como quien va de putas. ¡Qué piernas de madera, qué caderas de cemento armado, qué, en fin, corsés de cuero repujado para enderezar columnas vertebrales, qué aparatos de lesa humanidad! ¡Qué bragueros para herniados! Entonces suponía que los bragueros ortopédicos eran cinturones de castidad. ¡Qué medias para las varices! ¡Qué varices! ¡Qué dentaduras postizas! Las dentaduras postizas no sólo han merecido y merecen la atención de los ancianos carcomidos, de los protésicos dentales y de los estomatólogos usureros. También el moralista don José Luis Chiavarino (*Hacia un matrimonio feliz*, Ediciones Paulinas, Bilbao, 1966) se ocupó de la mercancía:

> La mujer, esclava de la moda, nunca está satisfecha y sacrifica hasta la salud. En efecto, se la ve: Cortarse la melena, que es su mejor riqueza. Empringarse el rostro, que es el espejo más bello de su persona. Quitarse los dientes verdaderos, para sustituirlos por dentadura postiza. Descubrirse el pecho y espalda, como las gitanas. Aligerarse de ropa, yendo a veces casi desnudas como los salvajes, sin preocuparse del frío y de las heladas. Adoptar las posturas más extrañas, ridículas y aun escandalosas, con el solo fin de llamar la atención.

La mujer esclava de la moda llevaba en el bolso tres o cuatro dentaduras postizas y a lo largo del día se la cambiaba varias veces:

ésta para picar aceitunas, ésta para comer pescado, ésta..., ¿ésta?

—Para besarte mejor.

—¿Y ésta?

—Para morderte mejor.

—¿Y esta otra?

—Para chuparte mejor.

A los pichabravas de la comitiva de Piñeira de Arcos nos resultaba señaladamente gozoso y de mucha picardía plantarnos al pie de las escalinatas de la iglesia de Santa María Madre o de donde hubiese pendiente, en cualquier ubicación que nos propiciara escrutar un cacho de culo o de braga, ¡eso sí que nos era escaparate ortopédico y aparato de lesa humanidad!

El vestido deshonesto es la ruina de la moral pública. Cubierta con él, la mujer se constituye en sacerdotisa del culto de la carne, y a su paso por la calle va encendiendo en los que la admiran la llama de la sensualidad, desatando las repugnantes pasiones que bullen en los más bajos fondos de lo humano, despertando pensamientos impuros, excitando deseos deshonestos y lanzando a muchos por la pendiente de la impureza, por lo que se precipitan rápidamente en el sucio abismo de la vida de reptil. (Enciso Viana, canónigo, *¡Muchacha!*)

Los de Piñeira de Arcos nos precipitábamos en el sucio abismo de la vida de reptil, nos agachábamos, nos arrastrábamos, reptábamos, tirábamos una moneda de dos reales al suelo que repiqueteaba contra los adoquines y rodaba y nos agachábamos para cogerla y reptar y ya inmersos en nuestra vida reptil rastreramente comprobábamos en quien fuere:

A) Si la braguita era rosa o amarilla.

B) Si la braguita era de otro color.

C) Si la braguita estaba rota.

D) Si tenía braguita.

Los de Piñeira de Arcos siempre fuimos muy curiosos.

Y un poco bestias.

—Adelante, vamos a ver tetas.

Aplastábamos la boca y la nariz contra los ventanales de la cafetería Miño y yo, que estudiaba latín y algo había aprendido, con la vista fija en los escotes de las descocodas, más por guasa y exhibir ciencia que por corregirlas, no era éste mi interés, les gritaba:

—¡Ratione periculi et damni proximi!

Las descocadas no sabían latín y subiendo los hombros, arqueando las cejas y abriendo los abrazos se hacían esta inquietante pregunta que les leíamos en los labios:

—¿Qué?

Si las descocadas en lugar de apoltronarse en las cafeterías estuvieran en casa leyendo a fray Pedro Lumbreras no preguntarían ¿qué? al gritarles ¡ratione periculi et damni proximi!, si hubieran estudiado latín y leído el *Epítome de Teología Moral* de fray Pedro Lumbreras sabrían que cuando los escotes «son de manera que dejen en gran parte, o casi por completo, descubiertos los pechos, o cubiertos sólo con una tela muy delgada, será pecado grave de escándalo, porque semejante inmodestia provoca a la deshonestidad. Pero si la desnudez no es tanta y sólo permite ver los brazos y parte de los pechos, según san Ligorio, pecan mortalmente las que introducen esta costumbre donde todavía no existe, pero una vez introducida no pecan por sólo eso mortalmente las que la siguen; si bien son grandemente reprensibles, pues "ratione periculi et damni proximi" son adornos muy expuestos a pecado», y, desde fuera, les gritaba el jefe de la expedición de Piñeira de Arcos, que era yo.

—¡Viva san Ligorio!

—¡Viva! —contestaban los expedicionarios.

—¡Viva fray Lumbreras!

—¡Viva!

—¡Viva san Epítome!

—¡Viva!

No hay nada como ser políglotas.

Incluso para obtener indulgencia plenaria.

De las descocadas del Miño tanto como los escotes nos encandilaban las enaguas. «Esto de levantarse el vestido para sentarse es una costumbre nacida de la economía doméstica, pero no del buen gusto ni de la elegancia. ¿Es lógico enseñar las enaguas o la combinación? Tratemos de sentarnos alisando disimuladamente nuestra falda, de manera que no se arrugue; un ademán previsor, pero que no se nota. Esto es todo lo que podemos hacer.» (Carmen Werner, *Convivencia social*, tercer curso.) Lo lógico para no enseñar las enaguas es sentarse a plazos, en varios tiempos, siguiendo el manual de instrucciones que ofrece el libro *Tu belleza*, de Anita Colby, no te será difícil:

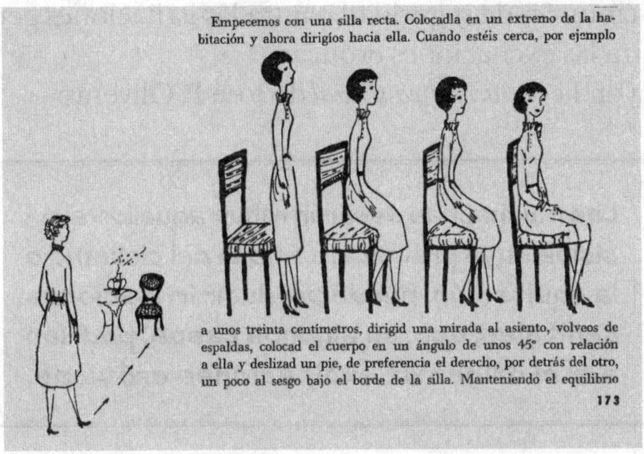
Empecemos con una silla recta. Colocadla en un extremo de la habitación y ahora dirigíos hacia ella. Cuando estéis cerca, por ejemplo

a unos treinta centímetros, dirigid una mirada al asiento, volveos de espaldas, colocad el cuerpo en un ángulo de unos 45° con relación a ella y deslizad un pie, de preferencia el derecho, por detrás del otro, un poco al sesgo bajo el borde de la silla. Manteniendo el equilibrio

173

Por el Paseo nos dimos de cara con la hija del gobernador militar, que venía de montar a caballo: negras polainas, látigo al hombro, pantalón de entrepierna reforzada, humeante egipcio en una mano, hablando alto y hasta chulo. Detuve la marcha y, desde prudente distancia, señalé con un dedo a la hija del gobernador militar:

—He aquí, queridos convecinos, una modern style.

Como en esto la modern style dejara de hablar alto y hasta chulo para ponerse a llorar, ipso facto deduje que su caballo predilecto había perdido una herradura.

Ésas que abundan cada vez más y se llaman a sí mismas jóvenes "modern style", así, en inglés, para que ellas se entiendan. Son las que no tienen reparo en ir cambiando su feminidad —su más bello ornato— por la masculinidad, que las afea horriblemente y que hasta inspira asco en la gente seria. Me refiero a las que silban, fuman, ríen a carcajadas, hablan alto y hasta chulo, dan un espaldarazo a cualquier muchacho, no tienen más conversación que de coches, marcas, carreras, "box", "foot ball", "yachting", "golf", "tennis", "cricket"; asisten, sin perder uno, a todos los campeonatos, y hasta... lloran cuando pierde su caballo o su "team" predilectos. (Joaquín Azpiazu, jesuita, *Tú y ella*.)

El refuerzo de la entrepierna a lo mejor era un braguero para herniados sacado de un escaparate ortopédico.

O un cinturón de seguridad contra las irritaciones genitales.

Y contra las excitaciones eróticas.

Figura en la *Guía médica sexual* de José P. Oliveras:

Las muchachas deberán rehuir aquellos ejercicios cuya práctica, como la del ciclismo o la equitación, puede producir irritaciones genitales, que, en algunos casos, podrían ser el origen de excitaciones eróticas.

Pero como su padre era militar de mando en plaza, la modern style se pasaba por el refuerzo de la entrepierna las recomendaciones de José P. Oliveras. Una modern style, es decir, una mujer moderna, se caracteriza por la silueta de amazona, por la mirada altiva y por ser anquilosada de corazón y llorar cuando su caballo predilecto pierde una herradura.

La mujer moderna resulta anquilosada de corazón, reseca de afectos ingenuos, privada de paciencia; con subidas psíquicas de arrogancia; mutilada en aquellas cualidades típicas que deben convertirla en reina del hogar, en subyugadora de las almas masculinas. Eso, por una parte; y por otra, llega a apuntarse su silueta con corte de amazona, desgarrada, angulosa, de mirar altivo, de aristas sin femineidad, capaces de atraer y dominar únicamente a varones empobrecidos espiritualmente por las exageraciones del deporte, por las desviaciones del vicio, o a espíritus torcidos y descentrados en la apreciación o ponderación de valores humanos, conforme a su substancia y jerarquía. (El jesuita T. Toni en la revista *Razón y Fe*, 1937.)

Cuando el caballo pierde una herradura y cojea, la mujer moderna pierde el virgo si cae de glúteos y entonces se pone a llorar. Sorprendente: si perder el virgo es que se rompa el himen, ¿a cuento de qué la caída de glúteos? Eso: las mujeres modernas tienen el himen en una nalga.

> La virginidad material o anatómica se puede perder también sin contacto deshonesto, por ejemplo, por una caída sobre los glúteos, por montar a caballo a la jineta, por un salto brusco, por andar en bicicleta. En estos casos, de una pérdida inocente, algunos médicos católicos no tienen reparo en hacer una sutura restaurando el himen. La operación parece lícita y se evita la tragedia de una noche de bodas o la desgracia de un matrimonio. Pero no aprobaría yo la operación en una mujer que voluntaria y pecaminosamente perdió su virginidad. (Ramiro Camacho, *Moral íntima de los cónyuges*.)

Hay que evitar la tragedia: sutúrese la pecaminosa.
A suturar.
A suturarse.
A suturarnos.
¡Suturémonos!
¡A himenoplastiarse!
¡Himenoplastiémonos!
Por evitar la tragedia, lo que sea menester.
Algunas pervertidas, por evitar la tragedia, se paraban en el preámbulo coital.

> La virginidad le la mujer radica, además de en el himen, en su inmaculada y pura inocencia, conjuntamente. ¿Cómo es así?, se preguntará el poco avisado. Pues porque algunas pervertidas satisfacen su sexualidad sin copular, sin permitir alterar su himen; tienen himen, pero ¿son vírgenes? Rotundamente, no. Tampoco lo son aquellas mujeres que perdieron su doncellez y luego se hacen ejecutar una himenoplastia, operación reparadora celestinesca, para simular la normalidad anatómica. (Doctor Antonio Box M. Cospedal, *Higiene sexual expuesta a los adultos ilustrados*.)

De la suturación de los hímenes y de los preámbulos coitales salían unos informes muy optimistas y muchas vírgenes, casi todas eran vírgenes y evitaban la tragedia. En *Informe sobre la moralidad pública en España* (memoria correspondiente al año 1942), Madrid, 1943, el Patronato de Protección a la Mujer sacaba pecho:

> En la inmensa mayoría de este pueblo, la mujer llega virgen al matrimonio, y se considera, cuando menos, deshonrada la que fue de otro hombre antes que de su marido; es absolutamente fiel después de casada; soporta toda clase de dificultades materiales y el carácter o vicios de su marido antes de llegar al escándalo del divorcio o de la mera separación de cuerpos; préstase con admirable entereza a todas las cargas de la maternidad, sin limitar la fecundidad del matrimonio; educa en la fe y en la moral cristianas a sus hijos; y rinde comúnmente culto al pudor y a la modestia.

Al salir del cine, entre la arboleda del jardín del Posío o en los retamales de las cunetas de la carretera de Rairo las sombras tétricas se prolongaban en amoríos de pasatiempo. El padre jesuita Remigio Vilariño (*Caminos de vida*) te previene, muchacha:

> **El galanteo inútil, el amorío de pasatiempo es un viaje lleno de peligros en que de ordinario se pierden el joven y la joven, con la diferencia de que el joven no pierde casi nada ante la sociedad, al paso que la joven desmerece mucho y aun a veces lo pierde todo..., y este todo es muchísimo.**

Este todo es el virgo.

El virgo de don Ramón Albó.

Don Ramón Albó, uno que siendo vocal del Consejo Superior de Protección de Menores y juez decano del Tutelar de Menores, en el libro *Siguiendo mi camino*, 1955, contó cómo perder el virgo es casi lo mismo que perder la vergüenza y acabar de puta:

El mayor riesgo de la soltera caída o gestante está precisamente en que, bajo la depresión moral producida por la pérdida de la virginidad, caiga en la prostitución. En efecto, así sucede la mayor parte de las veces: el 37´5 por ciento se precipitan en seguida en el vicio después de su primera caída; el 11´5 por ciento, antes de los seis meses; el 20 por ciento, al año (en total, al año, el 69 por ciento), y el 31 por ciento restante, en etapas sucesivas.

Bajo la depresión moral de la caída y bajo la presión sexual del tío que está encima. Don Ramón Albó, además de juez decano, debía de ser algo así como contable mayor de los virgos y gran estadístico del negociado de las putas. A las putas el doctor Tomás Caro-Patón (*La mujer caída*) les llama meretrices, que es más fino:

> Una tarde, al doblar una esquina de esa calle casi solitaria, me tropecé con una meretriz echando una limosna a la Virgencilla. Al verme se queda un poco corrida; me acerco a ella, y al notar la buena fe de mi pregunta curiosa, me dice un poco en voz baja: "Todos los sábados vengo a echarle una limosna; y le pido mucho, pero no me hace caso; cómo me va a hacer caso, si soy mala."

Hay meretrices que dan limosna a la Virgencilla y hasta van a misa. En la calle del Villar de Orense conocí a una puta de Monforte de Lemos que, salvo fuerza mayor, todos los días iba a misa a la iglesia de Santa Eufemia:

—A mí a católica pocas me ganan, ¿sabías? Los días que voy a misa jodo más, ¿sabías? Por eso voy todas las mañanas.

Entre los árboles del bosque, en los tojos del tojal y contra la pared de los oscuros portales, las chicas más atrevidas eran un kamasutra de gimnasias y adoptaban modales insinuantes y difíciles que habían aprendido de las pantallas del cine y practicado en los bancos corridos del gallinero o en las butacas de la fila de los mancos.

El cine ha hecho muchísimo daño a las chicas enseñándolas modales insinuantes y provocativos, y un modo de ser frívolo y fácil. ¡Cuántas chicas adoptan, en público y en privado, posturas y actitudes atrevidas, influenciadas por lo que vieron en el cine, dándose cuenta o sin darse cuenta del todo! ¡Cuántas chicas se han hecho unas frescas por lo que vieron en el cine! ¡Cuántas chicas cayeron más hondo de lo que jamás sospecharon por seguir unos primeros pasos que aprendieron en el cine! (Jorge Loring, *Para salvarte (ellas)*, 31ª edición, 1963.)

Si a las chicas en general el cine les hizo muchísimo daño, sobre las chicas de clase humilde el cine hizo estragos, una auténtica escabechina. Es evidente.

Es evidente que el cine ha causado verdaderos estragos sobre esas doncellitas de la clase humilde que sueñan con ser "estrellas" y adoptan en su atuendo y embellecimiento las formas ultramodernas de la vida de Hollywood. Observad hasta el tipo y actitud de las juventudes actuales y veréis cuán honda ha sido la influencia del cine. Desde el depilado de las cejas y la pintura de los labios hasta la silueta "tabla" y el minúsculo bigote de los muchachos, casi toda la moda juvenil procede del cine. (Adolfo Maíllo, *Educación y revolución*.)

Y a las doncellitas de clase humilde una vez que embellecidas con las formas ultramodernas de Hollywood les daba por ser señoras, siendo que no eran más que mujeres. El padre Enciso Viana, canónigo de Vitoria, formador de juventudes femeninas, consiliario nacional de la Acción Católica, inmenso moralista de la braga y la bragueta, salvaguardador de las esencias de la España más eterna, nunca hubiera tomado por señora a una mujer. En *El Evangelio de la Madre* el padre Enciso Viana, que no en balde era canónigo de Vitoria, explicándose:

En el lenguaje vulgar suelen llamarse mujeres, en contraposición a señoras, a las que pertenecen a las clases populares; y, sin embargo, hay muchas de clase media y muchísimas de alta alcurnia que no pasan de la categoría de mujeres. Han recibido una educación superficial —excesivamente superficial— muy esmerada. Saben ves-

— 14 —

veremos más corteses y distinguidos en nuestros modales, para hacernos dignos del vestido que llevamos.

No es posible aconsejar sobre vestidos en las páginas de

un libro, pues la moda, siempre caprichosa, varía constantemente, para lucro de modistos, sastres y demás artífices de la misma y en perjuicio de nuestra propia tranquilidad, pues aunque no queramos nos vemos arrastradas en su torbellino. No

(Irma Padovani, *Cortesía y distinción*, 1946.)

Una modern style haciendo la calle.

tir bien, hablar con corrección varios idiomas, presentarse en público, tratar a las gentes, etcétera; pero bajo esa capa exterior tienen el interior sin pulir, en estado más o menos salvaje. Las señoras han conseguido, mediante la educación, el señorío sobre sí mismas; saben frenar las pasiones, domeñar los apetitos, encauzar sus inclinaciones naturales, poner bajo el control de su razón todos sus actos.

Ha llegado el momento de hacernos las preguntas enormes. ¿Qué es una señora? ¿Acaso la señorita de falda estrecha que pretende ganar el estribo de un tren de cercanías? ¿Qué es una mujer? ¿La vía de un tren de cercanías cuyo estribo pretende ganar una señorita de falda estrecha? ¿El ingeniero que construyó la vía estrecha de un tren de cercanías y tiene una novia en Medina del Campo, que es nudo ferroviario? ¿O la madre de la novia de un ingeniero que tiene falda estrecha y construyó la vía de un tren de cercanías? ¿El perro de la madre de la novia del ingeniero que construyó la vía de un tren de cercanías y que en sus horas libres confecciona faldas estrechas? ¿El pedigrí del perro de la madre de la novia del ingeniero que construyó la vía de un tren de cercanías en Medina del Campo? Podríamos no parar de decir tonterías y seguiríamos sin saber qué coño es una señora. ¿Y qué es una señorita? ¿Y qué una muchacha de servir? Nos callamos, dejemos hablar al Eclesiástico:

Dice el Eclesiástico que "en el vestir, caminar y reír se conoce quién es cada cual". ¿Será esto exacto? Porque se han puesto las cosas en términos que, si atendemos a la manera de trajearse las jóvenes, nos será difícil precisar si es señorita o muchacha de servir la que pasea nuestras calles: vestido corto, ceñido; cejas depiladas, ojos ensombrecidos; labios como cerezas por embadurnamiento; zapatito ajustado, o de alza, o de tacón respetable. Tan sólo nos puede sacar de dudas el compañero que sonríe a su lado. Y si la joven descrita marcha sola o del brazo de una amiga tan peripuesta y pitiminí como ella, entonces la cesta de compras, o el delantal, o el plumero, o la escoba descifrarán el lunes el enigma del domingo. Pero aunque el exterior induzca, en ocasiones, a engaño, siempre afirmaremos, ya sea señorita o muchacha la que así se emperejila, que allí hay falta de cabeza y sobra de vanidad. (Juan Alonso Ortiz, jesuita, *El ídolo de la mujer.*)

(Esperanza de Briones, *La belleza*, 1945.)

Una modern style con kilos y sin complejos.

Gracias al Eclesiástico empezamos a saber algo más: una muchacha de servir no es una señorita.

Basta con mirarle el plumero.

Íbamos por la calle y sin apenas fijarnos decíamos:

—Ésa, señora.

—Ésa, mujer.

—Ésa, criada, por el plumero.

—Y por la escoba.

—Ésa, señorita, por el pitiminí.

Un recluta al lado y si es de ganchete, mejor, facilita la identificación de las muchachas de servir. Los gobernadores civiles debieran echar un bando con la orden de que las criadas lleven siempre la escoba, un plumero, un delantal y una cesta de compras, o, lo más eficaz, un recluta. Pero como los gobernadores civiles se pasan todo el mandato inaugurando casas consistoriales, colocando primeras piedras de impresionantes polideportivos e identificando malhechores, nunca se ocuparon de identificar a las muchachas de servir.

> Un amigo mío, por razón de sus asuntos, fue a hablar con una señora muy atenta, muy amable... muy pintada; más pintada que amable y atenta. La necesidad le forzó a visitarla para ultimar un negocio. Serían las once de la mañana cuando se presentó en su casa; llama y acude a abrirle la señora de marras. Mi amigo tenía a flor de labios la pregunta: "¿Está la señora?", cuando, providencialmente se adelantó ella, invitándole con finura a pasar; de retrasarse unos segundos, mi amigo sufriría el bochorno de haber confundido, lastimosamente, a la señora con la cocinera, fregadora o asistenta. Su cara (la de la señora) era una perdición, y sus cabellos otra. La acción de la pintura y agua oxigenada dejan ver sus efectos en todo el esplendor de su gloria, momentos después de abandonar el lecho: manchones en las mejillas, grietas en los labios, esparto en la cabellera... (Juan Alonso Ortiz, jesuita, *El ídolo de la mujer.*)

Confundir la criada con la señora, hasta eso hemos llegado. Doncellitas de clase humilde embellecidas con las formas ultramodernas de Hollywood, lo que faltaba.

LA PLANTA PRECIOSA

Dos criadas, María y Margarita, regresaban del mercado de la ciudad vecina. Cada una de ellas llevaba una cesta muy pesada, llena de verduras y provisiones. Margarita murmuraba continuamente y se quejaba del peso de su carga. María hablaba y reía alegremente, como si su cesta pesara muy poco.

—¿Cómo tienes humor de reír? —dijo Margarita a su compañera—; tu carga es tan pesada como la mía y tú no eres más fuerte que yo.

—Es porque yo he puesto en mi cesta—respondió María—una plantita que disminuye su peso.

—Por favor, María, dime cuál es esa planta: yo quiero tenerla también para aligerar mi cesta, que encuentro muy pesada.

María le dijo entonces:

«La planta muy preciosa que hace ligeras todas las cargas es la paciencia.»—*Schmid*.

(H.S.R. *Lengua española*, 2º, 1943.)

Nadie las hubiera tomado por señoras. Ni por señoritas. Todo lo más, por mujeres. El delantal las delata.

Manda carallo con el cine.

Habló el Eclesiástico.

Que hable ahora la veteranía académica.

Don Francisco Rodríguez Marín, pese a la veteranía, sólo una vez había ido al cine y le fue suficiente. En octubre de 1940 el periodista Fernando Castán Palomar conversaba, para la revista *Primer Plano*, con don Francisco Rodríguez Marín, «el más viejo académico de la Española, hoy director de ella», y éste fue el resultado, un poco largo, pero elocuente:

—No se trata de una encuesta proselitista. Se trata de saber qué visión tiene del cine la veteranía académica.

—Pues, sinceramente, amigo mío, creo que el cine, cuyo invento pudo haber hecho mucho bien, ha producido grandes daños.

—A ver, a ver.

—Cómo, ¿pero no está visto? ¿Qué más quiere usted que esos cartelones en los que aparecen los artistas besándose? Pues si eso se exhibe en el exterior, dígame usted qué es lo que ocurre dentro.

—Pero, ¿usted ha entrado alguna vez en el cine?

—Sí, señor, en Sevilla. Hace de eso muchos años. En Madrid llevo treinta y tres y solamente una vez he ido al cine.

—¿Una vez? ¿Cuándo?

—No recuerdo la fecha. Fui al Monumental, porque me dijeron que había un cuadro flamenco en el que actuaba Chacón. Yo conocía, de mi tierra, a Chacón. Y quería oírle. Lo encontré muy averiado. ¡Bah! No valía la pena...

Rodríguez Marín quiere situar exactamente su desencanto del cine, con esta comparación que extrae de un viejo recuerdo.

—Fui yo —dice—, en cierta ocasión, por asuntos particulares, a Marchena. En la fonda donde me alojaba se presentó un trotatierras que exhibía un invento reciente a la sazón: el fonógrafo. El aparato que presentaba llevaba seis juegos de auriculares. Nos reunimos seis huéspedes, pagamos cada uno los dos reales que aquel hombre cobraba por dejar oír, y nos dispusimos a oír la novedad apasionante. Todos llevamos a nuestras orejas, con impaciente afán, aquellos hilos mágicos. Y esperamos la voz misteriosa. ¿Sabe usted lo que oímos? Pues unas copias obscenas que había impresionado un cocinero. ¡Y para esto inventó Edison el fonógrafo!

Con amargura prosigue el docto publicista:

—Lo que digo del fonógrafo, póngalo usted a propósito del cine.

—Sin embargo, don Francisco, el cine ha logrado producciones de limpio y gallardo linaje.

—¿El qué? ¿"La Gitanilla", por ejemplo? ¿Pero usted estima de recibo que se arreglen las obras de Cervantes? ¡Eso es una barbaridad! Eso es como lo que hizo aquel Diego San José, que "arregló" para el teatro "La Ilustre Fregona". Pero, ¡qué valor! Diego San José, ¡colaborador de Cervantes! ¿Qué clase de broma es ésta?

En el cine las doncellitas de clase humilde aprendían a echar humo con modales insinuantes y provocativos, lo que, según la camarada María Pilar Morales (*Mujeres*), constituía un espectáculo de muy mal gusto e impropio de una mujer auténticamente femenina.

El uso del tabaco en la mujer, como espectáculo, es algo de mal gusto, extraño a nuestro modo de ser e impropio de una mujer auténticamente femenina.

Pues si fumar es de mal gusto e impropio de una mujer femenina, ni le cuento a doña María Pilar Morales qué espectáculo es fumar tagarnina con los labios inferiores. Las que fuman tagarnina son caso perdido. Fumar tagarnina es un perverso desatino que el misionero paúl Daniel Vega (*Las modas al ridículo*) denuncia con estilográfica maestra, propia de quien tiene sobresaliente en Derecho Canónico:

Sé de varias niñas que fuman tagarnina y lían el cigarro con la misma solemnidad del sexo feo. Se ponen el papelito prendido por la punta en el labio inferior izquierdo, mientras con las dos palmas de la mano pulverizan de derecha a izquierda la cantidad que han vaciado poco antes de una petaca. Una vez liado, comienza la succión comprimiéndose al unísono ambos párpados, con más inflexión el izquierdo, en señal de fruición. Éstas, aunque las menos, ya tragan el humo y hablan en voz en que el timbre femenino ha perdido su prístina pureza de tiple o "mezzo-soprano", para pasar a barítono, casi a bajo de ópera.

Esto lo escribo bocabajo, porque me parece excesivamente obsceno. ¿En el labio inferior izquierdo, don Daniel? Los labios de la cara, reverendo, son el de arriba y el de abajo, para que la sonrisa luzca horizontal, pero de los labios inferiores, ¿el izquierdo?, ¿cómo?, ésos no los hay en la cara, será con su vertical sonrisa y la lagartina en medio. Cuentan que en Pigalle las estrellas del striptis fuman lagartina y se ponen el papelito en el labio inferior. Sería magno espectáculo a las niñas que fuman lagartina sacarlas de pornoactrices en los circos y teatrillos haciendo malabares y acrobacia golfa con el labio inferior izquierdo.

Como en la cola del Principal coincidiera con La Galaica sacando entradas para la sesión de tarde, tras dedicarle con el soslayo guiño chulapón y matasiete consulté mi reloj Cauny Prima de quince rubíes y comenté para que me oyera e impresionarla:

—¡Joder, las seis!

—¿Ya las seis? —me dijo, sorprendida.

—Exactamente, las seis menos cuarto.

—Ah, bueno.

—¿Vas al cine?

—¿Tú qué crees? —me respondió La Galaica, totalmente tísica y más que nunca.

—Creo que sí, que vas al cine.

—¿Entonces por qué me lo preguntas?

—Por hablar, ¿no?

Entró.

Entré.

Subí al gallinero, me asomé de baranda, la vi abajo, no me vio, y, a fin de que no me sorprendiera mirándola, yo simulaba mirando las pinturas del cielorraso. En aquel entonces la chiquillería del cine de mi capital de provincias no entreteníamos las esperas y las pausas de la película comiscando pipas de girasol o palomitas de maíz, según hogaño es norma, sino castañas asadas y cacahuetes tostados que adquiríamos en un simulacro de locomotora del ferrocarril de fabricación artesana y hojalatera que se instalaba en inmediaciones y era atendida por un astuto fogonero metiendo carbón y vendiéndonos mercancía. En el piso más alto, gallinero del Principal, éramos un alboroto

(De *Y*, revista de la Sección Femenina, diciembre de 1940.)

Por el tacón pudieran parecer señoritas. Pero por el delantal se ve que son muchachas de servir.

(Matilde Ruiz, inspectora de Enseñanza Primaria, *La mujer y su hogar*, 1957.)

de chavalerías, castañas asadas y cacahuetes tostados, y eran en el patio de butacas las nenasbién protegidas por las criadas de aldea, traje negro y delantal blanco, al objeto de que se notara que pertenecían al cuerpo de servicio de la casa. A las nenasbién del patio de butacas la chavalería les tirábamos un confeti de cáscaras de castañas asadas y de cacahuetes tostados que aún lo estoy viendo planear durante el descenso, como una nieve mansa, como un manojo de cartas desatado con mensajes de amor dirigidas, en mi caso, a La Galaica, o como una lluvia de pétalos sobre Nuestra Señora de Fátima. A las nenasbién el confeti se les introducía por los canalillos y se les clavaba en las zonas sureñas como los hojaldres en el suflé, las hembras nenasbién se inquietaban y removían impacientes el bullarengue, originando con ello chirriar de butacas y crujir de cáscaras y las criadas les mandaban callarse y no molestar al prójimo:

—Señorita, que está usted molestando a la concurrencia y a mayores que a causa de los jaleos de usted pierdo el hilo argumental del filme.

—No se lo digas a mamá, Clotilde, porfa, pero es que me pica el chumino.

—Así y a todo compórtese, y, si no le es mucho fastidio, pare de rascarse, mujer.

—¿Y cómo iba a parar con lo que me pica y el alivio que me estoy aplicando?

—Entonces cuando menos cuídese de las apariencias, señorita, porque el respetable empieza a alterarse con la procura que usted le aplica a los escozores del clítoris.

—Clítoris…, ¿y qué es clítoris?

Los doctores Isidro Aguilar Caballero y Herminia Galves García (*La madre y el niño*) dan definición totalmente científica:

El clítoris es un pequeño órgano, de unos cuantos milímetros de longitud y que tiene la propiedad en determinadas circunstancias de replecciónarse de sangre y aumentar su tamaño.

Clotilde ofrece a la pupila una definición más o menos científica y un poco pata la llana, aunque confusa:

—El clítoris es las cúspides de eso que mismamente usted llama chumino y tanto le pica y crece si lo rasca.

—¿Crecer? Del tamaño del pene de un hombre mayor lo noto al tacto.

—Será que lo tiene anómalo, señorita.

—Pues debo tenerlo una barbaridad de anómalo, por lo cuanto que me pica y se replecciona.

Lo cual deberíase a unas anomalías y unas ninfomanías que en *El hombre, la mujer y el problema sexual* el doctor Algora Gorbea así las define y resalta:

> **Anomalías del clítoris.** –Éste en algunas mujeres adquiere un tamaño que simula el pene de un hombre. En éstas (muchas veces mujeres viriloides) se da con frecuencia la homosexualidad. En otras, por el continuo roce del clítoris con prendas interiores o vestidos, conduce a la ninfomanía de la mujer.

—Igual no es que lo tenga anómalo, sino que lo tengo viriloide. ¿Seré ninfómana, Clotilde?

A la salida del cine me situaba detrás de las nenasbién del patio de butacas y siguiéndolas analizaba si los andares eran de primera, segunda o tercera.

—Ésa, pies planos.

—No, tacones gastados.

—Ésa, castañas asadas.

—Para mí, que cacahuetes tostados.

—Ésa, La Galaica.

Una mañana que yo había acudido a los almacenes Alfredo Romero para comprarme una trinchera, allí estaba La Galaica y la observé por detrás subiendo las escaleras interiores del establecimiento, gamuzadas de madera vieja y barniz. Subiendo descomponía la figura, lo cual le era inevitable, que bien descompuesta la tenía de suyo y habitualmente.

> Para subir una escalera, procurad no descomponer la figura, aun en el caso de que os apoyéis un poco en el pasamano; pero sobre todo no saquéis las posaderas. Inclinad un poco el cuerpo hacia adelante y subid llanamente sin variar el paso,

señalábase en *Enciclopedia de la mujer*, por María Luisa Rocamora, y La Galaica se esforzaba en obedecer, inclinaba el cuerpo hacia adelante, pero eso de subir llanamente no lo comprendo, será, digo, subir inclinadamente, y, claro, después de subir no te vas a quedar arriba, y tienes que bajar, ¿y cómo?, porque hay gentes que no saben bajar unas escaleras y se quedan siempre arriba, así que la Rocamora se vio forzada a precisar:

> Para bajar una escalera no mires hacia abajo continuamente, sino que debes mantenerte erguida, con apoyo en el pasamano si te sientes más segura con ello, a causa de llevar tacones altos. Pero mejor todavía que puedas apoyarte en el brazo de un gentil acompañante.

Lo que está muy feo es bajar a horcajadas del pasamanos, deslizándose, resbalando, y además se te rompen las bragas. Bajar a horcajadas del gentil acompañante está igual de feo, pero no te rompes las bragas si te las quitas antes. Lo peor de bajar a horcadas es que irrita los clítoris. Bajando a horcajadas del pasamanos no gana una para bragas.

Ni para pasamanos, que todo se gasta.

Ni para hímenes.

Ni para clítoris.

Pero te queda hecha la circuncisión.

Si bajas a horcajadas de los omóplatos del gentil acompañante, con el lazo de Venus anudado a su nuez y con las piernas colgando sobre sus espaldas, también el gentil acompañante puede hacerte la circuncisión, a mordiscos. Pero no procede que cada vez que quieras circuncidarte llames al gentil acompañante. Llama al médico. El doctor Haroldo Shryock, en *Haciéndote mujer*, 1957, libro que por luengos años fue la biblia sexual de toda española que tuviese una ética y un clítoris, escribió que circuncidarse es facilísimo y te circuncida cualquiera:

Existe un factor anatómico que ocasiona a veces irritación en el clítoris e incita a que la joven lo toque más de lo debido. Aunque estos casos no son muy comunes, si no hay evidencia de que estos tejidos están irritados ello constituye motivo suficiente para que la joven consulte a un médico. Con frecuencia, el remedio para esta situación consiste en una operación quirúrgica muy sencilla llamada "circuncisión". Esta operación no ofrece peligro y es muy preferible a dejar continuar un estado de irritación.

A La Galaica se le distinguía desde lejos y no por el clítoris, sino por la falda corta, por la braga, por los estornudos y las toses. Ignoro si estornudaba y tosía por tísica o por faldicorta, o por ambas causalidades conjuntas.

> Médicos afamados certifican que los vestidos demasiado cortos, las medias transparentes, los escotes excesivos y los brazos desnudos acarrean graves daños a las mujeres, pues provocan dolencias por el frío y la humedad. (Mazzel, *Pureza y alegría.*)

Como no soy médico afamado, ignoro si era tísica por faldicorta y haberse enfriado, o si era faldicorta porque, siendo tísica, pretendía oxigenar los sofocos y las carencias fisiológicas propias de su mórbida condición, es para volverse loco y ni sé lo que me digo ni lo que miro al agacharme. La intemperie de nalgas actúa en negativo sobre las tísicas, pero muy en positivo sobre las tisis, ¿y no había de ser tísica, por tanto, La Galaica?, tísica que en más de una ocasión la soñé estremeciente y con chaquetón de pieles en tanto que yo, kafkianamente metamorfoseado en mosca, o escarabajo, o bacilo de Koch, o arácnido, me enrolaba entre los individuos de la arremetida microbiana caminando pierna arriba en fila de a tres y cantando el cara al sol, Dios me perdone, y el con flores a porfía con flores a María que Madre nuestra es, pero yo no soy el responsable de que La Galaica diese muestras de gran estremecimiento, era de esas mujeres que «al arreciar el frío, dan muestras de gran sensación y estremecimiento en el resto del cuerpo, y por eso lo abrigan con grandes pieles, mucho guante, bufanda de lana, gran precaución para que la pulmonía, al pasar, siga de largo sin detenerse por lo menos de la tercera parte del cuerpo hacia arriba. Pero se da el caso anómalo que el resto queda totalmente al sereno, en total abandono, bien por la pierna, desnuda hasta cinco o diez centímetros más arriba de la rodilla, ora porque las medias, si las llevan, son tan tenues que no impiden la labor destructora y parasitaria de la arremetida microbiana». (Daniel Vega, padre paúl, *Las modas al ridículo.*) Vergüenza me da sólo pensarlo, pero lo cierto es que nada me importaría ser microbio, no obstante que rector de la sociedad española en sus múltiples facetas, en labor parasitaria arremetiendo pierna arriba de La Galaica. En la caravana de bichos subiéndole pierna arriba, semejante a los animales de la Biblia subiendo por la pasarela al barquillo de Noé, se enrolaban voraces orugas. «Amada joven: voraces orugas se esconden en el fondo de nuestra naturaleza caída. No te dejes comer de estos gusanos insaciables..., ¡morderán tu carne, tu carne joven, fresca, pura! No los mires, porque, insaciables... ¡devorarían tu cuerpo virginal y soliviantarían tu alma!» (Tihamér Tóth, *Pureza y hermosura,* edición número 15, 1967.) ¿Y no había de ser tuberculosa La Galaica, es decir, tísica la tuberculosa, es decir, tísica La Galaica, tan dada a la desnudez de los vestidos modernos, si hasta el doctor Dearoholt lo manifestó en el Congreso Antituberculoso de 1928?

En el Congreso Antituberculoso celebrado en 1928 en Nueva York se presentaron unas curiosas y sensacionales estadísticas de los avances de esta enfermedad a impulsos de la moda femenina. Como víctimas principales aparecían las jóvenes de dieciséis a veintiséis años, y el doctor Dearoholt demostró que la causa principal era la desnudez con que los vestidos modernos dejan al cuerpo sin la necesaria protección contra las inclemencias atmosféricas. (Enciso Viana, canónigo de Vitoria, *Muchacha.*)

—¿A usted no, señorita...?

—¡Qué valiente...!

Y la señorita, pasado el primer momento de «verdadero pánico», sonríe forzada y exclama:

—No os preocupéis, pequeñas. Ni yo misma puedo explicarme cómo no fuí la primera en encaramarme a un árbol. ¡He pasado más miedo que todas vosotras juntas...!

Las pequeñas sonríen, y el paseo continúa sin novedad.

Cruzan ahora un terreno sembrado de trigo, que muestra orgulloso sus doradas espigas.

Una estela de humo se acerca por el horizonte. Es el tren, que, cual monstruo jadeante, lle-

(Amelia Pina, maestra nacional, *Destellos*, primeras lecturas, 1948.)

Una viciosa con el clítoris juguetón, disimulando.

Las tísicas, aguijoneadas por el bacilo de Koch y como sin darse cuenta, durante los apareos se muestran de lo más activo y convulsas y se manifiestan furiosas del furor uterino, hasta el punto de que, por lo general, se mueren en los orgasmos, pero como no sangran ni te enteras. ¿Y cómo que no iba a ser tuberculosa La Galaica de las escasas ropas y a mayor abundamiento perteneciente a la escuela fumante? ¿Y cómo no sus órganos delicados llenándose de vaho por la falda corta? En *Pureza y hermosura* lo denuncia monseñor Tihamér Tóth:

> **Hay jóvenes que no toman las debidas precauciones para defender del vaho de la calle y del polvo sus órganos delicados, hoy más expuestos al peligro por el uso de la falda corta y la confección especial de algunas prendas interiores.**

Ya tenemos a La Galaica con el polvo dentro.

Y con el vaho.

Y con los microbios de la arremetida microbiana subiéndole pierna arriba.

Vamos entendiéndolo: del frío, la humedad, el vaho, los microbios de la arremetida, las castañas asadas, los cacahuetes tostados y el polvo, combinados, mezclados y batidos en los órganos delicados, nos sale un batiburrillo tal que el Ministerio de Agricultura debiera declarar finca manifiestamente mejorable y dar créditos a fondo perdido para convertirlo en criadero de champiñones. No seré yo quien piense que La Galaica era objetivo de torpe olfateo, por toda la fermentación acumulada en los órganos delicados, amen del vestido corto que siempre da facilidades. No seré yo ni soy el cura Vicente Jiménez (*Engrandecimiento de la Patria por las madres españolas*), que lo pensó y lo escribió:

> ¡Ay de ti! si las haces servir a tus hijas de torpe olfateo bestial de carne, o para ojeo de levantar pecados vergonzosos en el espíritu de los hombres; o si las pones en ocasión voluntaria de que ellos, si-

quiera por el deseo, las manchen y desfloren con las miradas desbordantes de lascivia que las dirigen y a que los provocan ellas... ¡Desventurada de ti! si nada te importan ni ofenden esas miradas de bestia, más aborrecibles e indignantes que las del odio, sino que "te derrites en mieles de orgullo tonto, porque la niña llamó la atención y se ha merecido un piropo..." ¡sucio y repugnante como un regüeldo de la lujuria! Desventurada de ti, si enseñas a los ángeles con carne de rosa que Dios te ha dado a ser Venus impúdicas antes que buenas cristianas. ¡Tremendo capítulo de tu juicio!

Y, hablando de polvo como estamos, del polvo que a La Galaica le invade los órganos delicados, de anillo al dedo nos viene traer a este lugar unas breves reflexiones sobre el vocablo expuestas por el ilustrísimo doctor Castro Albarrán, canónigo magistral, durante unas conferencias cuaresmales para hombres solos que predicó en la iglesia de San José de Madrid, marzo de 1942:

> Nuestro cuerpo no es sino un puñado de polvo, pero este polvo es el nidal de nuestras pasiones; por eso es polvo, sí, pero polvo amasado con algo que es ardor y calentura y relámpago y rugido, con ese algo que se llama concupiscencia; por eso nuestro polvo tantas veces se inflama con fiebre de deseos y ruge con calenturas de orgullo y se encabrita y se desboca con el ímpetu desenfrenado de los caballos salvajes.

Resumiendo: el polvo dice Albarrán que es nidal de nuestras pasiones, polvo de calentura, relámpago y rugido, lo cual que polvo somos porque de él venimos, polvo seremos, polvo estamos siendo, polvo que nos ensucia y empolva, y La Galaica tiritando de frío y tosiendo en la parada del autobús y llena de vaho y de polvo y castañas asadas y sabe quién si de champiñones sus órganos delicados, polvo sobre polvo y polvo seremos, adiós que se va, magnificada de vahos y de polvo santificada, con las músicas a otra parte y al bidé a buscarse el microbio de la arremetida. De lo cual viene la conveniencia de limpiar con frecuencia las partes genitales e impedir que se acumulen las castañas asadas. Más razón que un santo tenía el doctor Federico Corominas cuando metió en el libro *Vida conyugal y sexual* (primera edición en 1964) esta saludable recomendación, pero como es asunto repugnante, asqueroso y hasta nauseabundo lo pongo patas arriba, por si estás comiendo o tienes visita y quieres leerlo a otra hora o no leerlo nunca:

HIGIENE SEXUAL.— Éste es el momento oportuno para adiestrar a los jóvenes en los preceptos higiénicos propios de este período de la vida. Se les ha de acostumbrar a que se laven a diario sus partes genitales, sobre todo después de la defecación, en el bidet con agua y jabón; de esta manera las niñas evitarán las irritaciones causadas por la orina y las materias fecales que, provocando picores, las incitan a rascarse a veces en forma tan violenta que las pueden predisponer a la masturbación.

La solanera derretía los pájaros y el asfalto y la goma de los zapatos, seis de la tarde, domingo, y yo recibía a pie de estribo una excursión de Piñeira de Arcos, que estaban de boda. Media docena de cofrades, separados del grueso de la comitiva, vagábamos en fila de a uno para que nos diese el aire. Entramos en la cafetería Miño y demandamos unos refrescos. Acodados en el mostrador nos hallábamos y en esto que mis ojos tropiezan con los de La Galaica, a una mesa sentada, así que le hice guiño con meneo de cabeza en sentido vertical:

—Hola.

Correspondió con un esbozo y otro hola.

—Hola.

Uno de los cofrades me preguntó:

—¿Amiga?

—La tengo en el bote —dije.

—¿Te la follas?

—Es un ligue —y estirando puños miré la hora en mi reloj Cauny Prima mientras avanzaba hacia La Galaica, me acerqué, me doblé, le susurré:

—Hola.

—Hola.

Se había estrenado en Orense la película *Sissí*, con Romy Schneider de protagonista. A Romy Schneider, por la melancolía del mirar y del sonreír, como de haber estado llorando o debajo de una lluvia o de un hombre, este rector de la sociedad española en sus múltiples facetas le notaba un enorme parecido con La Galaica.

—¿Cómo te llamas? —pregunté a La Galaica.

—¿Y a quién le importa cómo me llame o deje de llamarme?

—Con los turistas que me acompañan y están en el mostrador aposté que te llamas Sissí.

—¿Y eso?

—Te pareces. Tienes la pinta.

—No, no.

—Sí, sí.

—¿Sissí?

—Eres muy guapa.

—Te refieres a Romy Schneider, naturalmente.

—Me refiero a tu melancolía del mirar y del sonreír.

—Muy generoso.

—Gracias, Sissí, por escucharme.

—Gracias a ti, emperador, por galantearme.

Nos despedimos con un apretón de manos.

Regresé al mostrador.

Mis compinches se desataron en reproches a La Galaica.

—Una exhibicionista.

—Tiene corte masculino.

—Poca teta.

—Mucho culo.

—Me da que es jugadora y bebe fuerte.

—No conoce el pudor.

—Como muy pasional, ¿no?

—Bah, una maniquí de cabecita hueca.

—Demasiado flaca.

—Y fumadora.

—Claro, y tuberculosa.

—¿Qué esposa cabe esperar de una mujer así?

Es evidente que a mis convencinos no les gustaba La Galaica. Al jesuita José A. de Laburu (*¿Imposible la castidad?*, 1958), tampoco:

> De la joven ligera, de la joven exhibicionista, de la pasional, de la de corte masculino, con palabras y con posturas y con gestos, de la que no conoce el pudor, de la que alardea de despreocupada, de la que ridiculiza la virtud, de la que flirtea con todos, de la que con todos intima; de la que bebe, y bebe fuerte; de la que juega, y no sumas despreciables; de la que el centro de su vida son las modistas y las diversiones, señores, de esa muñeca enmascarada con tanta pintura, vacía de contenido moral, maniquí de cabecita hueca, ¿qué esposa y qué madre, señores, es posible esperar?

Para impresionar a mis queridos convecinos yo había saludado a La Galaica aparentando amistad antigua, pero apenas quedaron impresionados, a no ser en negativo, al descubrirme relaciones y sospecharme amoríos con una cabecita hueca demasiado flaca, pasional y tuberculosa. Mi prestigio de cicerone bien documentado en rutas canallas y de joven que se instruía latino se derrumbó como una libra de manteca puesta al fuego. Las famas, a poco que las analices, están hechas de nada. Mis cofrades de Piñeira de Arcos me perdieron el respeto y me negaron autoridad, pues yo proponía vayamos por esta calleja y ellos proponían no, ahora vamos por este jardincillo, y me tocaba obedecerlos.

—Vayamos a ver parejas —me proponían.

E íbamos a ver parejas. Yo era un mandado, un perfecto donnadie. Al presbítero Salicrú Puigvert (*¿Es lícito bailar?*, cuestiones candentes acerca de la moralidad pública, 1947) las parejas le daban miedo y le parecían un extranjerismo cinesco:

> Uno de los "casos" de inmoralidad lo constituye, de un tiempo a esta parte, el de las "parejas". Se registran, muchas veces, en la vía pública reprobables escenas entre ellas y ellos, parejas de novios, o de lo que sean, permitiéndose excesivas y efusivas libertades. Se nota, con harta frecuencia, un fenómeno seminuevo, sumamente alarmante. No son los muchachos, precisamente, quienes inician siempre la libertad y familiaridad poco decorosas, sino las mismas

chicas. No es de buen tono que las mamás acompañen a sus hijas solteras en sus paseos, diversiones, etcétera. ¡Sería ridículo! Esos "convencionalismos" son rechazados por "el buen parecer". Las consecuencias de esa "dejación", fruto de una ceguera maternal, las vemos en las escenas mencionadas y en hechos más graves todavía, consignados en las estadísticas. El proceder de algunas muchachas, en su conducta, es un hecho completamente exótico, un extranjerismo más o menos "cinesco".

Durante otra excursión realizada por mis convecinos con motivo de boda, la casualidad hizo que la pandilla tropezáramos con Mariscal Pitillo que, en As Mercedes, iniciaba, si bien con parca audiencia, una plática vespertina, así que nos integramos. Mariscal Pitillo celebró venturosa nuestra asistencia, pues estaba menguado de público y nosotros hacíamos bulto.

—¿Y esta caterva que te acompaña?

—Son excursionistas de de mi pueblo que están de boda y vinieron a conocer las Burgas.

Sin parar de hablar, beatífico y aureolado por una felicidad de santoral, Mariscal Pitillo sacaba de la mochila papeles que ponía sobre la piedra de un banco:

—La Maricarmiña, ésa sí que está llamada a grandes empresas. Maricarmiña, hija nata de la unión de Carmiña Franco y el cirujano doctor.

Habiéndonos mostrado recortes varios de revistas y periódicos, supimos que Maricarmiña, no otra que María del Carmen Esperanza y Alejandra de la Santísima Trinidad y de Todos los Santos, nieta del caudillo Franco, había nacido el 26 de febrero de 1951:

—Y cristianada que fue con aguas santas del río Jordán que de Tierra Santa la trajeron de exprofeso unos padres franciscanos. Maricarmiña va para virgen y mártir —y de entre los papeles sacó una foto de Maricarmiña vestida de primera comunión y otra del bautizo, las dos recortadas de los periódicos, pegadas a un cartón y enhebradas por un cordel a modo de escapulario que se puso al cuello—. Por el linaje y los apellidos, de más mérito para la vida perdurable estimo el escapulario de la virgen y mártir Maricarmiña que el de Nuestra Señora del Carmen —Mariscal Pitillo se quitó el escapulario y me lo impuso.

Anonadado, pregunté:

—¿Y cuánto te debo?

—En lo sucesivo y por los restos tratarlo con respeto y veneración y como si fuera el rosario de tu madre.

Nos dio a besar la mano y a cada uno nos obsequió con un pitillo, según se la besábamos. Los pardillos de Piñeira de Arcos, impresionados por el afecto y trato cortés que me había deparado Mariscal Pitillo, al acto me reconocieron caudillo indiscutible, así que en pago y agradecida celebración los llevé de escaparates ortopédicos. (Ah, y habiendo andado un trecho me quité el escapulario, pues ya estaba bien de hacer el gilipollas.) Y los conduje por parajes donde merodeaban las jóvenes modernas víctimas de la fiebre de americanismo que nos invadía. (Que hacía el gilipollas lo sé ahora, pero en aquel entonces tenía mis dudas.) Esto de la fiebre de americanismo no se me ha ocurrido a mí, es ocurrencia del jesuita don Juan Alonso Ortiz (*El ídolo de la mujer*), que así la expone:

> Ahí tenéis a la joven moderna, libre de faldas, con su corbatita, chaqueta y pantalón, plagando de tentaciones la pantalla de los cines o exhibiendo su disfraz por las calles de una ciudad cosmopolita, o bien pateando la yerba de un stadium, con arreos de futbolista, recogiendo los aplausos de cientos de Adanes dispuestos a comer de nuevo la manzana prohibida. Ahora, la joven moderna, en el prurito de ser a lo varón, lanza el disco y la jabalina; se mueve en agitación de vértigo sobre el campo de basquet; sorbe distancias en carreras de velocidad; da el triple salto, ¡veremos cómo da el de la eternidad!, y después y antes y frecuentemente apaga su sed con bebidas espiritosas; ¡hay que verla apurar whisky! No se asusta ni hace ascos ante una copita de coñac, ni ante dos, ni ante tres, y la fuerza del alcohol transforma a la joven en máquina parlante, en volcán en erupción de carcajadas, hasta hundirla en el mareo o borrachera femenina, tan en boga. Ahora, la joven moderna lleva en su bolso el pitillo rubio, no le bastan los humos de que está plétora su cabeza desquiciada. Hay fiebre de americanismo, enfermedad que se va haciendo tristemente endémica.

Gracias a la fiebre de americanismo que aún nos dura, para ver sin faldas a una joven moderna no tienes que casarte con ella ni nada. No es como las jóvenes antiguas, que para verlas sin faldas tienes que casarte. Por la fiebre de americanismo que nos invadía, entre los árboles del bosque, entre los tojos del tojal, en las butacas del cine y contra la pared de los oscuros portales, las novias más cinescas se desabrochaban el pantalón, se aflojaban la corbatita, cogían la batuta, te desabrochaban el pantalón, te aflojaban la corbatita, te cogían la batuta, hacían el triple salto, se servían una copita de coñac y, ¡hala!, a dirigir el juego sexual.

> En el "petting" el chico pide y la chica concede lo menos posible, o sea, que ella imparte las normas del juego. Además, para conservar su virginidad física, la joven se convierte en una especie de guardabarreras himeneal, que intenta vigilar lúcidamente, a costa de un cierto distanciamiento psico-afectivo para no sucumbir a las sensaciones imperativas de su voluptuosidad. No es raro que entregados a estas prácticas, a veces durante largos años, el hombre tienda a renunciar en el futuro a su papel de director del juego sexual y la mujer pague con su frigidez su incapacidad para la entrega y el abandono amoroso. (Doctor Dexeus Trías de Bes, *La sexualidad en la práctica médica.*)

Si de novios entre los árboles del bosque, entre los tojos del tojal, en las butacas del cine y contra la pared de los oscuros portales la novia repartía juego, como una centrocampista del fútbol, al poco de casarte totalmente ilusionado la encuentras frígida en la cama dirigiendo el juego sexual, allá tú, no digas que no se te avisó. Y en la cocina leyendo el periódico mientras tú enciendes la lumbre y friegas los platos. En América incluso hay maridos que lavan la lumbre y encienden los platos, mientras la esposa lee el periódico. Eso pasa porque en América los directores de cine no tienen sobresaliente en Derecho Canónico. Y además están locos, como todo el mundo sabe, y por eso lavan la lumbre y encienden los platos. Y porque los maridos no son canónigos. Y porque las esposas en vez de ser canónigas son unas sufragistas. De las sufragistas el dominico cinéfilo censórico don Antonio García Figar (*Por una mujer mejor*) dice que son y han sido un aborto:

Las sufragistas han sido un aborto de la Naturaleza, o un esfuerzo personal de la mujer para "desfeminizarse". No consiguiéndolo por entero, han caído en un estado de anormalidad sexual, repugnante para los hombres y nada feliz para las mujeres. El cambio de vestido, en su forma fundamental y tradicional, deja su huella permanente en el cerebro de la mujer, hasta el punto, como vemos en algunas películas americanas, de que, mientras la esposa lee la Prensa, el esposo enciende la lumbre y lava los platos.

Bien, te has casado y a los pocos días a la sufragista que de noche la habías tenido en la cama dirigiendo el juego sexual, de mañana la tienes viendo el telediario mientras tú preparas el desayuno, y, después, dándote órdenes en una oficina, y eso sí que no, y hasta doña Francisca Bohígas (*¿Qué profesión elegir?*, guía de profesiones femeninas, 1947) lo desaprueba, siendo mujer como es:

> Las muchachas no deben desconocer que, aun en el caso de poseer una capacitación análoga, el hombre estima como un desdoro, en el orden de la técnica, el que sea una mujer quien ejerza funciones directivas y tenga sobre él una autoridad. Esto, unido a que la mujer no lleva, salvo contadísimos casos, espíritu ninguno de competencia, resulta que, de la combinación de ambos factores en la práctica, nos encontramos en los diversos lugares de trabajo con personal de ambos sexos en que la función directiva la ejerce el hombre, aun en el caso de que en la propia oficina haya mujeres excelentemente dotadas para desempeñarla.

Sobre todo si la mujer es fea y tiene lentes. Las lentes, claro, son por vista cansada de tanto leer el periódico mientras el marido friega los platos. La exquisita, elegante y perspicaz escritora Cecilia A. Mantua (*El libro de la mujer*, 1946) lo vio y lo contó así:

> La mujer que trabaja, si ocupa un cargo de responsabilidad, no debe en manera alguna hacer sentir el peso de su dominio sobre los hombres que están en el mismo despacho, laboratorio, etcétera, ha de ser amable con todos, porque la "marimandona" encumbrada es otro espectáculo de decadente feminidad, como también lo es el de la secretaria, seca, pecosa y fea, con lentes en la punta de la nariz y pelo cortado a lo chico o recogido con un rodete.

La culpa era del cine de Estados Unidos y del libertinaje de la República. «De la guerra marxista acá ha perdido mucho; la mujer más que el hombre; las muchachas más que los chicos. Han perdido por el libertinaje de la República; pero más por el cine de Estados Unidos. De allí ha venido la costumbre de salir solas novias con novios, de pasear en auto solos chicos con chicas, de ir a los cines los novios con las muchachas, de besarse tranquilamente como la cosa más natural del mundo, de beber y de fumar como los chicos y de vestir como muchachos.» (Ángel Ayala, *Un alto en el camino.*) Si machihembras el libertinaje de la República con el cine de Estados Unidos te sale una periodista jactándose de calientapollas y coñobravo.

> Por un complejo de la antigua supremacía del hombre, tratan de imitarle, se masculinizan hasta en lo sexual. Llega a decir una feminista que después de una jornada de trabajo bien puede permitirse el lujo de un recreo sexual y se lamenta de que tropiece con tantas dificultades, no existiendo profilácticos femeninos para preservarse de posibles contagios y pudiendo acarrearle una mala reputación que la perjudique en sus relaciones económico-sociales, por no existir todavía el apetecido clima de libertad plena. Una periodista se jactaba de haber llegado a desempeñar un papel activo en sus relaciones con hombres. (Doctor Caro-Patón, médico del Patronato de Protección a la Mujer, *La mujer caída.*)

Pero si machihembras el liberalismo con la democracia te sale una heroína de novela ibseniana, una marxista que, en sus campañas de agitación y propaganda, no para de dar la lata ibseniana con su racionalismo algebraico, tesis mantenida por el eminente pedagogo Adolfo Maíllo (*Educación y revolución*), inspector de Enseñanza Primaria:

> Es al racionalismo algebraico y desvitalizado que nutrió al liberalismo, y con mayor vigor aún a la democracia, a quien debe imputarse esa visión plana y monda de lo humano, ante la cual se borran y esfuman las diferencias que en la psicología y el destino social imprime el sexo. Esos vientos antivitales hincharon las velas de aquel feminismo absurdo que iba desde la sufragista masculinizada y la heroína de novela ibseniana (que en lugar de hijos y amor a su hogar tenía "conflictos espirituales") hasta la "compañera" marxista, desvinculada de su auténtico destino de mujer para entregarse con su eventual pareja a campañas de agitación y propaganda revolucionaria.

Con frecuencia del machihembraje lo que te sale es un tipo exótico, ¿lo ves? «¿Ves aquel tipo exótico, de boina, dejando ver un fleco de cabellos recortado, sobretodo, medias gruesas, calzado holgado, tacón bajo, bastón en mano y guía de turista? Tiene envidia del hombre; pretende corregir al Artífice del sexo y superarse. Vano y ridículo conato. No caigas en la tentación de imitarlo.» (Francisco Esteve Blanes, canónigo, *Hacia tu ideal.*) Y si además de la guía de turista en una mano y el bastón en la otra, el tipo exótico lleva el cabello corto, estás viendo una suprarrealista, dibujada por el padre mercedario Ricardo Delgado Capeáns (*La mujer en la vida moderna*, 1941) con estas certeras y pocas palabras:

La mujer suprarrealista de hoy, de pelo corto, de falda corta, la mujer que juega, bebe, fuma y que no se escandaliza de nada, es de tristes y dolorosas consecuencias para la humanidad.

¡Pardiez con las suprarrealistas!
¡Córcholis con las sufragistas!

¡Jolines con las periodistas!
¡Cáspita con el libertinaje de la República!
¡Joder con el cine de Estados Unidos!
¡Caramba con las feministas!
¡Mecachis con el movimiento feminista!

El movimiento feminista ha cuarteado al mismo tiempo la estabilidad y honor de la institución familiar al orientar a la mujer a un quehacer extradoméstico, igual al desempeñado por los hombres, a fin de librarla de su sentimiento de inferioridad, y, sobre todo, al asociarse al movimiento simultáneo que proclama el derecho al amor libre. Según este derecho, si antes las mujeres pedían medidas coercitivas contra el vicio de los varones, hoy solicitan, en cambio, que el vicio les sea a ellas permitido en el mismo grado. Reclaman equidad en la aplicación de la moral, mas no ya por arriba, sino por abajo. (José María Cabodevilla, sacerdote, *Hombre y mujer*.)

Será que por abajo da más placer. Eso es curioso. «Es curioso que mientras la mujer moderna exhibe su cuerpo, apenas cubierto por sutilísimas sedas, hace que descuellen artificialmente aquellas características anatómicas de su cuerpo que la hacen apetecible al hombre, usa de afeites propios de las orientales para dar expresión más lasciva al rostro; y es ciertamente curioso que cuando se presenta públicamente con todas las apariencias de una cortesana, reclame emanciparse del hombre, igualdad de derechos políticos y sociales y la misma libertad sexual.» (Vallejo Nágera, *Antes que te cases.*) Muy curioso. Pero a estas alturas del libro y después de tanto hablar del feminismo aún no sabemos qué coño es. Como tampoco sabríamos qué carajos es el masculinismo si de él estuviéramos hablando. Hay mucho ignorante suelto metido en camisa de once varas. Menos mal que el padre David Meseguer y Murcia (*Juventud y moral*) lo sabe todo sobre el feminismo; te lo explica por la vía empírica y triplicada del ejemplo:

Aquí sólo quiero reparar en una faceta del feminismo, que llaman de ultra moda. Fue en Madrid, en la plaza de Alonso Martínez. Esperaba el autobús. Tardaba. Una joven hace una señal a un taxi. Para, monta. Automáticamente coloca una pierna sobre otra. Saca la pitillera y muerde un cigarro rubio. Mientras enciende, "¡A Serrano, X***!", dice al chófer. Una bocanada de humo coincide con el arrancar del coche. Es una foto nada más.

Antes en San Sebastián, delante del Buen Pastor, lo contemplamos también. Eran dos mocetones rubios, pantalón corto. No los enjuicio. En medio va una jovencita, melena al aire y pantalón bombacho. Empiezan a entrar en la Gran Basílica. Un portero amable los detiene y les significa que así no. Los tres sueltan una carcajada muy extranjera y se retiran tan despreocupados. Es otra foto.

La tercera foto no la capté yo. Me la describió un amigo. Fue en pie, delante de una barra, en un bar elegante. Cuatro o cinco de ellos y otras tantas de ellas compartían y rivalizaban al "Gin-fizz", "Pippermint"... Ellos estaban muy alegres pero ellas reían y gritaban más desacompasadamente. Después se sentaron en los veladores. Seguían riendo y bebiendo. De ellos, varios no salieron por sus pies. De ellas, más de una, tampoco veía claro al marchar. Pero a unos y a otras mi amigo sacó esta foto tercera.

Y como estas tres hemos visto o nos han descrito fotos de este feminismo ultramoderno.

¿Una joven en un taxi con una pierna sobre otra y mordiendo un cigarro rubio? ¿Es posible, padre Meseguer y Murcia? ¿Vio usted bien? ¿No miente o exagera? ¿No se tratará de la periodista de marras jactándose de que va a cubrir una rueda de prensa con el ministro del ramo, pero que en realidad va a cubrir al ministro que le ha mandado un ramo? En cuanto a feminismo ultramoderno se lleva la palma la jovencita de pantalón bombacho situada entre dos mocetones de pantalón corto. ¿Acaso debiera llevar pantalón corto entre dos mocetones de pantalón bombacho? Esto del feminismo tiene intríngulis. Mucho intríngulis. El canónigo de Burgos don Pedro Riaño Campos (*Formación católica de la joven*) expresa poco afecto por la periodista que tanto se jacta de desempeñar un papel activo en sus relaciones con el ministro que le mandó el ramo:

Por instinto, a vosotras las mujeres os agrada más apoyaros en un brazo que os sostenga sin vacilaciones ni desmayos, que llevar del vuestro una sombra de virilidad que se somete, aunque halague vuestro orgullo, y difícilmente os presentáis en sociedad con la sonrisa en los labios y la satisfacción en vuestras almas, cuando marcha a vuestro lado un ser trémulo y humilde que ha abdicado en vuestras manos el cetro del poder.

La periodista de autos es una sufragista. Las sufragistas prefieren agarrarse a un brazo robusto antes que a una virilidad débil. Aunque tomar por virilidad fuerte un brazo robusto parece excesivo. ¿Y cómo no va a ser trémulo, es decir, tembloroso, si la periodista le ha atrapado el cetro? El cetro de la periodista es equivalente a la batuta de un director de orquesta dirigiendo el juego sexual y con un *Kamasutra* en edición bilingüe sobre el atril.

La periodista de autos es una feminista.

Una suprarrealista.

Una amanerada.

Las mujeres más amaneradas no se contentan con el cetro, ni con un brazo ni con un marido egipcio o un novio americano, sino que solicitan un buen veguero y lo chupan frunciendo el hociquito con gran aparato de dengues y perendengues. «Muchas no se contentan con egipcios o americanos. Solicitan un veguero o un habano de cuarta, capaz de tumbar de espaldas a un sargento de ametralladoras. Eso sí, lo chupan haciendo muchas monadas y dengues y entre copa de whisky o ginebra, y al despedir el humo hacen un fruncido de hociquito muy parecido a unos angelotes que existen en los jardines de Versalles en función de surtidores, que lanzan un chorro finísimo de agua, y en la misma forma que hemos visto despedir el humo a las amaneradas de hoy.» (Daniel Vega, *Las modas al ridículo.*) Con la periodista, al principio, muy bien y muy elegante con el cetro en una mano y el habano de cuarta en la otra y frunciendo el hociquito, pero al final te la pega y te manda a fregar platos y freír espárragos mientras deambula por los confesionarios y por los divanes siquiátricos llorando como mujer lo que no ha sabido defender como hombre, y suplicando:

—¡No le digas a mamá que soy periodista, ella cree que soy la manceba del que toca el piano en un bar de maricones.

> *Esto, paciente y curioso lector, lo escribo al revés para someter a prueba la fuerza de voluntad y los principios morales de usted, de los que tanto se vanagloria y presume. Usted, claro, había pensado que esto, por ir al revés, sería una guarrada, y no resistió la tentación. ¿Es que tanto le sobra el tiempo? ¿Es que va a pasarse la vida invirtiendo las páginas de los libros y mirando por el ojo de la cerradura cómo se quita el sujetador la prima del pueblo que vino para hacer oposiciones a correos? Usted es un insolvente total, hombre. ¿Y presumiendo de principios morales? Yo a usted no le compraría la motocicleta.*

En los salones artesonados del palacio episcopal los santos varones del occipucio tonsurado y cerebelo tridentino discutían acerca de la conveniencia de solicitar de las feligresas mesura en el uso de las máquinas de coser a pedales, pues según los más doctos pareceres y unánimes conclusiones el roce de las piernas entre sí, allí do los muslos confluyen y se halla el punto de convergencia denominado clítoris, causaba a las susodichas un fuego y unos deleites que abundaban en detrimento de la castidad, de la mortificación cristiana y, lo que es más grave, de la potencia generandi y capacidad fecundativa. Las muchachas que aprendían los secretos del corte y confección en los cursos por correspondencia o en las academias particulares o en los talleres de costura o en las clases impartidas por las instructoras de las cátedras ambulantes de la Sección Femenina, demandaban:

—Papá, y que sea a pedales.

Los monseñores más arcaicos y contrarios al progreso científico y a la innovación tecnológica proponían negárseles sacramentos y hasta excomulgar a las jovencitas que utilizaren, antes de los veintiún años de edad, las máquinas de coser a pedales: ha-

17. — CÓMO DEBEMOS CONDUCIRNOS EN FAMILIA

EXPLICACION. — No faltan personas que guardan su mejor carácter y amabilidad para cuando se hallan lejos del hogar, y son en familia intratables. Es en el seno del hogar cuando debemos extremar los mejores modales, para ejemplo de los pequeños y reverencia de los mayores. Debemos pensar que la convivencia resulta desagradable cuando alguna de las personas que nos rodean es egoísta o mal educada. Todas las atenciones deben estar dirigidas a compartir las alegrías o tristezas de nuestros familiares. El puesto preferente, la habitación más estimada, el objeto más agradable deberán reservarse a los ancianos y a los mayores. Con respecto a los niños, cuidaremos de que vivan higiénicamente, viendo buenos ejemplos, y sin olvidar que requieren alegría y libertad para sus juegos y reuniones. Es una costumbre muy censurable el hacerse servir en cosas que uno mismo debe prepararse y utilizar a los criados abusivamente o con frases molestas. También debemos tener en cuenta que los vecinos tienen derecho a no sufrir molestias innecesarias a causa de nuestra vecindad; el aprendizaje de un instrumento musical y las audiciones de radio suelen hacerse abusivamente, mortificando a los vecinos. La confianza entre los componentes o miembros de una misma familia no ha de ser de tal grado que pueda producir molestias innecesarias. Todos los miembros de la casa deberán beneficiarse de los frutos del trabajo, del mismo modo que acuden al remedio de las necesidades.

HISTORIA.—**La familia es una creación divina. Hasta los pueblos primitivos tuvieron el sentido de la autoridad paterna, de la administración maternal y de la función que corresponde a la familia como mantenedora de la tradición.**

INTERROGATORIO.—***¿Qué sucede con algunas personas de aparente buen carácter? ¿Dónde debemos mostrarnos con mayor amabilidad?—¿Qué costumbre es censurable?***

785

50

(Aguado, *Enciclopedia escolar en dibujos*, grado superior.)

Pero en las películas americanas es la mujer quien lee el periódico.

bría que elevar la propuesta a Roma para que el Sumo Pontífice sancionase. En los talleres de costura y en las cátedras ambulantes de la Sección Femenina las muchachas se aplicaban con frenesí y furiosas de furor uterino al pedaleo. Los tocoginecólogos ultramontanos discutían con los padres de la ortodoxia nacionalcatólica acerca de los males de índole moral y venérea que el pedaleo causaría en clítoris y aledaños a las ingenuas pubescentes aún en agraz, pero también a las operarias maduritas y a las ancianas que ya ni se acordaban de la última vez. Los receptores de radio vomitaban machaconamente esta bella melodía publicitaria que saltaba a los caminos por las ventanas abiertas:

Yo tengo en mi casa
una mujercita
buena y elegante
que es muy bonita;
muy buena y muy guapa
es mi dulce esposa,
guisa, borda y cose
y es muy hacendosa.
Mañana es su santo
y alguna sorpresa
que la guste mucho
la quiero yo dar.
"Pues la cosa es clara
yo sé lo que has de regalar:
una cosa de gran valor
en un mueble muy seductor,
es la máquina Alfa
para coser, para bordar,
no tiene rival
y es nacional,
Alfa sin igual."

Las muchachas que se apuntaban en los cursos por correspondencia o en las academias particulares o en los talleres de costura o en las clases impartidas por las instructoras de las cátedras

Movimiento para encender planchas de carbón.—Partir de la posición de brazos al frente e imaginaros que tenéis una plancha en cada mano. Semiflexión de piernas con una ligera torsión de tronco y lanzamiento de brazos uno al frente y otro atrás, el tronco gira hacia el brazo que va atrás. Este movimiento se hará a un tiempo y como iniciando un ballesteo cambiando de brazos a cada tiempo. (Véanse las figuras 74 y 75.)

Fig. 70

Fig. 71

Figs. 72 y 73

Fig. 74

Fig. 75

116

(Frente de Juventudes, *Cartilla escolar de Educación Física*.)

Una periodista que se jacta ensayando para dirigir el juego sexual.

ambulantes de la Sección Femenina se ponían de lo más pesadas:

—Cómprame una Alfa. No tiene rival y es nacional.

A pedales las tejedoras en los telares de lanzadera tejían el lino y la lana para la elaboración de sábanas de lienzo de casa, alfombras, cobertores, mantas y refajos. A pedales los afiladores movían la rueda que a los cuchillos mellados les esculpía filos de navaja barbera. A pedales llegaban en sus bicicletas los viajantes de comercio con sus muestrarios de percales para camisas, horquillas para el pelo, tintes para lutos y complementos de ferretería. En aquel entonces, casi todo nos era a pedales.

Como la vida misma, a pedales y piñón fijo: por el imperio hacia Dios y ¡viva Franco!

Frente a la entrada del Colegio Menor Calvo Sotelo donde me preparaba para rector de la sociedad en sus múltiples facetas se encontraba el parque de bomberos. Saliendo del colegio, a la derecha, por un terraplén se llegaba al cuartel de San Francisco y al cementerio del mismo nombre. A pedales y en bicicleta todos los días subía y bajaba la cuesta una modistilla guapa de cara, negrucia la color, de modales cachonda, de lengua lenguaraz y de natural jocoso, y no recuerdo con precisión si vivía por el cuartel de San Francisco y trabajaba en un taller de Oira, o si vivía en Oira y trabajaba en un taller de San Francisco, no podría asegurar, por tanto, si iba o venía, pero sé que todos los días de labor pasaba por delante del Calvo Sotelo. El padre Daniel Vega (*Las modas al ridículo*) la hubiera llamado virago, por la ecuación clásica, eso lo nota el más miope, aunque no tenga más de 0,40 de visión y sólo en uno de los ojos.

La bicicleta, con la virago que la monta, forma una ecuación clásica entre la máquina y el ser humano, la cual, al renunciar a su timidez y perfiles suaves, los ha sustituido por fachas, actitudes y esfuerzos dinámicos, que exigen un brío de atleta; al no disponer de otro motor que el individual y físico de la que va en su asiento como si estuviera en la gloria.

(Revista *Teresa*, de la Sección Femenina, septiembre de 1957.)

En Barajas, aeropuerto internacional, la simpar Laurita Valenzuela, estrella del cine y la televisión, luciendo las formas ultramodernas de Hollywood que encandilaban a los señores de provincias y escandalizaban a los epíscopes, según sabrá quien leyere este libro con alguna aplicación y sin saltarse páginas.

CU, CÚ.

Cu-cú, cantaba la rana,
cu-cú, debajo del agua;
cu-cú, pasó un caballero,
cu-cú, de capa y sombrero;
cu-cú, pasó una señora,
cu-cú, con falda de cola;
cu-cú, pasó una criada,
cu-cú, llevando ensalada;
cu-cú, pasó un marinero,
cu-cú, vendiendo romero;
cu-cú, le pidió un ramito,
cu-cú, no se lo quiso dar;
cu-cú, se metió en el agua
y ya no volvió a cantar.

— 45 —

(Adolfo Maíllo, *Caracol*, libro primero de lecturas.)

Cuando los vientos antivitales aún no habían hinchado las velas del feminismo y de la democracia, al más tonto le era factible distinguir a una criada de una señora y a una rana de un marinero.

(Revista *La moda en España*, agosto de 1945.)

Bellos los diseños. Esbeltas las señoritas. Gorrioncillo el pecho amarillo. Magníficos los dibujos. Inverosímiles las cinturas. Verde el trigo verde. Es muy evidente: alta la costura española.

(Portada de *Semana*, junio de 1945.)

Bañista de secano haciendo esquí acuático sobre la tierra firme. Y, a mayores, cartel muy pertinente para saludar las labores de trilla en las eras castellanas, anunciar los juegos florales del pan candeal y pregonar las fiestas del tallo y la espiga.

(Anuncio de 1956.)

Como éramos la reserva espiritual de Occidente, las españolas no tenían ombligo.

(Anuncio de 1943.)

Perdón: había españolas que tenían ombligo, pero poquito y a lo lejos.

(Dalmau Carles, *El nuevo camarada*, 2ª parte.)

Claro. Sólo faltaría que el camión cosiera a máquina y que la costurera fuera ladrillo. Clarísimo.

(Revista *Fotos*, enero de 1940.)

Carmiña recibiendo agasajo de sus pobres de plantilla. Obsérvese el título FOTOS, con letras al revés y patas arriba. El cajista, que se habría tomado unas copas. O que Carmiña lo puso nervioso.

ACTIVIDADES HUMANAS

EJERCICIOS DE INTERPRETACIóN

Cada dibujo será motivo de conversación sobre la actividad humana que representa. (Véase pág. 163).

(Pla Dalmau, *Manojo*, lectura corriente 1959.)

¿Nacionalidad? España. ¿Profesión? Mujer. ¿Domicilio? Dios bendiga cada rincón de esta casa.

Los animales olvidan pronto quien es su padre; en cambio, los niños conocen siempre a sus padres, porque tienen conocimiento

Los hijos buenos gustan de la compañía de sus padres y disfrutan hablando con ellos.

42

(Práxedes Alonso, *Catecismo del hogar*, 1960.)

Hogar..., dulce, almibarado, empalagoso e insoportable hogar. Se veía venir: aquel tedio en que tanto nos queríamos trajo estos divorcios que tanto necesitábamos. Estaba escrito que sucedería.

DEPORTES

CAMPEONATO NACIONAL DE LA SECCION FEMENINA DE BALON A MANO

Una buena cantidad de equipos se han inscrito para tomar parte en este Primer Campeonato Nacional, organizado por la Sección Femenina.

Han inscrito equipos las siguientes provincias:

Albacete, Badajoz, Madrid, Guadalajara, Toledo, Murcia, Valencia, Barcelona, León, Oviedo, Lérida, Baleares, Avila, Salamanca, Zaragoza, Sevilla, Málaga, Jaén, Córdoba, Coruña, Alava y Logroño.

Total, 22 equipos, número que para ser el primer campeonato nacional es un verdadero éxito. Los equipos están perfectamente entrenados y llenos de entusiasmo por obtener el preciado galardón, lo cual hace esperar que todos los encuentros revistan un gran interés.

MODO COMO SE CELEBRA ESTE CAMPEONATO

Los equipos que toman parte han sido divididos en ocho regiones.

Región Levante: Albacete, Murcia y Valencia.

Asturias-León: León y Oviedo.

Baleares: Barcelona, Lérida y Baleares.

Castilla la Vieja: Avila y Salamanca.

Rioja-Aragón: Logroño, Alava y Zaragoza.

Región Andaluza: Sevilla, Málaga, Jaén y Córdoba.

Galicia: Coruña.

Extremadura - Castilla la Nueva: Madrid, Guadalajara, Toledo y Badajoz.

PRIMERA ELIMINATORIA

El domingo, día 8, jugaron Albacete y Murcia, ganando el primero en su campo por 3-1. Oviedo gana con toda comodidad, sin sudar una gota, por no presentarse León, que era con quien le tocaba jugar en su campo. Lérida gana a Barcelona en el campo de ésta por 6-4. Avila, en su campo, a Salamanca, por 2-0. Logroño, en su campo, por 2-0 a Alava Sevilla, en su campo, por 3-0 a Málaga. Córdoba por 3-1 a Jaén, en el campo de éste —este encuentro se celebró el lunes—. Madrid, en su campo, a Guadalajara por 2-0. Badajoz a Toledo, en su campo, por 5-1.

El domingo, día 22, se jugará la segunda eliminatoria entre los equipos:

Valencia-Albacete.

Lérida-Baleares.

Zaragoza-Logroño.

Badajoz-Madrid.

(Revista *Medina*, de la Selección Femenina, noviembre de 1942.)

Gimnastas de pícaro atuendo, generosa sudación, acrobático sobaquillo y ágil brinco, blanco izado por la lujuria para servir de puntería a ejércitos de canallas libertinos, ¡Viva Franco!, imán satánico de los Adanes proclives a hincar el diente en la manzana prohibida, ¡Arriba España!

(Anuncio de 1941.)

Sonaba el clarinete y llegaban los novios, el cura y los padrinos. Si sonaba mucho rato, también un niño con un pan bajo el brazo y una cartilla de racionamiento en la boca.

(Daniel Vega, paúl, *Las modas al ridículo*, 1945.)

(Cardenal Gomá, *Las modas y el lujo*, 1938.)

Aquellos eclesiásticos y gente afín estaban en todo y aún les quedaba tiempo para ir a misa. No se les escapaba una. Dos portadas jocosas de dos libros furiosos de dos autores gloriosos sirvan de ejemplo. Dos obras maestras del corte y confección sacros.

— 22 —

N ñ

La niña pone la mesa

Ñ ñ

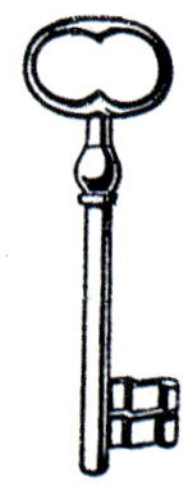

Ll ll **La llave será esa** *Ll ll*

Esa niña se llama Rosina — Esa llave será tuya — Su aya llora — Niñería.

Nuño añora a la niña — Mi pollo pilló esa ramita — Tu sello será de esa niña — Se bañará mi niña — Nuño no será malo

Contar: Tres perros **3**

Ejercicios de invención. — Dibujar el campanario de una iglesia

(Pla Cargol, *Primer libro*, "lectura, escritura, dibujo", 1952.)

La cachonduela Rosina ensayando unos pasos de baile apalancada a una torre de platos y al saliente de la mesa arrimándole pubis cual estrella de la tauromaquia realizando faena en la plaza. ¡Torera, torera, torera! Así empezaron otras.

LUIS *es un* HOMBRE; *Luisa, una* MUJER. *Luis es nombre* MASCULINO; *Luisa,* FEMENINO.

Gallo es un animal MACHO; *gallina es* HEMBRA. *Gallo es* MASCULINO; *gallina,* FEMENINO.

El aro lleva delante la palabra EL; *la* BICICLETA *lleva* LA. *El aro es* MASCULINO; *la bicicleta,* FEMENINO.

LO *bueno,* LO *amargo, son* NEUTROS.

En resumen: **Los nombres de hombres, de animales machos y los que llevan la palabra** EL, **son masculinos; y los de mujeres, animales hembras y los que llevan la palabra** LA, **son femeninos.**

Las palabras que llevan el artículo LO **son del género neutro.**

(Edelvives, *Gramática*, grado 1º.)

Moraleja: detrás de todo gran hombrecito en bicicleta siempre había una gran mujercita a pie.

(Anuncio de 1951.)

Una fotogénica a pedales en el día más feliz de su vida.

(Maximiliano Mazzel, paulino, *Pureza y alegría*, undécima edición, 1966.)

(Irma Padovani, *Cortesía y distinción*, 1946.)

Sed buenas, ¡puñeta!, puras y limpias. En el catálogo de libros de esta doble página encontraréis una guía espiritual muy de provecho para alcanzar sana vida en este mundo y la salvación eterna en el otro, que es lo que importa y de eso se trata.

(Antonio García Figar, dominico, *La mujer caída*, 1952.)

(Doctor Girona Cuyás, *Higiene de la mujer*, 1942.)

(Un Consiliario de Acción Católica, *El decenio crítico*, "a los jóvenes de 16 a 26 años", edición de 1942.)

(Rufino Villalobos Bote, presbítero, *¿Es pecado bailar? ¿No es pecado bailar?*, 1948.)

(Jeremías de las Sagradas Espinas, pasionista, *Jóvenes, cuidad la pureza*, 1950.)

(Emilio Enciso Viana, canónigo, *Dios y tú en la oficina*, 1964.)

(Sección Femenina, *Economía doméstica*, para 5º y 6º de Bachillerato.)

Virginal, inteligente y sensata manera de conducir la bicicleta sin que el sillín cause anomalías en el clítoris ni se incruste en los hímenes.

Cuando el hijo del contable está mojado...

(Revista *El hogar y la moda*, mayo de 1946.)

¿Y cuando la mujer del contable tiene la regla?

(Tarjeta postal de los años cincuenta.)

Irreal como la vida misma. Cosas que sólo se veían en algunas películas americanas.

CONVERSACION

1. Hablar del deber y necesidad que tenemos de orar.
2. Conversar sobre los diversos momentos del día en que debemos rezar a Dios, a la Virgen, al Angel de la Guarda y a los Santos.
4. Que los niños digan si rezan al levantarse, al acostarse, etc., y qué es lo que rezan.
3. Conversar también con los niños sencillamente sobre la forma externa y la actitud interna que debemos observar durante la oración.
5. Hablar con los niños de la forma respetuosa y ordenada que debemos observar al entrar en el templo y al salir de él y, también, de cómo hay que estar allí.

ESCRITURA

El Padrenuestro lo hizo
Nuestro Señor Jesucristo.

91

(Ángel Pérez Rodrigo, *Iniciación*, párvulos, 1956.)

Estampas así harto realce dieron a los libros escolares del nacionalcatolicismo y a las películas españolas cuyo director tenía sobresaliente en Derecho Canónico.

(Anuncio de 1939.)

Tres viciosas dándole al loco placer del licor... estomacal.

(De la revista *Mujer*, agosto de 1945.)

También la torre de Pisa es inclinada, ¿y qué?

(Matilde Ruiz, *La mujer y su hogar*, 1957.)

Cómodo traje para estar en casa esperando al del butano, pues esperando en bragas sería precipitado.

(Anuncio de 1955.)

Piernas muy cómodas para estar en casa esperando al callista.

(Revista *Letras*, abril de 1949.)

Sugerentes modelos de manufactura parisién muy indicados para estar cómodamente en casa esperando a cuatro fontaneros españoles.

(Anuncio de 1945.)

Una opípara marcando rabadilla.

(Anuncio de 1956.)

Tres modernas que marcaron época marcando cintura.

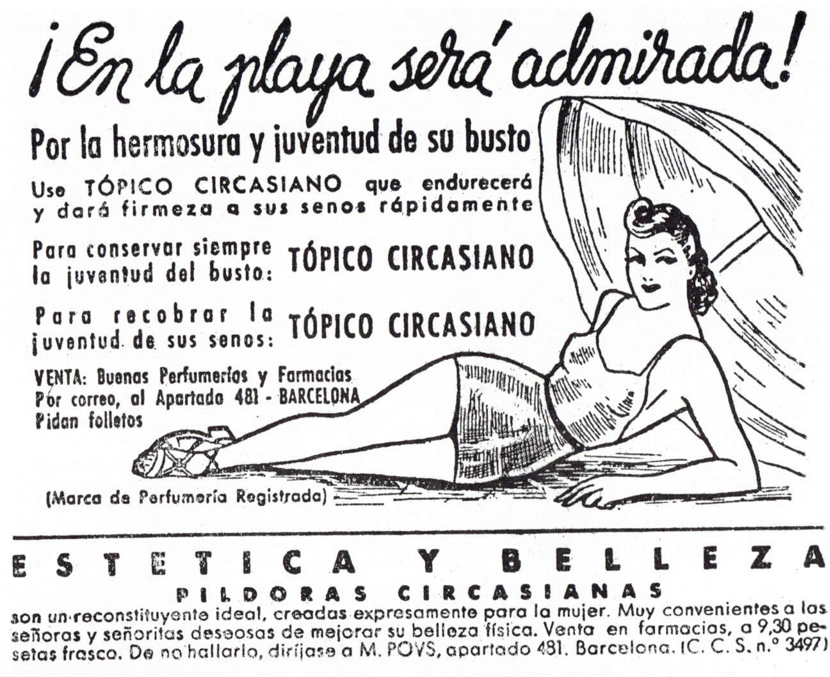

(Anuncio de 1943 en *Y*, revista de la Sección Femenina.)

Una circasiana en papel de maja vestida.

(Anuncio de 1943.)

Impúdicas de leve maillot marcando unas pantorras cuya grandilocuencia provocaba incendios devoradores de concupiscencia y se cabreaba el señor obispo.

(Anuncio de 1950.)

Una salerosa marcando culo.

(Revista *Fotos*, enero de 1940.)

Una proletaria marcando teta.

Habiendo notado famélico y pretuberculoso al autor de *La española cuando besa*, el padre Rafael, capellán del Colegio Menor Calvo Sotelo del Frente de Juventudes de Orense, le regaló este ilustrado tarjetón y esta sabia reprimenda: "Así de perra es la vida y perra la mujer que con su cebo apetitoso despereza la fiera pasional que duerme en tu perra naturaleza de hombre."

Y como siguiera notando famélico y pretuberculoso al autor de *La española cuando besa*, el padre Rafael, capellán del Colegio Menor Calvo Sotelo, le regaló el documentado y acojonante folleto titulado *Principios de higiene*, con el deseo de que le fuera pedagógico y con esta recomendación: "Ten siempre presente que tu madre es la única mujer totalmente pura que puedes besar sin pecado y sin coger la tuberculosis." Aquí, en la imagen, dos páginas del folleto de referencia.

ba una atmósfera venenosa.

—¡Uf! Qué asco de naftalina...

En esto la vió la señora, y ¡paf! la mató de un escobazo.

Doña Polilla asomó la nariz y dijo:

—A lana verde me huele...

Entonces voló al armario ropero y se coló por una rendija.

En seguida salió tambaleándose, medio asfixiada. Allí se respira-

88

89

(Quillano Blanco, *Párvulos*, 1957.)

Lamentable espectáculo: una señora con escoba y delantal, cual vulgar muchacha de servir. Aunque, bien mirado, más lamentable es el caso de doña Polilla, que acabó difunta.

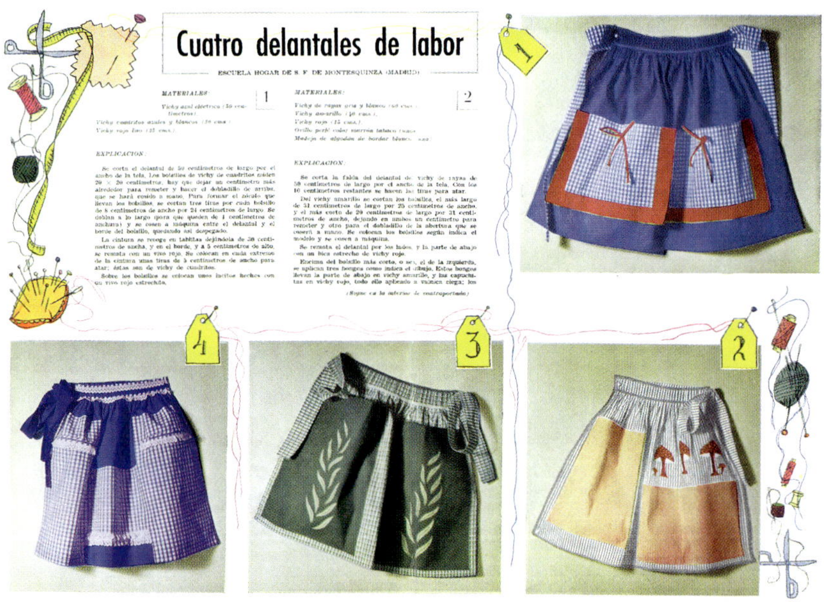

Cuatro delantales de labor

ESCUELA HOGAR DE S. F. DE MONTESQUINZA (MADRID)

1

MATERIALES:

Vichy azul eléctrico (50 centímetros).
Vichy cuadritos azules y blancos (30 cms.)
Vichy rojo liso (15 cms.)

EXPLICACION:

Se corta el delantal de 50 centímetros de largo por el ancho de la tela. Los bolsillos de vichy de cuadritos miden 20 × 20 centímetros; hay que dejar un centímetro más alrededor para remeter y hacer el dobladillo de arriba, que se hará cosido a mano. Para formar el zócalo que llevan los bolsillos, se cortan tres tiras por cada bolsillo de 8 centímetros de ancho por 24 centímetros de largo. Se doblan a lo largo (para que queden de 4 centímetros de anchura) y se cosen a máquina entre el delantal y el borde del bolsillo, quedando así despegado.

La cintura se recoge en tablitas dejándola de 38 centímetros de ancha, y en el borde, y a 5 centímetros de alto, se remata con un vivo rojo. Se colocan en cada extremo de la cintura unas tiras de 5 centímetros de ancho para atar; éstas son de vichy de cuadritos.

Sobre los bolsillos se colocan unos lacitos hechos con un vivo rojo estrechito.

2

MATERIALES:

Vichy de rayas gris y blanco (50 cms.)
Vichy amarillo (40 cms.)
Vichy rojo (15 cms.)
Orillo perlé color marrón tabaco (una)
Madeja de algodón de bordar blanco (una)

EXPLICACION:

Se corta la falda del delantal de vichy de rayas de 50 centímetros de largo por el ancho de la tela. Con los 10 centímetros restantes se hacen las tiras para atar.

Del vichy amarillo se cortan los bolsillos, el más largo de 31 centímetros de largo por 25 centímetros de ancho, y el más corto de 20 centímetros de largo por 31 centímetros de ancho, dejando en ambos un centímetro para remeter y otro para el dobladillo de la abertura que se coserá a mano. Se colocan los bolsillos según indica el modelo y se cosen a máquina.

Se remata el delantal por los lados y la parte de abajo con un bies estrecho de vichy rojo.

Encima del bolsillo más corto, o sea, el de la izquierda, se aplican tres hongos como indica el dibujo. Estos hongos llevan la parte de abajo en vichy amarillo, y las capuchitas en vichy rojo, todo ello aplicado a vainica ciega; los

(Sigue en la interior de contraportada)

(*Escuela de Hogar*, revista de la Sección Femenina, primavera de 1962.)

Trajes de fiesta para muchachas de servir en casas de postín. O si lo prefieren: modelitos de esmerado corte y elegante confección para que la muchacha se servir no sea confundida con la señora al acompañarla los domingos a la misa de doce.

grillo

gra gri

cro cre

dra dru

ladrillo

cráneo tigre cocodrilo

negro cromo dromedario

acróbatas grifo ladrillo

La criada regresa de la plaza. Me agrada lo que ha comprado:

cangrejos, congrio, fresa, plátanos y granada.

23

(Navarro Higuera, *Cucú*, método para la enseñanza de la lectura, 2º parte.)

Antiguamente se sabía fácilmente que una mujer era criada gracias al delantal y la cesta de la compra. Si no llevaba delantal ni cesta de la compra lo más probable es que fuera cocodrilo. Dicho lo cual, señálense en el dibujo las diferencias entre el cocodrilo y la criada, teniendo en cuenta que los cocodrilos para pasar desapercibidos, dada su naturaleza y acrediada modestia, con frecuencia toman la forma de cinturón, bolso o zapato.

— 72 —

CONTRASTES

Gertrudis es una niña muy aplicada y de fuerte voluntad.

Vedla como, a pesar del fuerte viento que llega a inclinar los árboles, ella no se amilana y va contenta al pueblecito para asistir a clase.

La maestra elogiará su constancia, y las palabras de afecto de la profesora serán para Gertrudis el mejor pago a la inclemencia que ha debido arrostrar para llegar a la escuela.

Muy diferente es el comportamiento de Matilde; por ser su mamá más miedosa, no deja ir a su hijita a la

— 73 —

escuela cuando llueve, y, aunque, por las mañanas, salga el sol y alegre el paisaje, Matilde suele preguntar a su madre:

— ¿Quieres decir que no va a llover esta mañana? Porque sería lástima que me mojara el trajecito o los zapatos, ahora tan limpios.

Quien no asista a la escuela siendo niño, mucho le pesará cuando sea mayor.

Conversación. — ¿Hace bien Gertrudis en no querer faltar a clase? — ¿Qué son los niños y niñas que aprovechan cualquier pretexto para faltar a clase? — ¿Qué hace Matilde? — ¿Cuál de las dos niñas es más digna de ser imitada? — *Amilanar, inclemencia, miedoso.*

Ejercicio gramatical. — Los nombres comunes de varón, animal macho o terminados generalmente en *o* en *e*, son del *género masculino:* como hombre, nene, lobo, coche.

Escribir 8 nombres comunes masculinos.

Ejercicio para el conocimiento de los colores. — De la cajita que contiene pedacitos de papel en varios colores, extraer todos los pedacitos de tonos *azules*.

Ejercicio de dibujo:

(Pla Cargol, *Segundo libro*, "ideas, hechos y ejemplos", 1962.)

Al arreciar el frío y el fuerte viento las faldicortas y faldiprietas niñas daban muestra de gran estremecimiento por la labor parasitaria de la arremetida microbiana pierna arriba. De aquellas Gertrudis, estas cistitis. De aquellos barros, estos polvos.

(Anuncio de 1944.)

La aurora fue bella pero efímera: desaparecía al salir el sol.

(Portada de *Medina*, revista de la Sección Femenina, abril de 1942.)

Esta señorita que revienta de guapa parece mentira, pero narran los cronistas que fue verdad porque al pincharla sangraba. Una belleza de excepción que conceptuaríase imposible en aquella negra España tan doliente de hambres, venganza, sarnas y Auxilio Social.

(Revista *La moda en España*, de agosto 1945.)

Audaz modernista con el traje de baño retocado y ampliado por el fino pincel de un casto censor, según podrá comprobar quien disponga de buen ojo o potente lupa.

(Pla Dalmau, *Primeras ideas.*)

Productos de ferretería para paladares exigentes. Manufacturas metalúrgicas españolas al servicio de la mujer feliz y del pollo muerto en pepitoria. Enviamos catálogo. Pollos, abstenerse.

(Revista *Siluetas*, octubre de 1944.)

Con una vida interior muy rica.

(Anuncio de 1956.)

¡Qué scandale!, es decir, ¡qué escándalo!

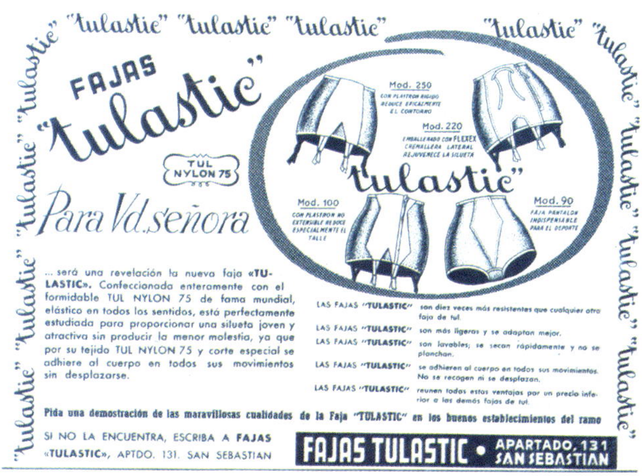

(Anuncio de 1954.)

El género dentro, por el calor. Para llegar, utilícese abrelatas. Para permanecer, botella de oxígeno.

Que tú bordaste en rojo ayer

(El *Cara al sol* en viñetas dibujado por C.S. de Tejada.)

Aunque cueste creerlo, hubo un tiempo en que la mujer genuinamente española tenía unos principios, una ética, un rosario, una aguja y un guerrero en la guerra y no besaba por frivolidad ni con la luz encendida.

Y tanto que está en la gloria, por los esfuerzos dinámicos sobre el sillín incrustado en los órganos sexuales. De esto que muy certeramente don Federico Corominas (*Vida conyugal y sexual*), siendo presidente de la Real Academia de Medicina de Barcelona, hubiese recomendado no abusar «del ejercicio de la bicicleta o de la equitación llamada a la jineta, porque el roce del sillín o de la silla de montar con sus órganos sexuales puede despertar a destiempo o prematuramente sus sensaciones voluptuosas, que las llevan a provocárselas con manipulaciones vergonzosas». Se empieza por la bicicleta, se pasa al sillín y se acaba en lo que monseñor Tihamér Tóth (*Pureza y hermosura*) llama hábito inveterado:

En muchos casos, la pecadora ni siquiera era consciente al principio. Quizá al montar a caballo, al subir en bicicleta, sintió la muchacha por vez primera un extremo placer y se creyó que era cuestión de juego. Después..., no pudo vencer el triste hábito ya inveterado.

Entre quienes a diario veíamos subir o bajar a la modistilla habíase propalado una fechoría que presentaba dos versiones, por lo cual que las dos posiblemente fueran mentira o las dos, posiblemente, verdad. Murmurábase que la modistilla gustaba de desarrollar su jornada laboral con una manzana reineta situada do dicen más pecado hay, justo entre la braguita y los labios sureños, al objeto de sacarle máximo partido al pedaleo; todo iba medianamente bien, justamente normal, totalmente discreto, hasta la hora en que la manzana se le introdujo por los conductos, de tal perra manera que tuvieron que llevarla al médico a extirparle el intromiso. La segunda versión apunta a que la manzana no se le había introducido, sino que, por el contrario, se le había desprendido al levantarse para coger labor de la mesa de reparto del taller. El lector elija versión. Con estas cosas de la fama y los infundios nunca se sabe, lo mejor es echarlo a cara o cruz y que cada cual se quede con lo que la suerte le haya deparado. La veíamos bajar montada en bicicleta, y los bomberos del parque o los reclutas del cuartel de San Francisco o los colegiales del Calvo Sotelo nos dábamos codazos de complicidad, al tiempo que la saludábamos:

—¡Eh, la manzana!

—¡Cabrones de la grandísima! —se cabreaba.

—¡Aprieta, que se te cae la reineta!

—¡Ni la veréis ni la cataréis! —se chuleaba.

Y, echando leches y maldiciones, la modistilla huía veloz y cuesta abajo y sin haber leído a don Leónides Gonzalo Calavia, inspector de Enseñanza Primaria, en *Pedagogía, Metodología General y Organización Escolar*, contestaciones al cuestionario oficial de oposiciones a ingreso en el Magisterio Nacional Primario, 1960, pues si lo hubiere leído circularía a velocidad moderada:

Los deportes más aconsejables para las niñas son: la natación, el baloncesto, los juegos de raqueta y la bicicleta a velocidad muy moderada.

¿Y por qué a velocidad moderada, don Leónides? ¿Para que los vientos racheados y de frente no le arrebaten a la velocípeda

(Gil Vizmanos y Sánchez, *Enciclopedia*, 4º curso.)

A pedales y encantada de conocerse.

el virgo mientras soplando sobre los pliegues silban el chiflo de los afiladores? Del nombre de la modistilla que nos concierne bien que me acuerdo, pero no lo daré para no deshonrar a quien engendró familia numerosa y en la actualidad regenta una tienda de modas frecuentada por clientes de solvencia. Así que llamémosla, para entendernos, La Velocípeda. A La Velocípeda el revuelo y el fuelle de faldas al viento le descubrían el poderío de unos muslos recios y tormentosos. No llevaba la falda-pantalón recomendada por la Sección Femenina en *Economía doméstica*, manual para quinto y sexto curso de Bachillerato y Comercio:

> Para ir en bicicleta es muy conveniente el uso de falda-pantalón, que, conservando la línea y gracia femenina, permite toda serie de movimientos. Nunca se arrepentirán las muchachas de ser modestas, ya que no sólo no les resta ningún encanto, sino, al contrario, les conserva, aun en medio de la mayor camaradería, el pudor y la feminidad, cualidades esenciales de la mujer.

La Velocípeda, como si lloviera. De La Velocípeda el padre Daniel Vega (*Las modas al ridículo*) diría que era una joven amanerada tirando por la diagonal, de ésas que «en lugar de los dobladillos del pantalón sujetados mecánicamente por el sexo barbudo, estas jóvenes amaneradas de hoy tiran por la diagonal; y para que no tropiecen las ropas con los pedales, las suprimen, y para que el movimiento giratorio en que se tienen que mover las piernas para correr no encuentren obstáculos, siguen suprimiendo tela; sin que les importe un ardite que por causa de ese desmoche aparezca ante el respetable público la vista de ropas inconfundibles, lo cual no creo sea muy recomendable en ningún código de moralidad, no digo cristiana, pero ni siquiera budista, que supongo tendrá sus leyes en este particular». Al producirse movimiento giratorio, manzanas en compota. O en mermelada. ¿Qué ropas inconfundibles serían las aludidas? En caso de ser negras, los calzoncillos. Es la vestimenta y parafernalia que el reverendo padre paulino Maximiliano Mazzel (*Pureza y alegría*) en 1947 proponía a las amaneradas velocípedas:

Para ir en bicicleta, alargad vuestras faldas, por lo menos diez centímetros debajo de la rodilla, y dadles una anchura razonable, con plegaduras o pliegues cosidos sobre los costados y dejadas libres en el resto de la falda. Debajo de ésta, vestid una enagua negra y un par de calzoncillos también negros, de punto o de tela ligera, sujetos a la rodilla por un elástico.

¿Y por qué negros los calzoncillos?
Será por el luto.
Una mañana le vi los calzoncillos a La Velocípeda.
Que eran negros.
Yo había pensado que era el vello del pubis.
Pero debían de ser los calzoncillos.

En *Vida íntima de la mujer* la «culta escritora» María del Pilar Bueno y el tocoginecólogo Antonio P. Ureta señalan:

Los deportes más aptos para ser practicados por una joven son: la natación, el tenis, el baloncesto y los deportes de invierno, entre los más recomendables. Excluimos totalmente la bicicleta por cuanto el roce del sillín sobre los órganos genitales, puede dar lugar a excitaciones sexuales.

En los confesionarios apocalípticos los curas tridentinos se ensañaban con las modistillas espabiladas y modernas que, pedaleando, iban para artistas del corte y confección. En los solemnes despachos artesonados del palacio episcopal los monseñores mitrados les leían la cartilla a los comerciantes del ramo e industriales de la plaza distribuidores de máquinas de coser a pedales. En los talleres del corte y confección las modistillas pedaleaban con tal aplicación y denuedo que por el movimiento y el roce de las piernas, a la altura inguinal, les sobrevenían deleites carnales, alteraciones en el pubis y luminaria de chispas pedernales, en opinión de los santos varones del occipucio tonsurado y cerebelo tri-

LA BICICLETA FEMENINA

LO POSITIVO EN LA BICICLETA

La bicicleta femenina ha irrumpido en nuestras calles, amenazando por su copiosidad la regularidad de la circulación, la seguridad personal de los peatones y la integridad de los escaparates de lujo. No es que nos acoquinemos, sino simplemente ponemos puntitos... al hecho, teniendo en cuenta la similitud psicológica de jinete y cabalgadura.

(Daniel Vega, paúl, *Las modas al ridículo.*)

Una velocípeda a tope y pleno desenfreno.

dentino y de los tocoginecólogos ultramontanos. Pedaleaba La Velocípeda en la bicicleta, pedaleaba en la máquina de coser, o sea, era redundante. En sus sermones los padres predicadores de charlas morales para señoritas o de los ejercicios espirituales para mujeres, según posteriormente sabría por manifestación de parte de alguna de las penitentes que se había acercado al santo sacramento, las máquinas de coser a pedales eran un artilugio diabólico, y los padres confesores se manifestaban puntillosos y estrictos en la confesión general del último día.

—¿Estudias o trabajas?

—Estudio secretariado general por correspondencia y corte y confección en un taller de San Francisco.

—¿Tienes máquina de coser?

—Claro, una Alfa.

—¿A pedales o de manivela?

—A pedales. ¿Por qué me lo pregunta?

—Nada, por saberlo. Por el ronco aullido...

En la ciudad anunciábanse, cada poco, tandas de ejercicios espirituales para mujeres. Para solteras, para casados, o mixtos, es decir, para unas y otros. Desde los púlpitos para mujeres solas los curas bramaban tremebundos y horrísonos:

> Como el ronco aullido de hienas y chacales feroces da escalofríos a la caravana que por la noche descansa en el desierto, así las vehementes embestidas de las tentaciones sexuales turban de continuo los años de tu juventud. Con colores hechiceros se te presenta el placer, el gozo que el pecado te promete de un modo seductor. Tentaciones incesantes te invitan a abandonar el camino de la pureza; no parece sino que un diablo, libre de cadenas, se agita en ti, y te suplica, y te hace promesas, y se ríe de ti, y te empuja a la desesperación, y te lanza... ¡adelante!, ¡adelante!, y te instiga a echarte de cabeza en los goces sugestivos de tus tendencias. En el bramar de esta deshecha tempestad casi no te percatas de la noble figura de la "Virtud"; apenas oyes su voz de amonestación en medio del motín y griterío de los sentidos. ¡Muchacha!, no creas en la "Culpa". Consérvate pura. No peques, ni de pensamiento, contra la pureza. Guarda intactos, según el mandato del Señor, tu cuerpo y tu al-

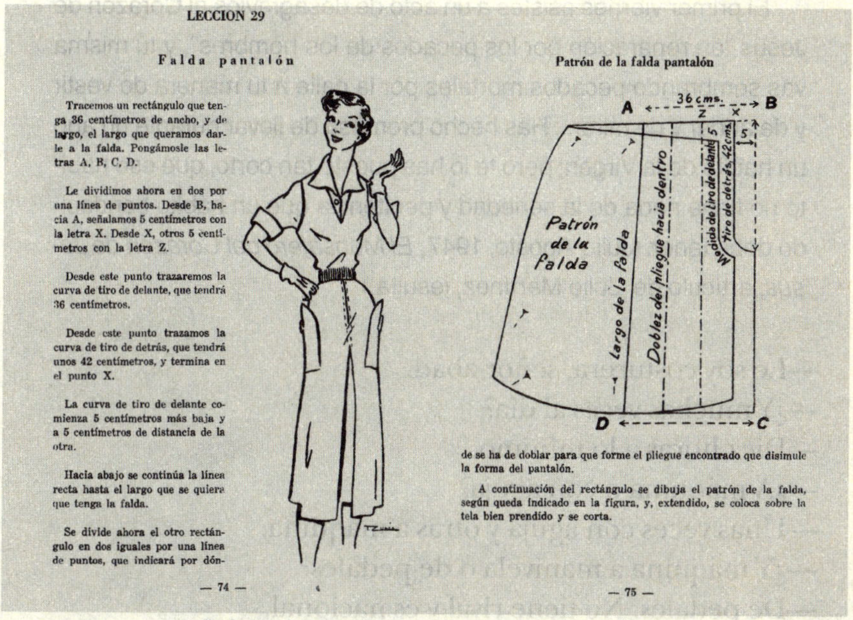

LECCION 29

Falda pantalón

Tracemos un rectángulo que tenga 36 centímetros de ancho, y de largo, el largo que queramos darle a la falda. Pongámosle las letras A, B, C, D.

Le dividimos ahora en dos por una línea de puntos. Desde B, hacia A, señalamos 5 centímetros con la letra X. Desde X, otros 5 centímetros con la letra Z.

Desde este punto trazaremos la curva de tiro de delante, que tendrá 36 centímetros.

Desde este punto trazamos la curva de tiro de detrás, que tendrá unos 42 centímetros, y termina en el punto X.

La curva de tiro de delante comienza 5 centímetros más baja y a 5 centímetros de distancia de la otra.

Hacia abajo se continúa la línea recta hasta el largo que se quiera que tenga la falda.

Se divide ahora el otro rectángulo en dos iguales por una línea de puntos, que indicará por dón-

— 74 —

Patrón de la falda pantalón

de se ha de doblar para que forme el pliegue encontrado que disimule la forma del pantalón.

A continuación del rectángulo se dibuja el patrón de la falda, según queda indicado en la figura, y, extendido, se coloca sobre la tela bien prendido y se corta.

— 75 —

(Isabel Andueza, maestra nacional, *Método pedagógico de corte y confección.*)

Haciendo uso adecuado del patrón adecuado te saldrá un modelito muy adecuado para ir adecuadamente en bicicleta.

ma; guárdalos para el futuro compañero de tu vida..., para tus futuros hijos... Créeme; únicamente así podrás ser un día mujer honrada, mujer feliz, mujer de carácter... (Tihamér Tóth, *Pureza y hermosura*, edición número 15, 1967.)

Por medio de severas homilías los sublimes epíscopes y los ordinarios presbíteros pontificaban sobre las normas de decencia cristiana, sobre los trajes ceñidos y acerca de las faldas cortas.

El primer viernes asistes a un acto de desagravios al Corazón de Jesús "en reparación por los pecados de los hombres", y tú misma vas sembrando pecados mortales por la calle a tu manera de vestir y de andar y de mirar... Has hecho promesa de llevar durante un año un hábito de la Virgen; pero te lo has puesto tan corto, que ese hábito no tiene nada de la seriedad y penitencia que un hábito bendecido debe tener. (Julio-Agosto, 1947, *El Mensajero del Corazón de Jesús*, artículo de Julio Martínez, jesuita.)

—Le soy costurera, señor abad.
—¿Y muchas veces al día?
—Diez horas a lo mínimo.
—¿A máquina o con aguja?
—Unas veces con aguja y otras a máquina.
—¿Y máquina a manivela o de pedales?
—De pedales. No tiene rival y es nacional.
—Una Alfa, pues –decía el confesor poniendo cara de sabueso que acaba de descubrir en el mayordomo al asesino.

Más de una vez vi a La Velocípeda yendo a pie y con opulencia de ancas a las mercerías El Primor o La Dalia a proveerse de mercancía para la costura, y entonces yo le hacía seguimiento al objeto de apreciar y controlarle sobre todo los balanceos al caminar y si se excedía en ellos, teniendo muy en cuenta lo que *Convivencia Social*, tercer curso de Bachillerato y Comercio, escrito por la camarada Carmen Werner y editado por Sección Femenina, dispone al respective:

Hay que evitar que al andar se balanceen demasiado las caderas. Naturalmente, las piernas deben moverse, pero evitando ese movimiento total de rotación que tan ordinario resulta.

Mover las piernas es cosa muy útil y aun necesaria para andar, pero los balanceos y los movimientos de rotación son otro asunto. Si La Velocípeda balanceaba cadera por algo sería. Y en la confluencia de las piernas el movimiento de rotación le causaba fuego, como sale en las enciclopedias que los salvajes de las tribus primitivas, frotando dos palos o no sé si dos piernas también, lo conseguían.

Manzana asada, los lunes.

Compota de manzana, los jueves.

Mermelada de manzana, los sábados.

Yo observaba a La Velocípeda desde atrás, y ora le veía las piernas en "O", ora en "X", nunca me aclaraba.

Desde que a las mujeres les ha entrado, con justísima razón, la preocupación de las piernas, hemos descubierto que frente a unas piernas de indiscutibles perfecciones plásticas existen otras cortas y largas, en forma de paréntesis o torcidas, o, como dicen los alemanes, piernas en "O" y piernas en "X", según que tengan la curva hacia fuera o hacia dentro. (Esperanza de Briones, *La belleza*.)

Y al vérselas en "O" suponía a La Velocípeda con la manzana puesta, recogiéndola con el entreparéntesis de la entrepierna; al vérselas en "X", me la imaginaba cayéndosele la manzana y haciendo esfuerzos por retenerla al llegarle a media ingle. Posturas raras y retorcidas propias de quien tiene incontinencia de orina. A lo mejor no era incontinencia de orina, sino foliculina circulante.

Si tuviésemos que definir las características principales del andar femenino, las clasificaríamos en tres: Primera: Ante todo por la mayor separación de la pelvis femenina, ambos muslos, separados por arriba, deben juntarse por abajo y por ello han de dirigirse más hacia dentro, y para que sus rodillas no tropiecen cuando anda, le es preciso desplazar sucesivamente cada cadera, en una especie de movimiento balanceante que conlleva un desplazamiento rítmico de ambas nalgas, y unos pasos pequeños. Segunda: Otra manifestación, merecedora de comentario, es que los brazos de la mujer, más cortos que los del hombre, se balancean mucho menos y permanecen próximos al cuerpo. Tercera. Que la marcha femenina, debido a la foliculina circulante, determina una relajación de los ligamentos, lo cual explicaría la característica suavidad del andar de la mujer. Estas características de la marcha femenina, de rasgos diferenciales tan acusados si los relacionamos con respecto al hombre, nos permiten distinguir el sexo de un caminante, con un porcentaje muy pequeño de errores, hasta la distancia que alcance la vista. Se comprende que, tratándose de unos rasgos diferenciales tan típicos, influirán mucho en la capacidad atractiva que ejercen sobre el sexo contrario. (José P. Oliveras, *Guía médica sexual.*)

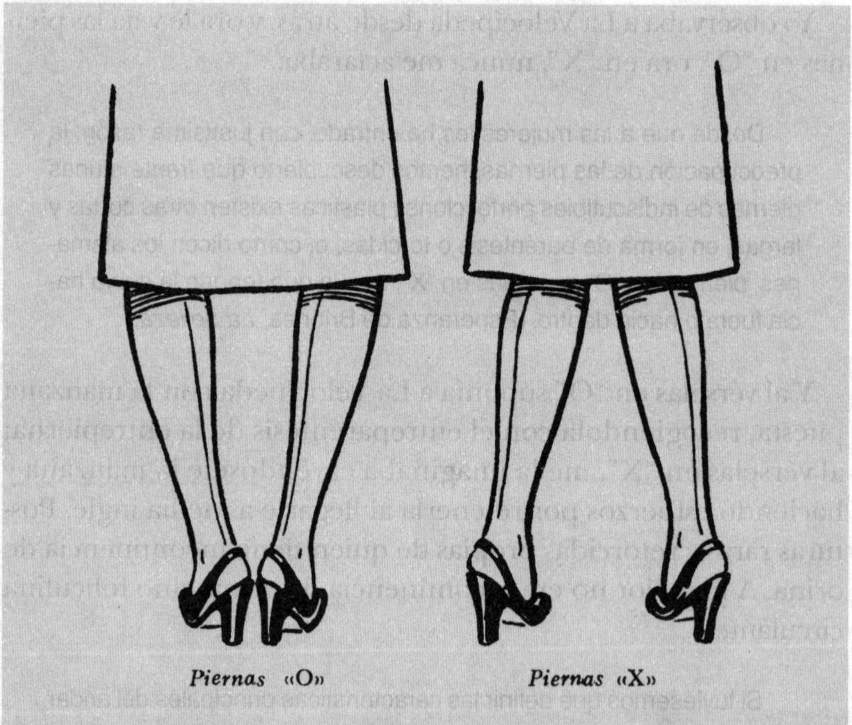

(Esperanza de Briones, *La belleza.*)

Hay gente que no sabe cómo llamar la atención.

—Ésa, foliculina circulante.

—Ésa, modista.

A las modistas enseguida se las conoce porque llevan la pechera llena de hilos esparcidos, como ropa a clarear sobre el prado, y de agujas clavadas. Cuando las agujas se clavan más de la cuenta sale leche, y entonces dejan el oficio de costureras y se ponen de amas de cría. A las amas de cría se las conoce enseguida porque van dándole teta a un niño prestado, y se sabe que es prestado porque le dan pellizcos para que deje de mamar. En el caso de La Velocípeda se la distinguía, además, por los andares y por gesticular mucho con los brazos. En mi inocencia al verla gesticular con los brazos abiertos, como dos alas, la imaginaba funambulista haciendo equilibrio sobre la cuerda floja agarrada a una larga barra como dos alas o los brazos abiertos.

—¡Bah, una mujerzuela de ínfima plebe!

—Por la gesticulina.

> El gesticular mucho con los brazos cuando se habla o el ponerlos en jarras es propio de mujerzuelas de la ínfima plebe; y el moverlos cuando se anda, a manera de quien siembra y con movimiento alternativo y rápido, es un andar ridículo y chocante en demasía; tenerlos caídos y sin movimiento es propio de militares en parada, pero llevarlos recogidos y con las manos ligeramente cruzadas es actitud digna de jóvenes modestas y formales. (Vicente Gambón, jesuita, *Educación cristiana de las jóvenes*.)

—Qué asco, igual que un militar en parada.

Antes de que se me olvide, un desmentido a la maledicencia de que La Velocípeda gustaba de cobijar una manzana en la entrepierna: acabaría sabiéndose y haciéndose público que todo se debía a la ocasión en que, yendo La Velocípeda en bicicleta, con los impulsos del pedaleo se le cayó al suelo y echó a rodar cuesta abajo una manzana que llevaba en el halda. Un recluta que lo vio y la había pretendido de amores sin ser correspondido, le adjudicó el infundio de que se metía una manzana en la entrepierna. Lo cual, y admitida la inocencia de La Velocípeda, que no existe óbice ni razón suficiente para ignorar este párrafo del

Devocionario de las Hijas de María, del jesuita Argimiro Hidalgo, incluso en el capítulo dedicado al examen de conciencia previo al sacramento de la penitencia:

> SEXTO MANDAMIENTO. –¿Te has deleitado advertidamente en malos pensamientos? ¿Has tenido deseos de hacer cosas malas? ¿Has tenido malas conversaciones? ¿Has hecho alguna acción mala? ¿Contigo sola? ¿Con otras personas? ¿Has asistido a cines, teatros, bailes, espectáculos malos? ¿Has leído cosas deshonestas o peligrosas? ¿Vistes con cristiana decencia? ¿Tienes relaciones poco decentes? ¿Andas en bicicleta por recreo?

Que andar en bicicleta por recreo sea pecado no se me alcanza. Los caminos del cielo parecen ciertamente inescrutables. Aunque circules por ellos montada en bicicleta.

EL AUTOR VUELVE A RECTIFICAR

COMO HE RECIBIDO MÚLTIPLES QUEJAS DE LA ASOCIACIÓN **GALLEGOS PARA LA SOLIDARIDAD** POR APROPIACIÓN DE MARCA Y USO INDEBIDO Y FRÍVOLO DE DENOMINACIÓN, EN LO SUCESIVO **LA GALAICA** SERÁ DENOMINADA **SISSÍ**, POR LA PROTAGONISTA DE LA CÉLEBRE PELÍCULA. ESPERO Y DESEO QUE LA COFRADÍA DE **MONÁRQUICOS ULTRAMONTANOS** NO SE ENFADE NI ME PONGA QUERELLA.

So pretexto de conjuntamente integrar, constituir y organizar guateque, al caer la tarde de mis sábados y domingos finibachilleres los cofrades del impúdico libertinaje gustábamos de apandillarnos con las jóvenes modernas del loco placer y con las cristianas bautizadas de pata ligera y ágil brinco, encerrarnos en un piso de la calle de Santo Domingo y encender el tocadiscos. Era norma de la casa que arrancáramos guateque con el célebre pasodoble que había propalado la simpar Celia Gámez

(Revista *Medina*, de la Sección Femenina, junio de 1941.)

¿La moda? Bien, gracias. Sobre ruedas y a cien clítoris por hora.

la española cuando besa,
es que besa de verdad
y a ninguna le interesa
besar por frivolidad...

pieza de lo más idóneo para calentar músculo sin molestar, ni espantar ni faltarles a las cristianas bautizadas de pata ligera y ágil brinco ni aburrir a las jóvenes modernas del loco placer. A los primeros sones de *La española cuando besa*, unas y otras se santiguaban y saltaban a la pista de la pavimentada tablilla para iniciar el maratón de los cincuenta y seis kilómetros y enseguida a los optimistas y alegres cofrades del impúdico libertinaje nos era dificultoso distinguir cuál de quiénes era cristiana bautizada y cuál joven moderna del loco placer, tan grandes eran el entusiasmo, la euforia y el frenesí de todas, como fervorosa y recogida había sido la persignación de los prólogos. Al poco, lograda la penumbra adecuada gracias a que el más gimnasta cofrade del impúdico libertinaje había apocado la bombilla del techo con un trapo rojo, como si tuviésemos el sarampión, sonaba bolerazo y lentón *El reloj*, interpretado por Lucho Gatica, pero en la conciencia de las cristianas bautizadas y de las jóvenes modernas del loco placer entre las músicas de la música y al tiempo sonaban estos sonoros sones del paulino Maximiliano Mazzel (*En espera de las bodas*): «Huye de los relajados, de los sensuales, de quien te ciñe como una serpiente, de quien dándote un beso o un abrazo te turba sentidos y alma, de quien te hace indignas propuestas.» Y de súbito las partícipes corrían a las sillas y se sentaban unísonas y pensativas:

¿Por qué razón yo, cristiana bautizada, he de hacerme sierva de impúdicos libertinos o esclava de costumbres contra las cuales, mucho tiempo ha y con valentía, hubieran debido reaccionar las mujeres cristianas? Se ha calculado que una bailadora, en una sesión de baile que se prolongue desde las diez de la noche hasta las cuatro de la madrugada, recorre un trayecto de cincuenta y seis kilómetros. ¿Creo seriamente que al término de esos kilómetros, multiplicados por cinco, diez o cincuenta, llegaré a encontrar el marido ideal? ¿Y podré figurarme que los jóvenes —por lo menos aquellos entre los cuales desearía yo hallar el padre futuro de mis hijos— son bastante necios para apreciar mi valor de esposa o de madre de familia conforme al calibre o la gracia de mis brincos? (Raúl Plus, jesuita, *A las jóvenes*.)

Insistíamos los cofrades del impúdico libertinaje en sacarlas a bailar, pero seguían negándose (*reloj, no marques las horas*), se nos excusaban, porque les dolía la cabeza, «esta pieza, no, que ahora me duele la cabeza», alegaban, se manifestaban estrechas, estrechas de mi-ras (*...no más nos queda esta noche...*), estrechas de piernas, estrechas de españolidad (*... reloj, detén tu camino, porque mi vida...*), y se mantenían sentadas como si estuvieran en un velatorio guardando al muerto, o salían a que les diera el aire asomadas al patio de luz, o cortaban lonchas de salchichón (*...detén el tiempo en tus manos, haz esta noche perpetua...*), o abrían una gaseosa y bebían a morro, u orinaban, también a morro, de dos en dos (*...para que nunca amanezca...*), sentadas en sus sillitas las cristianas bautizadas y las jóvenes modernas del loco placer, a pesar de la pata ligera y el ágil brinco, no las veía yo propensas, por negativas y cándidas, a hacer los cincuenta y seis kilómetros marcha agarrada, pero transcurridos seis o siete canapés de mortadela putrefacta y una treintena de bailes ya las cristianas bautizadas iban por el kilómetro cuarenta o cuarenta y uno, se conoce que habían cambiado de parecer, y era inevitable que el verbo de Gloria Lasso se hiciera carne de gramófono y luna de miel (*nunca sabré cómo tu alma ha encendido mi noche, nunca sabré el milagro de amor que ha nacido por ti, nunca sabré por qué siento tu pulso en mis venas, nunca sabré...*), carne de gramófono se le hacía el verbo a Gloria y en rebeldía gloriosa se nos resucitaba la carne a causa de las melodías sin prisa y resucitábamos al tercer día, ay de aquellas cinturas al vuelo y aun revuelo en un apretarnos difícil que no lo dábamos aguantado en Gloria, de Gloria, con Gloria Lasso (*...mi vida llama a tu vida y busca tus ojos, besa tu suelo, reza en tu cielo, late en tu sien. Ya siempre unidos, ya siempre...*) estirando las palabras, columpiando las vocales y con las sílabas como colgadas de un agónico temblor de orgasmos acariciado por un aire suave (*...ya siempre unidos, ya siempre, mi corazón con tu amor...*), andábamos los sátiros tras la carne de cabra encabronada de las jóvenes modernas del loco placer e inclusive las cristianas bautizadas empezaban a pasarse por el arco de triunfo de la carne de cabra encabritada las reprobaciones de quien se llama Un Consiliario de Acción Católica y en el libro intitulado *El decenino crítico* prefiere no pensarlo:

> No quiero pensarlo... ¡La mujer, recreo y solaz del hombre! ¡Hecha para exhibirse a los estúpidos chichisbeos, para recoger las sonrisas de los empolvados petimetres! ¡Para hacer en los salones la reinecilla de los apoltronados caballeros, la bailarina y la diversión de los desmeollados...! No, ¡voto al cielo!, esta idea vulgarísima y torpe podrán tenerla los sátiros que andan tras la carne de cabra; pero un joven católico, educado en la disciplina del Evangelio, ¡no! Llevado en alas de la fe, contemplarás tú en ella a Eva y a María: Eva, la madre de la vida que se prolonga a través de los siglos; María, la madre de las almas que sobreviven en la Iglesia.

De Gloria Lasso la voz de terciopelo, que decían los cronistas galantes y algo cursis, no sólo nos era una canción, sino que, sobre todo, nos era un beso, ¿y qué digo beso?, una felatio nos sería si entonces supiéramos qué era eso, si al menos supiéramos que las felatios existen (*...yo sé que el tiempo es la brisa que dice a tu alma ven hacia mí, así el día vendrá, que amanece por ti la luna de miel, luna de miel, ¡luna de mieeeeeeeeeeeeeel!*), los impúdicos libertinos éramos sátiros tras la carne de cabra de las cristianas bautizadas y las jóvenes modernas les daban al loco placer y don Serafín (el de *Don Serafín, ¿bailamos o no bailamos?*, 1945, por Darío, o sea, Ramón Masnou Boixeda, obispo de Vich) se subía por las paredes y ponía el grito en el cielo:

> No; no eres dueña de tu placer si tu placer es loco, si es placer que mata, placer suicida que destruye lo mejor de tu espíritu que vale un millón de veces más que tu carne, futuro bocado, como sabes, de gusanos. "Joven moderna", malhechora de ti misma, que en los asquerosos bailes modernos conviertes la flor de tu persona, que debiera ser dignísima, en un juguete vil de lujurias ajenas y propias... tan cruel eres contigo misma, que si no te compadeciera por inconsciente, te odiara por ser tan bárbara. Anda, "joven moderna", que en inmoralidad, despersonalización y escándalo has retrocedido veintiún siglos, anda, pon en su sitio los sesos y, en vez de meter otra vez el pie en tales recintos, donde, con tu juicio bajo un celemín y con

una antorcha de pasiones en la mano, las tuyas y las de tus cómplices, destruyes inconscientemente lo mejor que posees..., toma un libro, siéntate tranquila en tu casa, y estudia sinceramente, si a mí no me crees, cuál es el mejor camino para conquistarte un digno porvenir en la tierra y en el cielo...: el templo, el hogar, el trabajo y la honesta expansión o la estúpida fiebre del "Agarrado".

Hasta las cristianas bautizadas se expansionaban en la estúpida fiebre del agarrado y habiendo alcanzando el kilómetro cincuenta y dos hacían sprint, pero la verdad es que las cristianas bautizadas no se agarraban suficiente y los sátiros hacíamos ahíncos por acoplarnos pero nos clavaban los codos en las solapas y salíamos del guateque molidos de huesos, dolidos de las partes y con agujetas por tan inútil y esforzado ejercicio, ni que viniéramos de escalar el Everest, pero veníamos de Gloria Lasso girando y girando en el carrusel gramófono y pasándose por la canaleta de sus dos tetas imperiales los tremebundos sermones, las cartas pastorales y la moralina de don Serafín y de quien fuese, ¡Gloria Lasso a Dios en las alturas y paz en la cama a las cristianas bautizadas!, y en la soledad de las alcobas, luego de la maratón de los cincuenta y seis kilómetros agarrado, así las cristianas bautizadas como las jóvenes modernas del loco placer no lograban conciliar el sueño, dándole vueltas al loco placer con la gana y el pensamiento, las dos manos rondando sin atreverse el punto de máxima ofuscación llamado clítoris y merodeando su entorno.

Un pensamiento sigue a otro. Pensamiento cuyo solo nombre la hacía estremecer hace algunos años. Su corazón empieza a golpear locamente; su sangre hierve, se rebela. Le gustaría probar, aunque fuera a medias, ese placer que tanto ponderan... Ya que no está a su alcance el placer completo, ¿por qué no probar a solas algo de ese deleite? El deseo la quema a llamaradas. "Venga, nadie me ve." A probarlo, pues; a cometer el acto prohibido en su propio cuerpo; aquel acto que sabe es pecado contra Dios y contra la propia honra y dignidad humana...; pero, ¿quién tiene en cuenta esas cosas cuando se impone el placer, la pasión sensual, cuyo aullido imperioso ha adquirido incremento por la bebida, la conversación, la lectura, el cine, el baile de la tarde...? (Tihamér Tóth, *Pureza y hermosura*.)

—¿Y qué, de Sissí ya no se a vuelve hablar? —pregunta un lector que, al pasar por aquí, oyó campanas.

—Eso, eso, ¿qué es de Sissí? ¿Cómo que no se iba con usted a los guateques? —salta un lector que nunca oyó campanas porque es ciego total, pero que se apunta a un bombardeo, pues como no oye cree que los tiros son pirotecnia verbenera.

—Seguro que se casó con otro —apunta un ágrafo lector que no toca campanas porque le da vértigo subirse al campanario.

—O con usted y se fugó con otro, que aún es peor —matiza el lector propietario de las campanas del que tocó las campanas del que oyó campanas.

—A ver, cuéntenos y no se vaya por los cerros de Úbeda —se las da de enteradillo uno que se encampana y de por sí es campanudo—. ¡Quisiéramos saber, tenemos derecho!

Te contaré, campanudo lector si te bajas del campanario y quieres escucharme, pues no pienso hablar a gritos, te cuento que le había perdido el rastro a Sissí desde hacía varios meses, más de un año, posiblemente, o cerca de dos. Llevaba todo ese tiempo buscándola y mira por dónde llegó el mediodía en que me la tropecé de frente en el paseo, erguida, esbelta, altivana, opulento el escote, como diciendo aquí estoy para que me miréis.

¡Y vosotras vais por esos mundos como si llevarais un letrero que dijera: "Aquí estoy para que me miréis, para que me deseéis." ¡Vuestra perdición nos será el remedio de todo! Seguid ahora por vuestros alocados caminos; seguid llenando de vuestros carnales incendios las playas y los espectáculos; seguid llenando los trenes y tranvías —¡esos trenes y tranvías que vuelven de las sierras, de las costas, de las romerías cargados de alocada juventud!— ; seguid agitando al aire vuestras melenas rubias o negras como banderines de Satanás; seguid enrareciendo el ambiente cristiano de nuestros pueblos; seguid conspirando para destruir una patria que venció en la guerra y triunfó en la persecución religiosa, cuna dos veces milenaria de sabios, de conquistadores, de héroes, de santos y de santas... (Revista *El Mensajero del Corazón de Jesús*, verano de 1947, artículo de Julio Martínez, jesuita.)

Si de tísica me gustaba, ni les cuento ahora, de maciza total. Ahora a lo mejor ya no se muere durante los orgasmos. Preguntando aquí y allá e indagando entre mis conocimientos, supe que Sissí, tras el cuarto y reválida, se había trasladado a Madrid a preparar oposiciones para auxiliar de Hacienda, y de esto que yo no la hubiese visto durante tan largo —larguísimo, para un enamorado— período. Supe, además, que, por haber aprobado, había obtenido plaza en la delegación de Hacienda de Orense. O sea, había estado en Madrid preparándose en una academia particular y viendo cine, aprendiendo del cine modales insinuantes y en exceso provocativos, pues aquel cuerpo de Gilda era realmente cinesco.

¿Es que en el mundo no merecen admiración más mujeres que las "Gildas" que pasean su falta de pudor por los continentes, haciendo gala de sus escandalosos concubinatos? ¿Qué sentido de la moralidad social tienen quienes ven en silencio, si es que no colaboran, esta subversión de los valores más fundamentales de la vida? (César Vaca, agustino, *La castidad y otros temas espirituales.*)

Acentuada la silueta, llenita do las carnes tienen mucho de pecado, los pechos a su aire y propensión natural y tintineando debajo del jersey de angorina al correr o saltar, tal que si gozaran de vida propia y automovilidad suficiente, en despendole, sueltas, en desarraigo y descuelgue, como si fueran las campanas del Vaticano

También hay que evitar que al andar se balanceen demasiado las caderas. Naturalmente, las piernas deben moverse, pero evitando ese movimiento de balanceo, que tan ordinario resulta.

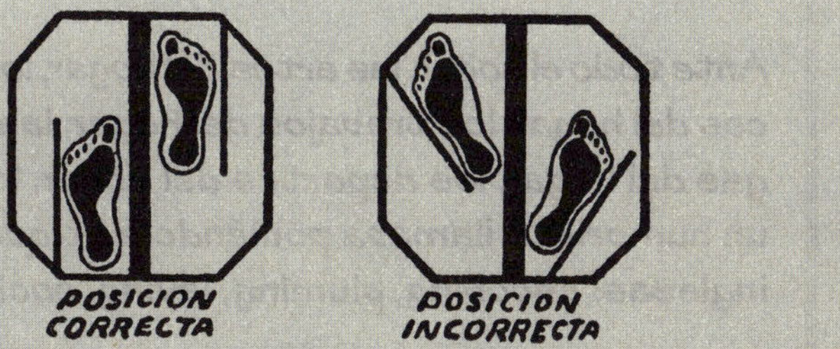

Posición de los pies al andar.

(Carmen Werner, *Convivencia social*, curso 3º, libro editado por la Sección Femenina.)

La posición incorrecta de los pies al andar tiene la ventaja de que acabas llegando a Pontevedra y Gerona simultáneamente.

repicando a gloria y dando, urbi et orbi, bendición papal, Sissí estaba buena, muy buena estaba Sissí, sometida a las tiranías de la moda y a los influjos del cine. Sissí había crecido, se había desarrollado, se había transformado, y por contra el vestido parecía más corto por abajo y más apretado por arriba, tal vez que había crecido demasiado aprisa.

> La mujer española ha sido siempre modelo de recato y modestia. El influjo del cine y de tantas modas extranjeras y anticristianas se ha dejado sentir en nuestra Patria y en tantas jóvenes que se someten con gusto a la tiranía de esas modas. Con ello rinden culto al paganismo. (Jorge Loring, *Para salvarte (ellas)*, 31ª edición, 1963.)

Pues ahí tienen a Sissí, en las oficinas de la Haciena Pública, con las tetas sobre el mostrador, atendiendo al personal. Muy simuladamente y como quien que preocupado por cuestiones de pagarés, contribuciones y arrendamientos urbanos, me pasaba regularmente por la delegación de Hacienda a observarla al otro lado del mostrador corrido arrreándole caña a una máquina de escribir, o cogiendo en taquigrafía el dictado de una llamada telefónica o bien de un superior jerárquico, estaba buena la taquimeca y fui a verla y pasé rápido a lo largo del mostradar repicando con una moneda de diez céntimos al tiempo que le decía, bajito y con miedo a que me oyera:

—¡Escobing, pluming, laving, cocining!

Un exótico atrevimiento lingüístico que en el muy simpático jesuita don Ramón Plus (*A las jóvenes*) yo había aprendido:

> **Ante todo el hogar, las artes del hogar, los goces del hogar, los trabajos del hogar, las cargas del hogar, los deportes del hogar, lo que un humorista llamaba poniéndole etiquetas inglesas: *escobing, pluming, laving, cocining.***

Sissí no me oía, pero los conserjes de la Hacienda acabaron calificándome majara perdido, quizá les sobrase razón, la que a mí, por enamorado, me faltaba. Me disfrazaba para ir a las oficinas de la Hacienda Pública, delegación de Orense. Unas veces con gafas de sol, otras con sombrero tirolés, otras con gabán de cuello subido, y me acodaba en el mostrador como si estuviera esperando respuesta a una solicitud del departamento de gestión de bienes inmuebles, y se me iban las horas tan lindamente.

Como un cine.

Los sátiros que en el guateque habían estado tras la carne de cabra encabronada de las jóvenes modernas del loco placer y de las cristianas bautizadas, ahora, se nota que han crecido, aprobado oposiciones y obtenido plaza, son sátiros enmascarados en amables jefes atacando el pudor de la mecanógrafa Sissí. «La novela de la mecanógrafa que ha llegado a casarse con el gerente de la empresa se ha incrustrado en demasiadas imaginaciones femeninas, desengañándose cuando en los primeros pasos tropieza la mujer con los bestiales ataques al pudor por parte de los sátiros enmascarados en amables jefes.» (Antonio Vallejo Nágera, *Antes que te cases.*) En la multicopista de la Falange sita en el parque de San Lázaro yo había hecho cien copias tamaño octavilla de esta lección de *Tú y él,* por el padre jesuita Joaquín Azpiazu:

> ¿Trabajar? Horrible palabra. Y ¿en qué? Recuerda la leyenda o realidad de las norteamericanas que visitaron en su imperial yate a Guillermo II. Como feministas que eran, defendían la intromisión de la mujer en todos los órdenes, cuando el káiser las interrumpió:
>
> —En esta cuestión, soy partidario de la teoría de mi mujer, la cual sólo admite entre las ocupaciones femeninas las cuatro K, a saber: Kirche, Küche, Kinder, Kleider (iglesia, cocina, niños, vestidos).

Y furtivamente dejé las octavillas, esparcidas pero no mucho, en una esquina del mostrador de la Hacienda Pública, como si fueran impresos de solicitud, para que Sissí se diera por enterada.

Los celos.

Me concomían.

Me corroían.

Me consumían.

Me consumaban.

Me mataban.

Habiéndose propalado entre mis colegas de estudios o bureo la noticia de que mirar a Sissí acodada en un mostrador de la Hacienda era un gozo y espectáculo de enorme fascinación y encandile, el gentío empezó a acudir en tropel, pues en la Hacienda Pública se estaba calentinto y era mejor cine que el cine verdadero del Principal, amén de sesión totalmente gratuita, y unas alegrías verla con el tercer sexo puesto sobre el mostrador como quien pone el original y copia de una hipoteca, y de tal modo mis gustos habían de ser compartidos por el común de los mortales que Sissí empezó a ser de lo más aclamado y proclamado de la ciudad y, como la noticia se hubiese propalado, los pisacharcos, los opositores, los funcionarios, los reclutas en tránsito, los peregrinos, los consejeros delegados, los administradores de fincas urbanas, los funcionarios y otros gentíos nos desplazábamos a la Hacienda a contemplarla, las sociedades culturales, las agencias de viaje y las peñas deportivas de los diversos pueblos de Galicia respondieron organizando multitudinarias excursiones a las oficinas de la Hacienda de Orense, nos aglomerábamos y hacíamos guardia en el departamento de rústicas y urbanas, ahí la tenemos en la oficina, ahí la tienen, reparen cómo se acuclilla la moza, de qué modo se sienta en los talones a fin de consultar el archivo por las letras U-W-X-Y-Z, fíjense cómo los jefes de negociado de la sección de durmientes y rezagados, embelesados, cautivos y derrotados, le avizoran muslamen, preludios inguinales y prominencias glúteas de un culo que luce osado, diríamos que puntiagudo y, sin embargo, orondo, ¿redondo?, lo que resulta de mérito doble e incompatible, ahí la tenemos, la tienen, se yergue, empina y estira al objeto de consultar el archivo por las letras A-B-C y al instante los espectadores se ponen a escrutar a través del hueco axilar hasta donde el ojo alcance y se detienen y recrean en lo que haya, y lo que hay nadie por las apariencias se atrevería a conceptuarlo de insignificante, y, a rachas, el soslayo lo reposan los concurrentes sobre epidérmico ecuador de insolencias e insinuación, sobre esa tierra de nadie, desnuda y umbilical que media entre el jersey y la faldicorta, pero mayor éxito lo obtiene Sissí al andar por la M-N, como acodada en barandilla mientras con-

LECCION XVII

EL ANDAR

Postura de la cabeza.

Tenemos que andar con la cabeza levantada y todo el cuerpo derecho, mirando de frente. Esto nos dará seguridad para no tropezar. Esto nos hará andar de una manera bonita. Y esto nos dará un aspecto de niñas francas.

73

(Carmen Werner, *Convivencia social*, curso 1º, editado por la Sección Femenina.)

La de la izquierda no es que tenga foliculina circulante o ganas de orinar o una manzana o esté de parto. Se trata, sencillamente, de una maleducada.

templa la mar o vomita o como marcándose en billar una carambola a tres bandas, lo que da ocasión a que la fundamenta posterior y faldiprieta le sea ponderada incluso por los más miopes, ahora la taquimeca aporrea la máquina como si fuera un piano cascado y cuentan los analistas que la situación se hace descaradamente insostenible y revolucionaria al inclinarse para cambiarle la cinta a la máquina de escribir, ¡sujétenme a ése de la primera fila, por favor!, ahí los tenéis a los amables jefes amontonados y amotinados empujándose unos a otros para, con el pretexto de ayudarle a cambiar la cinta, asomársele al escote, que Sissí lo lleva flojeras, para observarle el busto, que lo ostenta tentetieso y maxiceñido. Ya todos andábamos detrás del tercer sexo de Sissí cuando el doctor Botella Llusiá (*Esquema de la vida de la mujer*) aún andaba detrás del sexo de los ángeles y del tercer sexo de las hormigas: «Desde hace bastantes años me ha preocupado el advertir que muchas mujeres, atraídas por el aliciente de las profesiones que antes les estaban vedadas, y de lo que ahora se llama la "liberación social de la mujer", renunciaban voluntariamente a la reproducción, aunque no al sexo, y amenazaban con crear en el seno de nuestra sociedad una especie de "tercer sexo", análogo al que se produce en los hormigueros o en las colmenas.» A veces el sátiro se enmascaraba en amable lobo, hambriento y enfermizo, tal como se recoge en esta edificante fábula:

EL LOBO Y LA OVEJA

Un lobo muy tragón correteaba por montes y valles. Cometía destrozos de todas clases. Aquí mataba un cordero. Allí robaba una gallina. Más allá deshacía un rebaño de ovejas. Pero, al fin, cayó en manos de los perros, que hacía tiempo le buscaban. Le cosieron a mordiscos, quedó magullado en las patas, en el cuello y en el hocico. Se salvó con vida por verdadero milagro. Con el tiempo mejoró de las heridas. Pero el hambre le apretó el estómago. Como no podía andar, se alimentaba de las hierbas que comía. Acertó a pasar cierto día por las proximidades de la cueva una oveja, y le dice con voz lastimera:

—Amiga, ven acá, acércate un momento. Ten compasión de mí. Estoy enfermo. Me muero de sed. Socorre con un poco de agua a este pobre desgraciado.

Escuchóle la oveja un poco asustada, pero pronto advirtió el peligro.

—¿Agua quieres que te lleve? ¿Será para enjuagarte la boca, limpiar bien la garganta, abrir el apetito y tragarme después como un pollito? Anda, que bien te conozco, marrullero.

Y cuando le dijo esto se fue, porque, si no, la mata.

Es muy importante saber en este mundo con quién se trata antes de confiarse a él. (S. M., *Observaciones*, primer libro de lectura.)

Y yo sufría pensando en los sátiros enmascarados de amables jefes robándole el corazón a Sissí, robándomela entera, cuerpo de Gilda y amor mío. «Cuántas jóvenes, en su espontaneidad e ingenuidad, se han dejado robar el corazón. Un caballero les hace un cumplido... y su vanidad siente el cosquilleo; multiplica este señor sus delicadezas y atenciones... y, naturalmente, sienten ellas despertarse el interés y la gratitud; les confía que su esposa no le entiende, que no es feliz en su hogar, que es una lástima no haberla conocido antes..., y ahora su compasión vibra al mismo tiempo que su sentimentalidad y vanidad; este señor les hace un servicio, les ofrece un puesto en su coche, unos bombones, cualquier cosa: no se atreven ellas a rehusar, pues en ello no hay, evidentemente, ningún mal. Y la historia continúa sin la menor variante. Pronto vendrá el primer beso, desde luego, discreto y respetuoso; la caricia en el cabello y en las mejillas... Después los siguientes, menos discretos, más frecuentes y mucho más apasionados. Al principio la joven se sorprende, no se atreve a oponerse; después acepta y termina por simpatizar. El amor desarrolla así su ley psicológica: pasa de lo sentimental a lo sensible, de lo sensible a lo sensual, de lo sensual a lo sexual.» (Ángel del Hogar, *La iniciación de los niños en la vida*, 1963.) Y aquel cuerpo de Gilda hacía saltar chispas en la delegación de Hacienda. Ya en octubre de 1951 el padre Venancio Marcos, orador sagrado y predicador locuaz, desde los micrófonos de Radio Madrid había advertido lo siguiente:

La vida de oficina somete a los oficinistas, hombres y mujeres, a una convivencia tan cercana y continuada que es muy difícil impedir que el roce no haga saltar chispas del corazón y que las chispas no provoquen verdaderos incendios.

Cada vez que se producía un incendio en las oficinas de la Hacienda Pública, a Sissí la llevaban a comisaría y el comisario jefe la interrogaba:

—¿Y cómo se inició el fuego?

—A un metro de distancia y con una máquina de escribir por medio…

—Pues póngase a dos metros y con dos máquinas de escribir por medio.

Sissí se ponía a dos metros de distancia y con dos máquinas de escribir por medio más un metro cúbico de conciencia cristiana y las obras completas del padre Enciso Viana:

> A un metro de distancia la una y el otro, separados tan sólo por una máquina de escribir, trabajando en la misma mesa codo con codo, hay una barrera entre los dos, la conciencia cristiana. Éste es el punto clave, en el que urge insistir. Si se quiere evitar los patinazos en las oficinas hay que preparar convenientemente a las y los oficinistas. (Emilio Enciso Viana, *Dios y tú en la oficina*, 1964.)

En las oficinas de la Hacienda Pública, sector habilitación de clases pasivas, Sissí se ha tomado un respiro, son las once y doce de la mañana, saca del bolso una barrita de labios, una cajita de colorete, otra de polvos, un frasquito de colonia, un espejillo.

> La muchacha hacendosa y aseada debe tener en el despacho los siguientes útiles:
>
> Una cajita con todos los enseres para coser.
>
> Una barrita de rojo para los labios.
>
> Una caja de colorete.
>
> Otra de polvos.
>
> Un frasco de colonia.
>
> Un peine escrupulosamente limpio.
>
> Un ramo de flores —si se lo permiten— sobre la mesa.
>
> Con estos insignificantes complementos se encontrará siempre en ambiente. No he precisado la pastilla de jabón y una toalla para secarse, porque en todas las oficinas ya está el jabón y la toalla en su sitio. No estaría de más de todos modos que lo llevara consigo. (Cecilia A. Mantua, escritora, *El libro de la mujer*, 1946.)

La mesa de Sissí parece una ménsula de tocador.

Mirándose en el espejillo Sissí empieza a pintarse los labios, a darse colorete, a echarse polvos, a la mesa de Sissí para ser una ménsula de tocador sólo le falta un espejo biselado.

> Sobre la ménsula del tocador aparece un enorne espejo biselado, como gran confidente ante el cual ellas hablan en voz alta, sonríen, hacen piruetas, abren la boca gesticulando en todas direcciones, se miran sus hileras de dientes, introduciendo por entre los molares unas diminutas pinzas con que dan los últimos toquecitos, se contemplan en busto totalmente desnudas, y hay quien se ha abrazado a él y le ha colmado de besos. (Daniel Vega, paúl, *Las modas al ridículo.*)

Sissí deja de pintarse los labios.

A las once y veintisiete Sissí se coge las manos por detrás del cráneo a la altura de la nuca, respira profundamente con alarmantes elevaciones pectorales, ¿de tísica?, y en su derredor se aglomeran los sátiros enmascarados a hacerle unas risas y preocuparse por su salud, ¿una tila?, pero yo sé que a manosearla, magrearla, con el argumento de darle fuego al pitillo o una aspirina para la cabeza y Sissí responde que gracias, muy amable jefe. Deslizando un brazo arrastra hacia sí los útiles de belleza y productos de maquillaje que, al caer en cascada, recoge con el bolso abierto que sostiene con la otra mano al borde de la mesa. Sissí se ha levantado, son las once treinta y dos, el bolso en bandolera, se mueve por entre los escritorios, la cadera empujando, queriendo romper el percal apretado y reventón, entra en el váter, la imagino evacuando aguas menores y hasta siento un murmullo de orines despeñándose por la porcelana evacuatorial. Me la imagino desnuda abrazada al espejo biselado de la ménsula del tocador de los servicios públicos de la Hacienda Pública de Orense.

La que armaba Sissí al venir de los servicios públicos.

Regresa agarrándose de un pellizco la falda, para tensarla, y con ello las enaguas o no sé si las bragas o si la combinación o si todas estas prendas a un tiempo, prominente de popa y la cadera desviada hacia el pasillo, escorada y, sin embargo, desafiante.

La que armaba Sissí al ir a los servicios públicos.

Y bien que lo había dicho don Quintín de Sariegos, pero con ese nombre de guasa que tiene nadie se lo tomó en serio.

> Es un hecho indudable que muchas jóvenes, bastantes más de lo que parece, han encontrado en las oficinas gravísimos peligros y males de orden moral. Y es asimismo cierto que muchas caídas, traiciones conyugales y situaciones muy delicadas en la vida íntima y personal de los hombres, incluso no pocos al parecer ajenos a la oficina, tienen su causa en la presencia de las jóvenes en los servicios públicos. (Quintín de Sariegos, capuchino, *Luz en el camino*.)

En los servicios públicos…, ¿de caballeros?

Pues sí, ¿qué hace una oficinista en los servicios públicos?

Llegan los sátiros y claro:

—Señorita, ¿me desabotona la bragueta?

—Cómo no, amable jefe.

—Señorita, me la ponga a mear.

—Con mucho gusto, señor.

—Señorita, ¿me la sacude?

—¿Con una o dos manos?

—Tenga la bondad. No pregunte y actúe según su saber y entender.

Pero una no va a la oficina para resolverle perentorias necesidades a nadie, por sátiro que sea, ni a sí misma. El sacerdote José María Cabodevilla (*Hombre y mujer*) desaprueba que la mujer encuentre la gloria y el séptimo cielo en el servicio amoroso de los servicios públicos:

> **La mujer necesita servir a alguien y, si no las tiene a mano, va en busca de necesidades que satisfacer. En el servicio cordial y amoroso encuentra su gloria.**

Había ido al Liceo Recreo Orensano para aplaudir y degustar la lectura de los versos de un poeta local laureado en reñidos juegos florales, cuando en uno de los salones me encontré a Sissí, desplomada sobre un sofá, fruncido el hociquito, una rodilla encima de la otra, en plan mujer modernista.

> Al fumar no saborean el tabaco como los hombres (salvo excepciones). Sólo ambicionan con ello la ostentación aparatosa, tanto en el modo de coger el cigarrillo como en el de lanzar el humo, como en el de fruncir el hociquito, como en el de colocar una rodilla encima de la otra. Este detalle es "sine qua non" en la mujer modernista, y como por otra parte la falda no da mucho de sí, resulta que aparecen ante las gentes con un atrevimiento que no queremos calificar. La afectación y el esfuerzo para aparecer complicadas al modo de las estrellas de cine, es el motivo en torno del cual gira todo este enrevesado proceder de la quemadora de tabaco. Todos los detalles están plenamente estudiados, sin dejar ninguno a la improvisación. Se presenta con aire de aburrimiento, manifestación de superioridad e incomprensión, aspecto melancólico en pálido tenue, habla poco, suele entornar los ojos dirigiéndolos con mirada lánguida y dulzona hacia las ondulantes volutas del egipcio, cuyas espirales contempla con estudiada absorción; saluda como quien otorga una indulgencia y con un seco "¡Hola! ¿Qué tal?", sin moverse del sofá en que se encuentra desplomada, se regodea interiormente porque está convencida que con estas extravagancias destaca su personalidad sobre la vulgaridad de las gentes haciéndose interesante y atrayendo la atención, que es lo que persigue en definitiva. (Daniel Vega, paúl, *Las modas al ridículo.*)

Efectivamente, Sissí se mostraba de lo más modernista, pues al saludarla cortés:

—Buenas tardes, mi linda Sissí.

Sin levantarse del sofá me respondió displicente:

—¡Hola! ¿Qué tal?

Repantigada en su asiento, muellemente arrellanada y con las piernas cruzadas por el prurito de hombrear. «Arrellanarse muellemente en el asiento, inclinar el cuerpo hacia delante, apoyar el codo en las rodillas y poner la barba entre las manos, estirar las piernas, cruzar una sobre otra, descansar los pies en los palillos de la silla y otras acciones semejantes son actitudes que ni en privado ni mucho menos en público toma una joven que tenga algunas nociones de educación. Algunas de estas posturas ni en los jóvenes bien educados caen bien. El que las tomen las señoritas, y en general cierto prurito de hombrear, es de lo más repugnate que pueda darse. Por eso es, por ejemplo, a todas luces reprensible el que las señoras y señoritas fumen, como hacen algunas, ni más ni menos que los hombres.» (Vicente Gambón, *Educación cristiana de las jóvenes.*) Una monja no hubiera cruzado las piernas. ¿Descruzadas y abiertas, pues? Una monja no se hubiera repantigado. Una monja no se hubiera puesto con los brazos en jarras. «¿Habéis visto una religiosa que se siente toda recostada en la silla o sillón? ¿Habéis visto una religiosa apoyada contra una pared, o con los brazos en jarras o las piernas cruzadas? No; ¿por qué? Porque éstas son posturas incorrectas y abandonadas, perezosas, contrarias a la correción de modales, a la compostura femenina, al orden y a todo lo que supone disciplina, contención.» (Carmen Werner, *Convivencia social*, tercer curso.) Una monja nunca se hubiera sentado con la rabadilla..., ¿tienen rabadilla las monjas? Sissí tenía rabadilla. Me gustaba de Sissí la rabadilla, bien que a doña Olive Richards Landers (*El libro de las niñas*), no:

> Al sentaros, no os dejéis caer de golpe, ni os inclinéis hacia adelante ni, una vez sentadas, os escurráis en el asiento, sentándose con la rabadilla. Ya quedéis en posición recta u os recostéis en el respaldo de la silla, quedad con el vientre hundido, y hacia fuera la parte inferior de la espalda, el pecho alto, la barbilla recta con el cuello, el talón del pie derecho contra el empeine del izquierdo y las manos descansando ligeramente sobre el regazo.

Sissí se sentaba con la rabadilla, sería por los cacahuetes incrustados y la consiguiente escocedura que la forzaba a filigranas inverosímiles. Me gustaba de Sissí su ir contra corriente y la norma. Con su destello afrodisíaco y subverso.

Pero Sissí estaba viva.

¡Viva!

Si estuviera muerta sería un cadáver aunque muy correctamente sentada. La prefería viva. Quienes se sientan muy correctamente, además de las monjas, son los cadáveres, según puede comprobarse en esta imagen extraída de *Faro*, enciclopedia escolar, por Quiliano Blanco, tomen nota nuestras queridas y repantigadas lectoras:

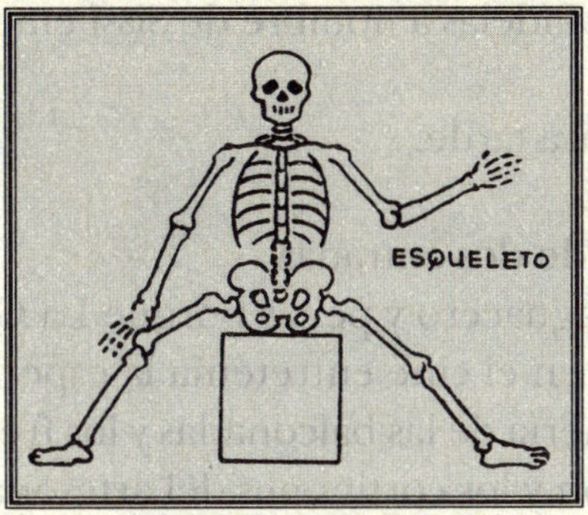

Diciembre de aguacero y osadías. A las diez horas y siete minutos armado de tres cubalibres mañaneros petaba con los nudillos en el mostrador de la Hacienda Pública de Orense y Sissí vino a atenderme con una gracia, un donaire y un mirar que daban ganas de ponerle piso.

—Buenos días, adorable Sissí.

Ponerle piso, no.

Palacio.

—Buenos, emperador.

—Buenísimos para los ojos que te están mirando.

—¿Y en qué puedo servir al tempranero juglar y gallardo cortesano?

Dado que ponerle palacio, ni siquiera piso, me era inasequible, decidí llevarla al cine.

—Te invito al cine, encantadora Sissí.

—¿Hoy?

—Sí.

—No sé si podré.

—Te espero en la cafetería del Miño, a las siete, con dos entradas.

—A ver si puedo.

—Poder es querer.

—Es finales de mes y tengo que preparar las nóminas de media provincia y acabaré a las tantas.

—Si llegas tarde te dejo las entradas en taquilla..., ¿a nombre de quién?

—De Sissí, ¿no?

—De acuerdo. Pídelas a nombre de Sissí emperatriz.

No las pidió.

No es que llegara tarde.

Es que no llegó.

Y yo había sacado dos entradas.

Diciembre de aguacero y penas porque La Galaica, o sea, Sissí, no llegaba, yo en el cine entretenía la espera contemplando que si la pasamanería de las balconadas y los frescos de la cúpula y las telas del telón y los cortinones del artesonado, que si las lágrimas de las lámparas y el estuco de los estucados, las pinturas decoloradas, los aspones de los ventiladores, los desconchados del cielorraso, el pan de oro de los altorrelieves desportillados, la solemnidad de los palcos con aparato palaciego y decimonónico, una escenografía gastada de lo más propio para que de un momento a otro se presentara la galaica Sissí, pero se me presentó la emperatriz Sissí, saliéndose de la película, desabrazándose de su galán, soltándose de Karl Heinz Böhm, con quien compartía protagonismo fílmico, vino tan pancha y paisana a sentarse conmigo en la butaca de al lado, que estaba vacía, que era mía, pues no en balde había sacado dos entradas. Ciñéndome con un abrazo la cintura se extasió en la contemplación minuciosa del recinto y me vinieron las fiebres de la somnolencia, ¿o las somnolencias de la fiebre?

—Me encanta este palacio —dijo.

—Es muy bonito —dije.

—No, tontiño —antes las emperatrices en sus pláticas intercalaban expresiones gallegas y como de aldeana—, me encanta porque en él estás tú, que eres delicioso —y me besó en el cuello—. Te quiero.

—¿Y te casarías conmigo?

21 — PATINAJE

EXPLICACION. — Consiste el patinaje en un desplazamiento del cuerpo, que se desliza sobre una superficie lisa. El patinaje puede hacerse sobre patines de ruedas o sobre hielo, colocando antes, en los pies, unos patines especiales. El deporte del patinaje es fácil de aprender cuando solamente nos proponemos deslizarnos; pero si se quiere realizar giros complicados, figuras y otros ejercicios, se precisa un aprendizaje difícil. Aunque se suelen organizar carreras de patinadores, lo más frecuente es el espectáculo del patinaje artístico, que resulta sumamente vistoso y puede hacerse acompañar de música adecuada para lograr el ritmo cuando se trata de danzas. La famosa patinadora Sonia Henie, noruega, ha logrado fama universal, y está en posesión del campeonato mundial de patinaje artístico. El record de velocidad en patinaje sobre hielo alcanzó los 5.000 metros en ocho minutos y diecisiete segundos, y lo posee el noruego Ballangrud. Durante la Olimpíada de Invierno en Alemania se realizaron las pruebas más importantes de patinaje sobre hielo. El patinaje sobre ruedas está limitado a una diversión casi infantil y local.

DICTADO.—"Sonia Henie parece una figura alada cuando se desliza sobre el hielo. No hay maravilla de equilibrio que no resistan sus diminutos pies, ni curva a la que no se pliegue su esbelto cuerpo."

VOCABULARIO.—Significado de las palabras: *desplazamiento, equilibrio, plegar.*

PROBLEMA.—Un patinador recorrió 10.000 m. en diecisiete minutos. ¿Cuánto más tiempo habría empleado en recorrer esta misma distancia a pie, suponiendo que pudiera andar a ocho kilómetros por hora?—Solución: 58 minutos.

INTERROGATORIO.—*Formúlelo libremente el señor Maestro.*

677

(Aguado, *Enciclopedia escolar en dibujos*, grado superior.)

Se aconseja ropa interior limpia.

—Mañana mismo vamos al cura y pedimos proclamas.

—¿Y tendremos muchos hijos?

—Todos los que Dios nos dé y la Patria nos demande.

—Tendrás que dejar la oficina.

—No me pidas que deje la oficina, porfa.

—Ya ganaré suficiente para los dos.

—Pero la oficina no la dejo.

—En la oficina los sátiros te tocan el culo.

—No son sátiros. Son amables jefes.

—Amables, sí, y jefes, pero te tocan el culo.

—No me tocan el culo. Me ayudan a cambiarle la cinta a la máquina de escribir.

—No me quieres. Tú a quien quieres es al emperador.

—¿A Karl Heinz Böhm?

—Ése.

—Habladurías. Es actor.

—Sois novios.

—Simplemente amigos y compañeros de rodaje.

—Vi cómo se te iban los ojos detrás de él.

—Exigencias del guión.

—Es emperador.

—Mi único emperador lo eres tú. ¿No ves que me salí de la película y lo dejé plantado por venir contigo?

Y como de nuevo me besara, noté que sus besos era una caricia Beter Flor de Lis, así que yo correspondí cantándole bajito y al oído esta bella melodía, extraída de un anuncio de la radio:

Una dulce ilusión
de amor sincero
sentí con embeleso,
soñé con mil caricias
y sentí resbalar
un largo beso,
como aliento suave
de una mágica hurí.
La ilusión me engañó,
no eran tus manos

(Un Consiliario de Acción Católica, *El decenio crítico,* edición de 1959.)

El mejor ataque, una buena defensa.

fueron tus caricias
milagro soberano
que mi mente forjó
pensando en ti:
era que me afeitaron
con Beter Flor de Lis.

—¡Qué gran poeta eres! —dijo, poniendo cara de no entender nada del bello anuncio de la época.

—Poeta y cantautor —maticé.

Alentado por la agitación y desasosiego que me producían los besos que no cesaban, le metí mano al escote y hurgándole los pechos se me exhibió remilgosa:

—¿Por qué, tenorio, y por qué este metemano y giro de muñequilla?

—Es, majestad, por sentir táctilmente cómo suena el corazón de una emperatriz enamorada.

—¡Bah!, argucias de galán crápula.

—Simple curiosidad y poder contarlo cuando vaya al pueblo.

—Mientes. Lo haces por magrearme las tetas.

—Tic, tac, tic, tac, tic, tac, lo siento sonar.

—¿El corazón?

—Tu corazón, majestad.

—Mi corazón de los dos.

—Tic, tac, tic, tac, tic, tac...

—Tic, tac, tic, tac, como un reloj.

—Como mi reloj de pulsera, es un Cauny Prima.

—¿Y de quince rubíes?

—De quince, sí. Mira —y le mostré mi Cauny Prima.

—¡Qué maravilla!

—Para ti, Sissí, te lo regalo.

—¡Oh, ah, es precioso! Muchas gracias.

—Pocas para las que una emperatriz se merece.

—Muy gentil.

—Se está bien de calentito aquí, ¿verdad?

—Con la mano en mis tetas..., no me extraña.

—Irónica, ¿eh?

—Si te lo digo, no te enfades.
—Haré lo posible para que no.
—Prométemelo.
—Prometido.
—Saca la mano, cieliño.

Me desperté y la noche con Romy Schneider se me había condensado en una estupidez de amaneceres y potencia generandi sembrada en baldío, nada y semen derramado. Le hablé con palabras de Neruda:

Me gustas cuando callas porque estás como ausente.
Distante y dolorosa como si hubieras muerto.

Me revolví en el lecho para despertarla a besos, pero, naturalmente, la galaica Sissí estaba muerta. Lo malo de las tísicas, ya lo dije, y lo dijo Mariscal Pitillo en gloria esté, es que en el orgasmo se te mueren, pero, como no sangran, resultan unas muertas de lo más limpio. Daba gusto verla con su cara de novicia y un vestido que le quedaba pequeño. En sus labios despuntaba una risa callada, golfa, dulce y cachonda, flor reventona que sólo adorna a las putas o a las santas. Naturalmente, yo no estaba dispuesto a seguir acostándome con un cadáver:

—Oye.
—¿Qué?
—Lo nuestro acabó. Devuélveme el reloj.
—¿Y cómo, no ves que estoy muerta?

En lo sucesivo y por muchos años durante mis largas noches de duermevela y somnolencia me vería corriendo a toda leche y enarbolando el himen de Sissí, como si de la antorcha olímpica transportada por un bravo campeón se tratase o de una bandera arrebatada al enemigo tras asaltarle el más resistente de los fortines, blandiéndolo como si fuera el badajo de la campana de un coche de bomberos, era el himen flameando y goteando y yo llevándolo y no debido a perversión innata ni a machismo infuso. Era debido a esto que había leído en *Higiene sexual expuesta a los adultos ilustrados*, por el doctor Antonio Box M. Cospedal:

El himen representa para la mujer un triunfo sobre la tentación, y un orgullo para el hombre poseedor.

A Mariscal Pitillo llevaba tiempo sin verlo. Supe que había fallecido de viejo, a pique centenario, tras larga y penosa enfermedad, como dicen las gacetillas sociales, reconfortado con los auxilios espirituales y la bendición de Su Santidad. No le fui al entierro por enterarme cuando ya su cuerpo había sido arrojado a una fosa común de la Sacramental de San Francisco, como un perro, a Mariscal Pitillo de poco le valieron los auxilios espirituales y la bendición de Su Santidad y haberle tocado el culo a Carmiña.

Requiescat in pace.

Mariscal Pitillo había augurado bonandanzas y martirologio para Maricarmiña, pero ni la caudillal cuna ni la cristiana educación le impidieron extraviarse hasta degenerar en Maricarmiña Bolena Rossi y marcharse con otro, como tendrá cumplida información quien no abandone la lectura, sea por cansancio o por infarto o porque se va el tren. En el Nodo, Maricarmiña, triunfal, compacta y opulenta, había pasado de actriz de reparto a coprotagonista, ora compartiendo ora arrebatándole papeles estelares a mamá Carmiña. Y es del caso que a la edad de dieciocho, tras demostrar conocimientos y preparación idónea en un examen de francés, inglés y taquimecanografía, Maricarmiña se puso de secretaria en Iberia, líneas aéreas de España, y no con excesiva paga, pero la ocupación le significaba escabullirse con más frecuencia y mejor causa de las rigideces de palacio, de las pamplinas caudillales, de las cortesanías por encargo, de los besamanos por cumplido y de los insoportables aduladores, le era sacarse un dinero para gastos de bolsillo, le valía para recogerse en palacio un poco más tarde de lo que es norma y obligación.

—¿Y el sueldo?

—Diez mil pesetas al mes, señora Maricarmiña.

—No puedo quejarme.

—Horario continuo, hasta las tres.

TU ASPECTO PERSONAL 23

A la izquierda, posición incorrecta, y a la derecha posición correcta, para estar sentadas.

(Olive Richards, *El libro de las niñas.*)

A la izquierda, posición incorrecta para estar sentada. Sin embargo, para estar de rodillas las dos posturas son igual de incorrectas.

—¿Y a qué hora se entra?

—A las ocho de la mañana.

—¡Caramba!, lo peor es tener que madrugar.

—Son los reglamentos, señora Maricarmiña.

—¡Qué le vamos a hacer! Bueno, usted lo pase bien, el lunes empiezo.

—Vaya con Dios, y recuerdos a la familia.

—De su parte.

Mandos de la Falange, vástagos del Señoritismo, capitostes de la Familia, el Municipio y el Sindicato, jefes del Funcionariado, poderosos del Poder, bastardos de la Canonjía, gerifaltes de la Milicia y egregios del Noctambulismo que a la capital del Estado se habían desplazado o en comisión de servicio o por asuntos privados o de turismo y pendoneo, regresaban a Orense trayendo recado:

—¡Eh, que la Maricarmiña trabaja en Iberia!

—¿De pilota?

—No.

—¿De mecánica de vuelo?

—De taquimeca.

—¡Y cómo cruza las piernas!

—¡Y cómo está la taquimeca!

—Está superior.

Solventes historiadores piensan que la decadencia de España no empezó con el desastre del 98, sino la fecha en que Maricarmiña Martínez Bordiu y Franco, nieta primigenia del Caudillo, se empleó de taquimeca en Iberia, líneas aéreas.

Aunque despliegues tus facultades en la oficina; aunque seas la secretaria de un alto jefe; aun desempeñando el papel de jefa de un taller, siendo modelo de alta costura. Entre libros, ecuaciones e idiomas... jamás, entiéndelo bien, estarás tan bella, tan deliciosamente femenina, niña con vistas a futura mujer, como vistiendo esta bata sencilla, con tu delantal de cocina todo coquetería, preparando la mesa para esas empanadillas. Vamos a la cocina, que es tu puesto de reina. La cocina es tu trono. (Josefina Bolinaga, pedagoga, maestra de Primera Enseñanza, *En mi camino hay sol.*)

Pero jamás el Nodo nos ofreció la imagen de una Maricarmiña todo coquetería con su delantal de cocina, ¡eso, justo para que la confundiéramos con la cocinera! Preparando la mesa para las empanadillas, ¿y si a Maricarmiña no le gustan las empanadillas? Y si lo que le gusta son las croquetas, eh, ¿por qué no prepara la mesa de las croquetas? Se habla mucho por hablar. Maricarmiña no se presentaba en la oficina con delantal y una sartén llena de empanadillas para el personal casado. Maricarmiña se presentaba llamativamente arreglada y sulfuraba al personal casado.

La joven no debe presentarse en la oficina llamativamente arreglada y más si ha de convivir con personal casado. Si la modestia y recato es ley obligada de vida pública femenina, más aún en la oficina en la que las circunstancias de convivencia y tiempo agravan los peligros. Cruzar las piernas, máxime con vestidos estrechos y cortos, tomar ciertas actitudes y libertades no pasarán desapercibidas ni dejarán de traer repercusiones pasionales que quitarán la paz en el trabajo y el respeto mutuo. (Quintín de Sariegos, *Luz en el camino*.)

Y viendo a Maricarmiña llamativamente arreglada, el personal casado se lanzaba:

—¡Cielo santo, qué piernas!

—¡Y cómo las cruza la gachí!

—A mí me traen repercusiones pasionales.

—A mí me quitan la paz.

—A mí, el respeto mutuo.

—¡Y a mí, las ganas de acostarme con mi señora!

Y el personal casado se acostaba con la señora propia pensando en la gachí de las piernas.

Peca mortalmente quien intima con su cónyuge pensando en otra persona fingiéndosela presente o deseando tener con ella la cópula. No pecaría, sin embargo, quien pensando en otra mujer sin afecto malo, adorna a su propia mujer con la hermosura de la otra a fin de excitarse para el acto conyugal, aunque esto no deja de ser peligroso. Lo mismo vale de la esposa que se finge durante el acto a otro varón o piensa en las cualidades o vigor de otro, excluyendo, como dije, todo afecto o deseo adulterino. (Doctor Iglesias, *Problemas conyugales.*)

En cambio intimar con otra mujer o con otro hombre pensando en la propia esposa o en el propio marido no parece que sea más pecado, pero está comprobado que es menos frecuente. Por cierto, ¿cómo se piensa en otra mujer sin afecto malo? ¿Cómo se lo ha de montar la mujer para mientras folla con el de plantilla pensar en otro sin deseo adulterino? Complicadillo, ¿no?

—¿Por qué trabaja usted, señorita Maricarmiña? —le preguntó un reportero sagaz.

—Porque el ocio no es bueno —respondió Maricarmiña.

Más generoso en palabras, más largo de discurso que Maricarmiña, el padre Vicente Jiménez (*Engrandecimiento de la Patria por las madres españolas*) hubiera respondido que «la ociosidad es madre de todos los vicios, principalmente de la murmuración y de la impureza. La fantasía, que suele andar del brazo de pensamientos sucios y bajos, sólo con el trabajo se la sujeta y purifica. Nada atrae y abstrae tanto como el variado quehacer del hogar. La joven moderna, de ciertas clases al menos, ha convertido la ociosidad en estado. El adorno idolátrico de su persona; la asiduidad en las diversiones y lecturas de novelas; el ejercicio obligatorio de pasear su talle, repartiendo forzosamente sonrisas por doquier; el charlotear y bromear insulsamente y por matar el rato y el aburrimiento, con amigos de ambos sexos... gastan sus horas y enervan sus fuerzas corporales, intelectuales y morales... ¡Como todo se lo hacen manos extrañas...!». Haciéndoselo manos extrañas…, ¿manos extrañas, padre Jiménez?

¿El novio?

¿El marido?

¿El amante?

¿El fontanero?

¿El novio, el marido, el amante, el fontanero?

Explíquese, padre Jiménez.

Al respective de la ociosidad y los vicios el doctor Federico Corominas (*Vida conyugal y sexual*) mantiene esta teoría: «Yo he visto más de un caso de masturbación femenina en muchachas alrededor de los veinte años, que me ha sorprendido por su pertinacia y por la dificultad en corregirlo. Casi me inclinaría a creer que es más difícil de corregir este vicio, o estado psicopático si se quiere, en el sexo femenino que en el masculino, en lo cual influye, quizá, el distinto género de vida, pues, como ya he dicho, la vida activa y más ocupada de los chicos les permite desprenderse más fácilmente de sus vicios solitarios. La mujer, más recluida en casa, con menos ocupaciones físicas, quizá más entregada a lecturas peligrosas, más aficionada al cine, cuya peligrosidad en el orden moral no se puede negar, en una palabra, menos distraída por ocupaciones personales, tiene más facilidades para entregarse a placeres solitarios, por poco que su temperamento la incline a ello. He aquí un serio motivo para combatir la holgazanería: ya se dice que la ociosidad es madre de todos los vicios.» Que la mujer tiene menos ocupaciones físicas, dice Corominas. ¿Querrá decir que la masturbación femenina es una ocupación intelectual? El franciscano capuchino don Silverio de Zorita (*¿Quién eres tú?*) dice que el agua estancada de antaño trajo estos lodos de hogaño:

La mujer ociosa es como el agua estancada, que cría toda clase de podredumbre. Ejemplo de ligereza, causado por la ociosidad, lo tenemos en la primera mujer. Si Eva no hubiera estado ociosa es seguro que no hubiera cedido a las insinuaciones del tentador, pero aquel paseo, aquel quedarse mirando como extasiada el fruto del árbol prohibido, fue causa para que el enemigo la hiciese la infame proposición. Esta caída de la primera mujer ha tenido a través de la historia de la humanidad infinidad de imitaciones.

Si Eva hubiera estado ocupada, no habría caído en la tentación. ¿Pero en qué debiera estar ocupada si en el paraíso se lo daban todo hecho? Eva no tenía que llevar los niños al colegio. ¿Eva tenía que zurcir los calcetines de la familia? No tenía que zurcir los calcetines. ¿Eva tenía que hacer la declaración de la renta? No tenía que hacer la declaración de la renta. ¿Eva tenía otras cabras que guardar? No tenía otras cabras que guardar. Ni siquiera tenía cabras. En vista de que se lo daban todo hecho, menos el coito y cuatro minucias de índole fisiológica, Eva se pasaba las más de las horas en la cama con Adán, follando. Como de golpe y sin avisar y a medio camino Adán hubiese cortado una de aquellas sesiones so pretexto de ir a la nevera a por una botella de leche, Eva se agarró un cabreo de miedo, por el interruptus, y se dijo este cretino de Adán me las paga, me voy de tiendas. Eva se fue de tiendas y el resto ya lo saben ustedes, si es que han estudiado la Historia Sagrada.

La de López. —Le voy a imprimir a mi Conchita unas tarjetas que digan: "Conchita Rodríguez. Calles y tiendas. Madrid."

La de Gutiérrez. —Tú tienes la culpa: le haces la casa insoportable.

La de L. —¿Insoportable? Se levanta, se arregla, toma el desayuno, lee una novela, se aburre, se va a la calle, recorre unas tiendas y vuelve a la hora de comer. Mejor que Eva en el paraíso, donde Adán y ella tuvieron mandato de Dios en trabajar.

La de G. —No lo hicieron: se fueron a pasear y se encontraron con la serpiente. Lo mismo que tu Conchita; se aburre, se hastía, no estudia, no hace labores, no lleva la casa, no aprende cocina, ni lenguas, ni música, ni repujado, ni nada útil, y, ¡naturalmente!, se va a la calle a curiosear, y tal vez a encontrarse con el demonio.

La de L. —¡Qué remedio!

La de G. —Dale tú ejemplo de amor a la casa, de interés por su dirección, de gusto exquisito en su arreglo, de trato humano a la servidumbre, de preocupación por formarse para el porvenir. Y, por supuesto, hazle tener un concepto exacto de la vida, que es de sacrificio, de trabajo, de piedad.

La de L. —Se dice pronto. (Ángel Ayala, *Consejos a las jóvenes*.)

Maricarmiña Martínez Bordiu y Franco, comentando con la panda, se quejaba:

—¡Jolines, las ocho de la mañana!

—¡Que son diez mil del ala, Maricarmiña!

—Eso, diez mil al mes. No te quejes.

—Lo malo es madrugar.

En la oficina, los amables jefes la invitaban a café:

—¿Solo o con leche, doña Maricarmiña?

Los amables jefes querían ligársela:

—Doña Maricarmiña, ¿y algo de bollería, para mojar?

Los amables jefes eran incansables:

—Permítame que yo le afile el lápiz, doña Maricarmiña.

No siempre el colega y el jefe son serios y, aunque a veces casados, se entretienen con gentilezas y galanteos con las jóvenes mecanógrafas. Desgraciadamente también jóvenes buenas se dejan engañar y son arrastradas al mal por no disgustar a un jefe, a un superior o malquistarse con ellos... De pronto reaccionan, después se adaptan y acaban por divertirse con ellos. ¡En guardia! Mejor es perder un puesto que ceder un solo milímetro en el camino de la pureza y de la santidad. (Maximiliano Mazzel, *En espera de las bodas*.)

—Doña Maricarmiña, está usted muy rica.

—Tenga este caramelo, es para la tos.

Maricarmiña era vaso sagrado fuera del templo, más vaso sagrado cuanto que muy rica y faldicorta se mostraba y más cruzaba las piernas. Monseñor Civardi (*Manual de Acción Católica*) certifica:

Se ha dicho que "la mujer fuera de casa es como un vaso sagrado fuera del templo, que corre peligro de ser profanado". Desgraciadamente, es cierto.

En Iberia, líneas aéreas de España, Maricarmiña aguantó dos años, se largó antes de que los amables jefes le profanaran el vaso.

—¿Maricarmiña tenía novio?
—Sí, Maricarmiña tenía novio.
—¿Maricarmiña limpiaba las estatuas?
—No, Maricarmiña no limpiaba las estatuas.
—¿Y cogía flores sin brusquedad ni violencia?
—No consta que Maricarmiña cogiera las flores sin brusquedad ni violencia.
—¿Ponía tinta en los tinteros?
—No, Maricarmiña no ponía tinta en los tinteros.

Poner tinta en los tinteros es una manera tan digna como otra cualquiera de empezar la carrera de ama de casa. Echar tinta en los tinteros y limpiar las estatuas, aunque sólo sea las estatuas de abuelo en vera efigie, es una manera muy digna de ganarse un salario y sacar la familia adelante.

> Formar en sus hijas un corazón desinteresado y maternal, ávido de entregarse, de ayudar y sacrificarse debe figurar en la cabeza de las preocupaciones de los padres. Porque de esa formación depende, en definitiva, la verdadera grandeza y real fecundidad de sus vidas. Acostumbrarán a la joven a tratar las cosas y las personas con respeto, dulzura y delicadeza. Enseñadle a manejar los objetos y las plantas con dulzura, a coger las flores sin brusquedad ni violencia; a limpiar los muebles, los floreros y las estatuas sin que corran el peligro de estropearlos o romperlos. Cuando, en adelante, llegue a ser madre de familia, maestra de escuela o enfermera, se comportará con los niños y los enfermos con el mismo tacto delicado y discreto. Poner la mesa, secar la vajilla, regar las flores, cerrar las puertas, lavarse sin hacer ruido, poner tinta en el tintero, todas esas menudas acciones diarias, hasta el modo de comer, ennoblecidos y espiritualizados por la paciencia, la moderación y el dominio de sí misma, cultivan, perfeccionan, refinan eficazmente las almas y las dotan de esa simpatía acogedora que comprende y tranquiliza. (José Duhr, padre jesuita, *El arte de las artes: educar un niño.*)

Los papás de Maricarmiña, siempre de safari y festival, tan viajados ellos por cuenta de los presupuestos generales del Estado, tan plenitenciarios, no habían tenido tiempo de enseñar a Maricarmiña a limpiar las estatuas y poner tinta en los tinteros. Saber limpiar las estatuas es importante para el servicio de limpieza de los

156 P. DANIEL VEGA, C. M.

SEGUNDA PARTE

MODAS PELIGROSAS

HAMBRE DE DIVERSIONES

La diversión es una necesidad biológica, como lo es la exigencia del estómago, la continuidad específica, la

fuerza del sueño y otros imperativos que reclaman de consuno las leyes natural y eterna que los regulan. Todo

(Daniel Vega, paúl, *Las modas al ridículo.*)

Informal y sencilla a la par que elegante.

municipios de más de diez mil habitantes y muy sobrevolados de palomas. Limpiar estatuas es un trabajo que se puede hacer en casa, a ratos libres, para sacar unas pesetillas. Es una profesión de la que existe poca oferta, pues coges los anuncios por palabras o las páginas amarillas y nunca encuentras limpiadores de estatuas ofreciéndose. A pesar de que no ponía tinta en los tinteros ni limpiaba las estatuas, Maricamiña se casó. Con don Alfonso de Borbón. O los casaron. Ella tenía veinte años y él, treinta y cinco. Era marzo del setenta y dos. «Señores: uniforme o frac con condecoraciones. Señoras: traje largo.» Y el Papa de Roma puso telegrama:

> Invocando para los nuevos esposos, María del Carmen Martínez-Bordiu Franco y Su Alteza Real don Alfonso de Borbón y Dampierre, escogidas gracias divinas y deseando fervientemente para el nuevo hogar cristiano felicidad, Pablo VI.

Y no bien hubieron contraído nupcias, la autoridad competente les concede, a los efectos oportunos, tratamiento de altezas reales y el ducado de Cádiz. Condicionada por las zalamerías del entorno, Maricarmiña pasa de chica sencillota a creérselo, a delirar grandezas, a soñar futuros pluscuamperfectos, a verse en los espejos coronada reina consorte. Desde el chalet del golf del Club de Campo de Madrid telefonea a la servidumbre del palacio de El Pardo:

—¿Ha tomado la papilla el señor?

Llamarle señor a su hijo recién nacido parece excesivo. Aunque Camilo José Cela llegó más lejos en *El molino de viento,* novela corta y maestra: «Doña Sara Mateo, viuda de Vilviestre, había tenido feto, en singular. Doña Sara Mateo, viuda de Vilviestre, guardaba su feto en una bombona de vidrio transparente, llena de líquido hasta la mitad.» Doña Sara Mateo al feto le llamaba «señorito Nicéforo», que es más que llamarle señor a un bebé. Pero el señorito Nicéforo acabó por descomponerse y hubo que tirarlo a la basura. «Para mí, ya les digo, que mi Nicéforo se cortó, con esto del calor», se lamentaba doña Sara Mateo. Doña Sara Mateo tenía de criada a Ruperta Usagre, que algo sorda sí que lo era:

> Doña Sara Mateo, viuda de Vilviestre, a cambio de no pagarle, trataba a la Ruperta Usagre con cierta paciencia.

—¡Te digo, ¿me oyes?, que dónde tiraste al señorito Nicéforo!

—¡Ah! Pues allá lejotes.

—¿Dónde?

—¿Eh?

—¡Que dónde!

—¡Ah, en las tapias del camposanto!

Este período de gilitontez y engreimiento en que a un bebé le llamaba señor, Maricarmiña lo abandonaría muy pronto para de nuevo ser la de antes, asequible, normalota y tal. Pero a Maricarmiña seguía no gustándole madrugar. Maricarmiña se había lamentado al entrar de taquimeca en Iberia, líneas aéreas de España, recuerden:

—¡Jolines, las ocho de la mañana! Lo peor es tener que madrugar.

El ama de casa madruga; vigila a las muchachas de servicio para ver cómo hacen la limpieza, comprueba el gasto que han hecho en el mercado tomando bien las cuentas, apunta en una libreta lo que gasta diariamente; procura que las comidas estén bien y a su hora, para cuando vengan del trabajo su marido y sus hijos; repasa la ropa para que siempre esté a punto y tiene constantemente el rostro alegre para que todo el mundo, mirándose en ella, se sienta satisfecho y el hogar sea una felicidad. (Editorial Afrodisio Aguado, *Enciclopedia escolar en dibujos*, grado elemental.)

Madrugar es muy necesario para ser ama de casa.
Tanto como poner tinta en los tinteros.
O más.
¿Como limpiar las estatuas?
Por ahí.
¿Estaba Maricarmiña preparada para ser ama de casa?
No le gustaba madrugar.
¿Y por no gustarle madrugar es pertinente que mate el gallo?
No, no es pertinente.
Sobre todo si te has casado con un chocolatero.

Un laborioso chocolatero tenía un gallo admirable por la exactitud en señalar las horas de la noche con su canto. En la casa no había otro reloj: cuando cantaba el gallo, ya sabía nuestro hombre que había de levantarse. En cuanto a su mujer, a la que importunaba esta manera de madrugar, después de reclamaciones y de plegarias infructuosas, terminó por coger al animal y cortarle el pescuezo. Pero recibió justo castigo: el cuidado de tener que despertar a su marido la desvelaba por las noches, y muchas veces suspiró por el gallo fenecido. (Ezequiel Solana, *Lecturas de oro*, "colección de ejemplos, fábulas e historietas morales para niños", 1944.)

Porque matas el gallo y el chocolatero te pone a hacer el ¡kikirikí! ¿Se imaginan a Maricarmiña subida a un palo del gallinero y echando un temprano ¡kikirikí! para despertar al personal de El Pardo? Sería un bello espectáculo y de interés nacional, imagínense a cientos de turistas haciendo cola y prestos a disparar sus máquinas fotográficas nada más que el guía haya dicho:

—Y a la derecha, damas y caballeros, Maricarmiña subida al mástil de la bandera y haciendo el ¡kikirikí!

Pues no.

Por mucho que Maricarmiña haciendo el ¡kikirikí! trajera turistas. ¿Dónde están la altivez, la moralidad y el decoro de España? Cuánta razón y altivez las manifestadas por monseñor Pildain, obispo de Canarias, a través de la celebrada pastoral *El turismo en las playas, las divisas y los escándalos*, 1964:

¡La noble altivez española, extendiendo una mano mendiga, pedigüeña de divisas, y diciendo con su actitud y sus gestos "¡Con tal que nos las den, lo sacrificamos todo a los turistas!". Cuando la gran consigna, que debiera aparecer inscrita en la misma frontera y practicada por todos los españoles, debiera ser esta otra: No hay divisas en el mundo suficientes para comprar la altivez, la moralidad y el decoro de España.

De un gallo despertador

UN laborioso chocolatero tenía un gallo admirable por la exactitud en señalar las horas de la noche con su canto. En la casa no había otro reloj: cuando cantaba el gallo, ya sabía nuestro hombre que había de levantarse.

En cuanto a su mujer, a la que importunaba esta manera de madrugar, después de reclamaciones y de plegarias infructuosas, terminó por coger al animal y cortarle el pescuezo.

Pero recibió justo castigo: el cuidado de tener que despertar a su marido la desvelaba por las noches, y muchas veces suspiró por el gallo fenecido.

EN LA VIDA MUCHOS HOMBRES
HALLAREIS TAL VEZ QUE, NECIOS,
POR UN LEVE GOZO PIERDEN
UN GRANDISIMO PROVECHO.

CONVERSACION.—¿A quién se llama chocolatero? ¿Qué es el cacao? ¿Cómo se fabrica el chocolate? ¿Es corriente entre los chocolateros la costumbre de madrugar? ¿Por qué servía el gallo de reloj? ¿Qué hizo con el gallo la mujer del chocolatero? Consecuencia moral que se desprende de la historieta.

117

(Ezequiel Solana, *Lecturas de oro.*)

Si tu marido es chocolatero, no le mates el gallo.

Moraleja nº 1: es aconsejable que el ama de casa sepa, además de limpiar las estatuas, hacer el ¡kikirikí!, en la vida hay muchos reveses y nunca se sabe.

Moraleja nº 2: levántate de la cama que viene el chocolatero.

Moraleja nº 3: si tu marido es chocolatero y tiene un gallo, no lo mates.

—¿Al chocolatero?

—El gallo, bestia.

Maricarmiña no hacía el ¡kikirikí! ni tenía un marido chocolatero. Don Alfonso de Borbón y Dampierre no era chocolatero, pero, aunque nieto de Alfonso XIII, había tenido una infancia desvalida y de niño triste:

—Soy hijo de sordomudo y nací en el exilio. No había mucho dinero en casa. Además que mis padres se separaron siendo yo muy pequeño.

Don Alfonso, niño errante por la Europa del exilio y reo de internado, no se prodigaba gracioso y raramente caía en gracia. Él mismo, para que no hubiese duda, solía reconocerlo:

—Mi introversión es muy pronunciada.

Maricarmiña, por el contrario, hablaba en demasía y picaba de maestra.

> No hable demasiado la mujer, haciendo a cada momento observaciones a lo que el marido ordena y dispone sobre el gobierno de la casa, sino déjese guiar sujetándose al parecer y al modo de vivir de su esposo. Guárdese de la manía de mandar, picándose de maestra, sino procure más bien aprender y ejecutar en silencio lo que se le manda. Mucho menos intente sobreponerse al marido y hacerla de ama y señora, poniéndose, como suele decirse, los pantalones, especialmente cuando el marido es de carácter suave y fácil en ceder. Procure más bien pedir antes el consentimiento y parecer del marido, cuando se trate de salir de casa, de hacer alguna compra, de iniciar alguna práctica y cosa semejante... Nunca se valga de subterfugios o de mentiras para sustraerse a la debida dependencia y evitará de este modo esa muchedumbre de pequeños sinsabores, que serán inevitables cuando el marido venga en conocimiento de las cosas y quiera hacer sentir su autoridad. (Maximiliano Mazzel, paulino, *Amor de esposa*.)

AL AIRE LIBRE

NADA existe tan encantador como este tiempo que viene hacia nosotros, preludiando la canción del pino y el «vals de las olas». Ese baile de las mareas en el que la luna marca el compás con su báculo de plata. Extraño cotillón contemplado con los prismáticos de un romanticismo más cercano a «Los hijos del capitán Grant» que a las fosforecencias de Rachild.

Y surgiendo del mar va elevándose la montaña con ese verdor de los carteles de turismo, que a veces es auténtico, y sus casitas de tejado rojo como un viejo reloj de «cuco». En todo esto existe la calma necesaria a los nervios fatigados por exceso de trabajo o por defecto de no hacer nada, pero nervios al fin.

Y llega el término de la semana y un deseo de escapar se apodera de los espíritus. Pero marchar, ¿adónde? La situación del lugar de vuestra residencia habitual os indicará el camino a seguir.

Si vivís en capital costera no tendréis que alejaros demasiado para encontrar el reposo frente al mar.

Si, por el contrario, es una ciudad del interior, el campo o la montaña conducirán vuestros pasos hacia su retiro.

Cualquier pueblecito, por pequeño que sea, podrá cobijar este deseo de soledad y aire puro, lejos de esas horribles cocinas ambulantes de los gasógenos, de esas Exposiciones tan prodigadas, de esos teatros tan aburridos, y de esos conocidos insoportables.

Y si en la «soledad» de vuestro refugio presentís vais a escuchar un «Pero, ¿tú por aquí?», haced «camping» llevándoos lo preciso para la excursión, procurando instalaros en un lugar inaccesible y con un profundo barranco a vuestros pies si encontráis posibilidad. Porque así, en caso de escuchar la temida pregunta podréis volver a vuestra soledad prestamente. Cuestión de un ligero empujoncito.

JOSE ENRIQUE DEL BUEY

(Dibujo de José Enrique del Buey.)

•

Vestido de grueso hilo blanco o amarillo, abrochado a un lado con botones de fantasía

Traje estampado, de forma sencilla y elegante

(Revista *Medina*, de la Sección Femenina, mayo de 1944.)

Dos españolas algo sufragistas y poco hogareñas expuestas a que un amable sátiro enmascarado tras sucinto bigote les profane el vaso sagrado.

Y Maricarmiña enseguida empezó a aburrirse.
A cansarse.
Pero le era tarde para rectificar.

> Ya está casada; una atadura irrompible la liga con aquel hombre, y no queda más remedio que tener paciencia, sufrirlo con resignación, rogar a Dios por él y poner en juego todos los medios lícitos a su alcance para ganar su corazón y atraerlo al buen camino. (Enciso Viana, *El evangelio de la madre.*)

Maricarmiña, no.
—No, ¿qué?
No tenía interés en ser la Mujer Hispánica contada por Rafael Gil Serrano, autotitulado Maestro Nacional Hispánico, en el libro *Nueva visión de la Hispanidad*, dedicado «al Caudillo de España, prototipo de Educadores Hispánicos», 1947, manda carajo:

> **La Mujer Hispánica es la Esposa más fiel y abnegada, guardadora del recato, del pudor femenino y de todas las Virtudes Domésticas.**

Maricarmiña, tampoco.
—Tampoco, ¿qué?
Tampoco estaba dispuesta a soportar, callar, bajar la cabeza, a ceder. ¡Ay si las mujeres cedieren, callaran y sonrieran! «¿Por qué hay tantos matrimonios desgraciados y tantos otros que, sin llegar precisamente al nivel de la desgracia, no son felices? Porque abundan mucho las mujeres casadas que no saben callar, ceder y sonreír.» (Enciso Viana, *La muchacha en el noviazgo.*) Maricarmiña quería divorciarse:
—Sí, tengo que divorciarme.
Pero el padre Junquera (*A las puertas del matrimonio*) no quería que se divorciase:

(Revista *El hogar y la moda*, agosto de 1942.)

¿Cómo..., para andar por casa? ¡Modernas, que sois unas modernas! ¡Alpinistas! ¡Políglotas! Es que no son maneras de andar por casa, hombre. ¡Cabras locas! ¡Acróbatas!

> El divorcio da rienda suelta a las pasiones brutales de la bestia humana. Aquí, en las pasiones brutales de la bestia humana, y no en el amor puro de los corazones es donde encuentra su origen el divorcio. El divorcio colma la sociedad de escándalos, discordias, abrumadores disgustos y crímenes de todas clases. El divorcio, en fin, llena el infierno de impúdicos. Los divorciados que vuelven a casarse son adúlteros, indignos de los Sacramentos y de sepultura eclesiástica y no pueden salvarse.

¿Qué hacer, pues, en caso de que el matrimonio sea un naufragio absoluto? El presbítero Ricardo Aragó (*El matrimonio*) responde que aguantarse y cristiana resignación:

> Ciertamente habrá muchos casos en que, a causa de la indisolubilidad, el Matrimonio se hará difícil, incómodo, quizás horrible, por la presencia de enfermedades repugnantes, de vicios manifiestos, de pasiones desenfrenadas, iras, etcétera, etcétera; teniendo constantemente delante la infidelidad, el rencor, la venganza; viviendo entre gritos y amenazas, atropellos y represalias de toda clase; en medio de todo lo que divide y separa los espíritus y atosiga o ahuyenta los cuerpos. "Sí, hay seres desgraciados a los que la indisolubilidad aplasta [dice Vuillermet en *La Vocation au Mariage*], como hay soldados a quienes el amor a la Patria extermina, como hay creyentes cuya fe les ocasiona la muerte. Pero ¿dónde se ha visto que, a pesar de los terribles efectos de los inventos de las guerras modernas, tengan los soldados el derecho a desertar? El horror del suplicio ¿ha autorizado jamás la apostasía? Sin víctimas ¿habría patria, ni honor, ni ciencia, ni humanidad?" En el Matrimonio Dios se halla presente para consolar a los esposos, para ayudarlos, para santificarlos, y (caso de que uno de ellos o los dos muriesen víctimas de su estado, cumpliendo con su deber cristiano), para premiarlos con eterna gloria, como mártires del sacramento.

O sea, que los soldados no tienen derecho a desertar.
Ni los casados.
Luego, ir al matrimonio es como ir a la guerra.
O sea, el matrimonio es la guerra.
Ya uno se barruntaba algo raro.
Los soldados mueren heroicamente:

—Todo por la patria.
—¡Viva mi muy odiada esposa! ¡Viva Vuillermet!
—¡Qué santo el hijoputa de mi marido!
Los soldados no se quejan.
Ni las señoras.
Aunque estén hechas polvo.
Aunque estén echando un polvo.

> Amigas mías, no se puede ser "señora quejica". Va en contra de los principios éticos de una mujer consciente. Hay que superar el dolor por dignidad y elegancia, por amor a los que nos rodean. Hay que sonreír, aunque estemos hechas polvo, y así los demás se sentirán más a gusto... y nosotras también. Quejarse únicamente cuando no hay más remedio, y entonces no regodearse en el propio sufrimiento, explotándolo y haciendo a todo el mundo el recuento de nuestros males. Hay que tener el pudor de esconder el dolor.
>
> —Pues entonces, ¿qué? —dirán algunas—. ¿Hay que morirse sonriendo, como si no pasara nada?
>
> Sí. Hay que morir sonriendo, aunque cueste un esfuerzo enorme. Con eso se da una prueba de espíritu cristiano, de equilibrio y de fortaleza moral. (*Teresa*, revista de la Sección Femenina, agosto de 1957. Editorial.)

Echando un polvo pueden quejarse.
Pero poquito.
—¡Ay, ah, oh!
Cuentan que Maricarmiña, hallándose de tertulia con gente de su entera confianza, llegó a manifestar deseos de nuevas experiencias, a ver si don Alfonso se consideraba aludido y si considerándose espabilaba y se animaba, la animaba:

—En la vida hay que probarlo todo —cuentan que contaba la duquesa de Cádiz.

¿Qué me dice usted, señora duquesa?

> ¡Probarlo todo! Horrible necedad, cuyas consecuencias no las aplicas en los alimentos, ni en las medicinas, ni en los venenos; porque nadie come sin conocer lo que come, ni bebe agua estancada por averiguar a qué sabe, ni prueba en sí mismo el tifus y las viruelas para es-

tudiar cómo se producen las enfermedades, ni dispara contra su pecho la pistola para ver si sale el tiro, ni se echa a un horno de cal por experimentar si realmente el fuego quema... Enorme necedad que sólo se pronuncia cuando la razón obnubilada trabaja por dar un paliativo a la pasión. Y cuando, febricitante y ansiosa por hallar razonamientos convincentes, no encunetra otro..., señal que la causa es muy pobre. ¿No te parece? De manera que ¿probar...? No, y mil veces no. (Joaquín Azpiazu, jesuita, *Tú y ella*.)

Cuando domiciliados en la madrileña calle de San Francisco de Sales, a Maricarmiña, ¡cuerpazo!, y don Alfonso les eran vecinos de piso el cantautor Julio Iglesias y esposa, Isabel Preysler, y las parejas, por la cercanía y el roce, se enzarzaron en amistad estrecha. De esto que a Maricarmiña se la viera continuamente con Isabel, otro cuerpo y también malmaridada. Juntas se transmitían sus desencantos conyugales respectivos y se consolaban de sus errores de hembras en el amor no comprendidas. Con el tiempo, Maricarmiña acompañaría a Isabel Preysler en sus viajes a Estados Unidos, pues Isabel, en arreglo de papeles para divorciarse de Julio Iglesias, necesitaba airearse penas y soledades. En Nueva York las dos amigas visitaban discotecas y centros de divertimento varios y Maricarmiña descubría una cara de la vida que la vida le había ocultado por nietísima en jaula de oro y escolta de guardiasciviles. En los anónimos ambientes de Nueva York eran como un spot de alegrías buscando una juventud desperdiciada en recibir visitas los viernes por la tarde, en ir de tiendas los martes por la mañana, en ser llamadas por teléfono, en ir al modista, en llamar por teléfono y en parir hijos para el cielo y los Burger King. Con tanto viaje al extranjero a Maricarmiña se le estaba deformando el pensar austero y paulino:

Contribuye no poco al extravío de nuestra juventud femenina su apetencia —y realidad— de viajar por el extranjero. La "amplitud" religiosa que ven y observan en algunos países pseudocatólicos, en que una minoría de bajo nivel Intelectual trata de establecer "un nuevo catolicismo", sin tantas ataduras y gravámenes ascéticos que les cierran el camino a sus deshonestidades y latrocinios, influye no poco en nuestras chicas, deformando su pensar austero y paulino. (García Figar, *Por una mujer mejor.*)

Cuéntase que si el azar de alguna excursión a París propiciaba un encuentro con el anticuario Jean-Marie Rossi, a Maricarmiña le subía un especial cosquilleo por dentro y entraba como en arrobo. Rossi, muy experimentado en lances de amor, le doblaba la edad, pero, juntos, como si fueran dos alumnos del preuniversitario de ésos que hacen novillos y graban corazones entrelazados en la corteza de los olmos. ¡Qué bella mujer! De la mujer bella el moralista Chiavarino (*Hacia un matrimonio feliz*) dice:

La mujer bella es el paraíso de los ojos, el purgatorio del bolsillo, el infierno del alma.

Maricarmiña era el paraíso de los ojos de Rossi.
Maricarmiña pensaba en Rossi.
Y los que no eran su marido se fijaban en Maricarmiña.
Nos fijábamos.
Maricarmiña pensaba demasiado en Rossi. A Maricarmiña le pasaba como a aquella señora muy pagada de su religiosidad que al padre Enciso le hacía unas preguntas que vaya:

Frecuentemente nos sorprende una señora muy pagada de su religiosidad y de su formalidad con preguntas como éstas:

—¿Puede una mujer casada pensar en un hombre distinto de su marido? ¿Hay inconveniente alguno en que se arregle para agradar a ese otro? ¿Es pecado flirtear y coquetear con él?

Una señora con criterio cristiano no puede hacer tales preguntas. Sólo con atribuírselas se le ofende. La mujer buena se siente tan absorvida por su marido y por su hogar, que no puede pensar en ningún otro hombre, y mucho menos en agradarle. (Enciso Viana, *El evangelio de la madre.*)

Y es el caso que no bien hubo fallecido el Caudillo, incipientes y todavía inciertos vientos de libertad sacuden cuatro décadas de preteridad y sumisión, con lo que Maricarmiña Martínez-Bordiu y Franco, nieta del Caudillo, malcasada con don Alfonso de Borbón, nieto de Alfonso XIII, igualmente sacudida por el vendaval, vota libre albedrío, le apetece citarse en París con el anticuario Rossi para en su regazo encontrar cobijo, reposo y amor, Rossi le doblaba la edad, es lo mismo, lo quiero, me voy, tiene prisa, la esperan en París, me voy, fue valiente, se largó y punto. Maricarmiña, con el pensar austero y paulino totalmente deformado, destrozado, en cachos, se reconocía incapaz de seguir siendo el genio inspirado de don Alfonso. Don Maximiliano Mazzel (*En espera de las bodas*) se lamentó de que Maricarmiña dejara de ser el genio inspirado de don Alfonso:

> La importancia de la mujer es suma: Hija, es el ángel tutelar de los padres, hermanos y hermanas. Esposa, es el genio inspirado del marido. Madre, es la providencia de los hijos. Si en cambio descuida su misión, ¡ay de la humanidad! ¿Quién destruyó la fe, la piedad, la paz de la casa de Abraham? Una mujer: Agar. ¿Quién trató de perder a José? Una mujer: la mujer de Putifar. ¿Quién hizo a Sansón un desgraciado? Una mujer: Dalila. ¿Quién hizo culpable a Salomón? Mujeres extranjeras. ¿Quién hizo a Acab un impío y un homicida? Una mujer: Jezabel. ¿Quién decidió a Herodes a decapitar a San Juan Bautista? Una mujer: Herodías. ¿Por qué Enrique VIII se hizo un hereje y separó a Inglaterra de Roma? Por una mujer: Ana Bolena. ¿Por qué Lutero se rebeló contra Dios? Por una mujer: Catalina Bora. Es historia siempre antigua y siempre nueva: Lucifer se sirvió de Eva para hacer caer a Adán. Hoy se sirve de las nuevas Evas para hacer caer con la mujer al hombre y la sociedad.

¿Y quién hizo a Sansón un desgraciado?
Una mujer: Dalida.
¿Y quién destruyó la casa de Abraham?
Una mujer: Agar.
¿Y quién se fue a París a trabajar de Ana Bolena?
Una mujer: Maricarmiña.
¿Y quién hizo viudo al padre de Ana?
Una niña: Ana.
Ana..., ¿Ana Bolena?

Niña Ana, la chismosa y murmuradora.
¿Y quién mató a su madre?
Una mujer: niña Ana.

Ana era chismosa y murmuradora. Cierto día, escondida detrás de un árbol, oyó que su papá contaba a un amigo la desgracia que le afligía: Su hijo, que estudiaba en Zaragoza, había muerto en un desgraciado accidente, pero no lo decían a nadie para evitar que se enterase su esposa, la madre de Ana, pues ésta sufría una grave enfermedad del corazón y el más pequeño disgusto podía poner en peligro su vida. La madre de Ana nada hubiera sabido si ésta hubiese callado. Pero la chismosa Ana corrió a contárselo a su madre y ésta, al saber la tristísima nueva, sufrió un colapso y expiró. La mala lengua causa daño. (José Dalmau Carles, *Infancia.*)

Al instalarse de Ana Bolena en París, las muy honorables damas hipocritonas de santidad, hispánicas de patriotismo e hipocondríacas de alma, menopáusicas de ánimo y varices, se removieron inquietas en los asientos con frufrú de enaguas, se revolucionaron escandalizadas, se santiguaron de espantos y acudieron a la ermita del santo y confesaron y comulgaron por Pascua florida y comprendieron que todo estaba perdido, vaya por Dios. No era para menos: Rossi vivía mal con Maricarmiña. Lo mismo de mal que Enrique VIII de Inglaterra con Ana Bolena. ¿Cómo, usted no sabe lo mal que Enrique VIII de Inglaterra vivía con Ana Bolena? Se lo cuenta en *Gráficos de Catecismo*, 1956, don José María Aguilar Areu, presbítero, licenciado en teología:

GRAFICO N.º 24 — **VICTIMAS DE ENRIQUE VIII DE INGLATERRA**

Este es el resumen de las víctimas ocasionadas por los pecados de impureza.

El funesto rey por vivir mal, hizo estragos en su patria, y arrastró innumerables almas al error y a la herejía. Y lo más terrible del pecado de Enrique VIII es, que por su culpa se separó de la Iglesia Católica todo Inglaterra; y ese cisma y esa herejía ha perdurado cuatro siglos y sigue perdurando. ¡Cuántos herejes mueren hoy en Inglaterra y se condenan! ¡Qué infierno tan terrible para Enrique VIII por toda la eternidad!

(52)

Enrique VIII de Inglaterra por vivir mal con Ana Bolena

1.º Abjuró la Religión Católica
2.º Condenó a muerte a 2 cardenales
3.º Condenó a muerte a 13 abades
4.º Condenó a muerte a 18 obispos
5.º Condenó a muerte a 200 sacerdotes
6.º Condenó a muerte a 50 doctores
7.º Condenó a muerte a 360 señores
8.º Perecieron por su culpa 72.000 víctimas. ¡Qué tragedia!

Hablando de Ana Bolena tanto como estamos hablando y dado el carácter pedagógico de estas páginas, es llegado el punto de hacer examen o ejercicio de repaso. Empecemos por leer al doctor Francisco Spirago (*Catecismo en ejemplos*, 1941), profesor de Religión:

> Ana Bolena, cortesana de la reina de Inglaterra Catalina de Aragón, fue la culpable de que el rey Enrique VIII repudiase a su legítima esposa (1532) e hiciese decapitar a todos los católicos que desaprobaron su matrimonio con Ana Bolena. Poco despés de la muerte de Catalina de Aragón, primera esposa del rey (1536), otra cortesana de Ana Bolena ganó el corazón del monarca apóstata de la fe católica y lo llenó de aversión hacia su segunda mujer. El rey repudió entonces a Ana y le hizo cortar la cabeza para poderse casar con Juana Seymur, que era precisamente la segunda cortesana que se ha mencionado. Échase de ver aquí la verdad de aquel adagio: Cual el crimen, tal la pena. El castigo es muchas veces la fotografía de la culpa.

Y luego de leer, meditar y analizar, respóndame:

¿Cómo se llama la cuñada menor del suegro de Ana Bolena?

¿Cuántos años contaba a la sazón Catalina de Prusia, teniendo en cuenta que Juana Seymur era la segunda cortesana y estaba nublado el día de 1532 en que Enrique VIII repudió a su legítima esposa?

Si el castigo es la fotografía de la culpa, ¿de qué marca era la cámara fotográfica de Ana Bolena?

¿Y la cámara nupcial?

¿Y la cámara frigorífica?

Ya veo, ya, amable lector, que usted no tiene idea.

Déjelo, pues.

Vuelva en septiembre.

> De mis muchas intervenciones en desavenencias conyugales, he sacado esta conclusión: el noventa y nueve por ciento de los disgustos familiares, aun de aquellos en los cuales el hombre ha cometido una grave falta, la culpable es la mujer. Y cuando llega el mo-

mento de intentar el arreglo, la que más dificultades ofrece, por lo común, es la mujer. (Emilio Enciso Viana, *La muchacha en el noviazgo.*)

Maricarmiña Bolena, conseguido el divorcio, que no aún la canónica anulación, se casa por lo civil con Rossi. El padre Ripalda, autor del catecismo de la Doctrina Cristiana intitulado *Nuevo Ripalda*, 1953, no lo hubiera hecho:

—¿Cuál es el matrimonio que se llama civil?

—El que se celebra ante la autoridad civil, sin intervención alguna de la eclesiástica.

—El matrimonio civil, ¿es verdadero matrimonio?

—No, sino torpe concubinato.

—¿Por qué?

—Porque el verdadero matrimonio debe celebrarse ante la autoridad eclesiástica, cumpliendo además todo lo ordenado por Jesucristo y nuestra santa Madre la Iglesia.

Anda mucha Ana Bolena por ahí suelta, aunque no se llame Ana Bolena, y que si te ve con el agua al cuello en vez de hacerte el boca a boca te remata. La mujer del obispo protestante que naufragó en el Morro Castle. Por culpa de la mujer del obispo protestante muchos náufragos espicharon sin las debidas bendiciones episcopales y sin nadie que les hiciera el boca a boca.

El año 1943 se incendió en plena navegación el barco norteamericano "Morro Castle". Entre los pasajeros se encontraba un sacerdote católico, el padre Raymond Egan y un obispo protestante. Ambos arribaron a salvamento y ambos fueron enseguida asaetados a preguntas por los periodistas:

—¿Qué hizo usted cuando se dio cuenta del siniestro? ¿Cómo logró salvarse?

—Yo —respondió modestamente el padre Egan— salí de mi camarote a las voces de ¡fuego fuego!, y al verme envuelto en humo comencé a gritar: ¡Aquí hay un sacerdote católico! ¡Vengan a mí los que me necesiten! Y estuve confesando y absolviendo a todos los que lo deseaban, hasta que en aquella parte del buque, no sumergida aún, no quedó persona viviente. Entonces me tiré al mar y seguí ayudando espiritualmente, como me era dado, a los que luchaban con las olas. Finalmente, cumplido mi deber, Dios me trajo a la orilla en un bote salvavidas.

—Yo —declaró por su parte el obispo protestante— en cuanto advertí el peligro, comencé a buscar por todas partes a mi esposa, y como no la encontraba, me tiré al primer bote que vi al alcance y gané la playa felizmente. (J. M.ª Sarabia, jesuita, en la revista *Sal Terrae*, junio 1943.)

A destacar que habiéndose tirado al mar el sacerdote católico pudo seguir ayudando espiritualmente a los que luchaban con las olas. ¿Acaso por ser campeón olímpico de los cien metros braza? No, por ser soltero. Pues mientras el padre Egan se tiraba al mar, el obispo protestante se estaba tirando a la señora esposa en una barquilla salvavidas. Siendo Maricarmiña todavía pubescente, muy lejos de ser Maricarmiña Bolena Rossi, su abuelo, Caudillo Franco, «verbo genuino de la Patria», según el diario *ABC*, en el sermón que nos endilgara por la nochevieja de 1965 se valió de su «broncínea voz con diamantinos armónicos», que tal era la voz de Caudillo Franco, según el semanario *Fotos*, para dolerse de los descarríos de las jovencitas que, forzadas por la miseria, acuciadas por el paro, viajaban a Francia y otras decadencias de la libertina Europa para emplearse en el servicio doméstico:

Demanda cuidado especial el caso de la emigración aislada femenina que, sin las garantías debidas, arrastra a una aventura llena de peligros, expuesta a explotaciones, estafas y atropellos en el interior de las grandes urbes, sin que sea fácil el que nuestras autoridades consulares y servicios que establecimos, para atenderlas, les puedan prestar protección eficaz y el apoyo debido. Son tantos los casos que descubrimos, desgracias y atropellos sufridos por muchas de estas jóvenes, que yo aconsejo a las familias españolas que corten esta clase de emigración.

No sospechaba Caudillo Franco que, una vez fallecido, su nieta Maricarmiña, de emigrante en París, se colocaría de adúltera con un anticuario que le doblaba la edad y doblemente divorciado. Reconozcámoslo contritos y compungidos: ni este abajofirmante y misacantano fue educado para pergeñar el libro en que ahora se ocupa, sino para rector de la sociedad española en sus múltiples facetas, ni Maricarmiña lo fue para ponerse de manceba por ahí. Caudillo Franco pretendía una España puritana, pero le hemos salido putana. Reconoce Maricarmiña Bolena Rossi que nada hizo por ser popular y famosa, y que, sin ningún mérito por su parte, nació nietísima lo mismo que quien nace con un antojo en la cara anteroposterior del muslo izquierdo.

—¿Y políticamente, qué, Maricarmiña?

—Soy demócrata.

—¿Y los hijos?

—Estoy en contra del autoritarismo de los padres.

—¿Cómo?

—Intento hacerles comprender las cosas y actuar con ellos como me hubiese gustado que actuasen conmigo.

A Maricarmiña yo es que la adoro.

Pero a Eva no se lo perdono.

> Paseábase nuestra primera madre por el jardín-huerto del paraíso terrenal; las florecillas se inclinaban a su paso; entrelazábanse las ramas de árboles copudos, entoldando largas avenidas por las que Eva solazaba su espíritu, aspirando el perfume de los rosales y escuchando los arpegios de las aves cantoras. Embriagada en felicidad, detúvose al pie de un manzano cargado de pomas sazonadas; una voz la despierta del éxtasis: "Come de la fruta y serás como Dios." Y Eva, ¡al fin mujer!, sugestionada, irreflexiva, vanidosa, viéndose ya en el trono de la deidad omnipotente, mordió la manzana... y nosotros padecemos la dentera. Seduce luego a Adán, que cayó preso en la red sutil de sus acariciadoras palabras y promesas; ¡que siempre ha de ser ella, la mujer, la causante de la ruina espiritual del hombre! (Juan Alonso Ortiz, jesuita, *El ídolo de la mujer.*)

Confirmado: Eva era mujer, o sea, irreflexiva y vanidosa.

Concluyendo: Y comió la fruta mientras las florecillas se inclinaban a su paso.

Resumiendo: Eva, al fin, mujer.

Recordando, recordemos lo que en mayo de 1957 (*Instrucción sobre la moralidad pública*) recordaba la Conferencia de Obispos Metropolitanos de España:

> **Recuérdese que la serpiente antigua inicia siempre sus campañas de odio a la Humanidad valiéndose de las debilidades de la mujer.**

En el blanco y negro del Nodo y en la cuatricromía de las revistas verificábamos cómo, a pesar de los años transcurridos, el culo de Carmiña se mantenía acorde al criterio de Mariscal Pitillo en paz descanse, que lo había definido suculento. Efectivamente: de Carmiña unos glúteos que, si fuéramos malhablados e hiperbólicos y machistas, diríamos son de ésos que, por superdotados, notorios, dúplices y sobresalientes, germinaron nutricios con la exclusiva finalidad de ser jaleados cuando pasan en los pasopeatones o cuando la propietaria dobla el espinazo para ajustarse la liga o servir un sopicaldo en el Asilo de Ancianos Desamparados, tanto era así que Manuel Fraga Iribarne, entonces ministro, de caza en los cotos altiplanos de Santa Cruz de Mudela, provincia de Toledo, un día de solyfrío del invierno de 1964 se los abatió de una perdigonada, el ministro se conoce que había errado el tiro, ¡amén Jesús!, por azararse y temblarle el pulso, o que la había confundido con animal de pluma, de pelo, tal vez, y lo digo sin ánimo de faltarle a nadie y ustedes dispensen. Carmiña debiera tener más cuidado al agacharse para ajustar una liga o al pasar en los pasopeatones o al estar quieta en los cotos de Santa Cruz de Mudela, a Carmiña posiblemente le faltaba convivencia social, hay gente que no sabe andar con el busto erguido, hay gente que no estudió *Convivencia Social,* libro escrito por la camarada Carmen Werner y editado por la Sección Femenina, para tercer curso de bachillerato y carrera de Comercio:

El cumplimiento de la ley

A Teresa le dió por no guardar respeto a las leyes ni a las autoridades. ¿Motivo? La natural condición de cuantas personas carecen de la esencial noción de buen sentido.

Cuando las personas sensatas la reprendían, ella mostraba su enfado. Quería demostrar su razón. Razón acomodada a su engreído capricho.

—Mira que pagarás el gusto de obrar mal—le decían muchos amigos de su bienestar.

—Que pagaré, que pagaré—contestaba ella.—¿El qué voy a pagar? Yo debía cobrar. ¿Acaso soy culpable de cuantas desdichas ocurren?...

Teresa vendía verduras y en el peso sisaba lo posible.

Cierto día, harta una compradora de tan incorrecto proceder, hizo constar su protesta. La buena señora obró modosamente. Sin acritudes en la expresión, exquisita en el gesto.

Pero su educación no fué obstáculo para causar altercado y se armó notable marimorena.

90

Teresa contestó malamente. Se formó el corro y llegó el guardia. La vendedora fué multada.

¿Calló Teresa? ¡Ca!

Comprometió al marido. Para defenderla, habló mal de las autoridades.

Fué procesado e ingresó en la cárcel. El que toda su vida había sido un bonachón, ahora purgaría un delito llevado a efecto en gracia a la que debía proporcionarle placeres y no amarguras.

Mas no acabó allí. Teresa siguió el derrotero.

La lengua estuvo presta y soltó dicterios ofensivos. Invitáronla cordialmente a ser moderada: Si se obstinaba en su funesta costumbre, ahora aumentada, sufriría los rigores de la ley.

—De la ley, de la ley—decía muy altanera.— ¡Buena es la ley!

Pero como la ley no se hizo para fomentar las malas costumbres, Teresa se vió privada de su preciosa libertad.

91

(Gregorio Sierra, *El libro de las niñas*.)

Teresa, otra que tal baila.

> **La posición del cuerpo debe ser normal: el busto erguido y la cabeza levantada. Eso no quiere decir que se debe andar con ademán de reto; pero llevar la cabeza baja al andar (ese defecto lo tiene mucha gente) es muy feo. Esas personas que se agachan al andar, parece que se han de encontrar más indefensas ante la vida; en cambio, las que miran de frente, con la barbilla alta, tienen que vencer mejor los obstáculos que en su camino se interpongan.**

A las personas que miran de frente difícil les será no tropezar con los obstáculos del camino, pero las personas que se agachan tan indefensas son que si las pilla por retaguardia Fraga Iribarne no les arriendo las ganancias, aunque peor sería que viéndolas con la barbilla alta les disparase a la papada. Y tienen delito esas personas que, por carentes de convivencia social, se pasan el año mojando pan en la salsa y poniéndose de cocido gallego hasta las orejas y luego se visten la falda tubo del invierno anterior pero, como han cogido kilos, más que falda tubo les es falda tubillo, o falda tobillo, es decir, una tobillera, y consecuentemente no se pueden sentar, porque revientan, ni ponerse derechas, porque Fraga Iribarne las bombardea:

> Dígasenos si la moda del invierno pasado, de la "falda de tubo", y la moderna, de "campana", son honestas y dignas de que las lleve una mujer católica. Ni en la forma, ni en las telas, ni en las medidas, puede una de nuestras mujeres antedichas vestirse de ese modo. Mal, cuando están derechas; peor cuando están sentadas. (García Figar, padre dominico, *Por una mujer mejor*, 1961.)

Estimar la falda campana como indigna de la mujer católica no se me alcanza, a no ser que debajo se encampane el novio, a modo de badajo encampanado. Si a la falda campana era complicado descifrarle los enigmas y objetivos, mayor dificultad de interpretación ofrecía la falda zuava de 1912, que nunca supe qué carajo es y en la ignorancia me mantengo.

> Cuando en 1912 aparecieron las primeras mujeres con falda-pantalón se las ridiculizó y la moda no cuajó. Desde entonces la falda entró en crisis: falda estrecha, falda corta, falda entallada, falda a la zuava, etcétera, indicios todos que pronosticaban la honesta intención, para un tiempo más o menos lejano, de quitar los tropiezos e ir derechamente al ceñido traje masculino. Y para más parecerse al hombre, se presenta con el pelo cortado, fuma cigarrillos, comparece en público en traje de baño, y con las piernas cruzadas, sentada a la mesa de un café, atenta siempre a hacer caer al hombre en sus redes. No hay duda. Dentro de poco la audacia de la mujer superará a la del hombre. (Un Consiliario de Acción Católica, *El decenio crítico.*)

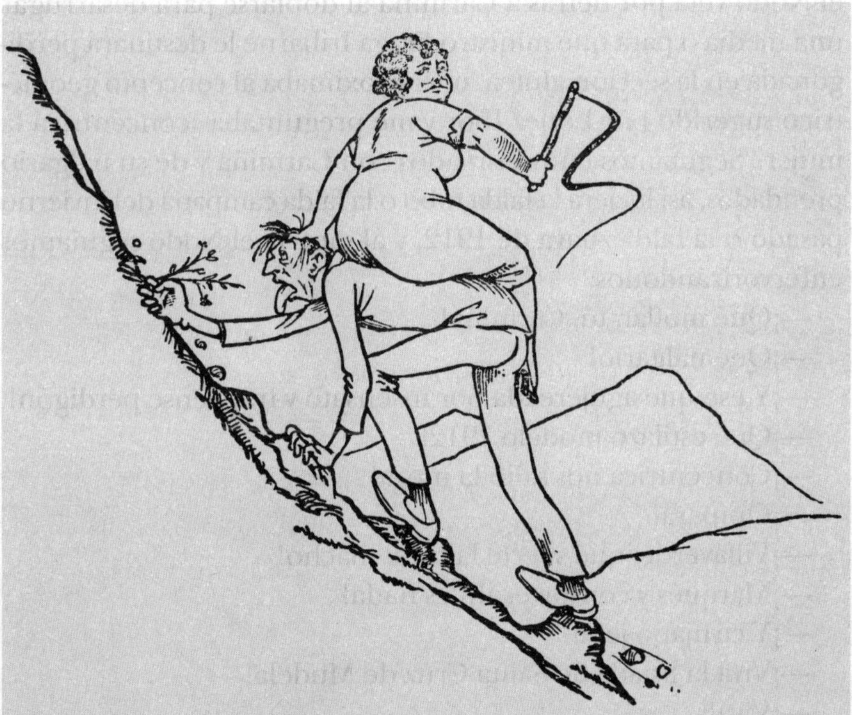

«¡Pesa más que un mal matrimonio!»

(Antonio Vallejo Nágera, psiquiatra, *Antes que te cases.*)

Pesa al subir, porque al bajar baja sola, rodando.

En esto andábamos, intentando descifrar los enigmas de la falda zuava, cuando el doctor López Ibor, psiquiatra eminente, amanece estupendo y en *El libro de la vida sexual* se destapa declarando que la mujer es un ser concéntrico, cualidad geométrica en la que no habíamos reparado y no la entendemos, seguramente por quedarnos ya muy lejos el bachillerato o por haber sido poco aplicados:

> **La mujer es un ser concéntrico. Excentricidad y concentricidad se hallan ya expresadas en la simbología corporal sexual.**

Desde que López Ibor me lo hubo señalado, cada vez que en el Nodo veía por detrás a Carmiña al doblarse para desarrugar una media o para que ministro Fraga Iribarne le destinara perdigonada en la sección glútea, me aproximaba al concepto geométrico sugerido por López Ibor y me preguntaba ¿concéntrica la mujer? Seguíamos entusiasmados con Carmiña y de su nalgario prendados, así luciera la falda tubo o la falda campana del invierno pasado o la falda zuava de 1912, y al sacarla el Nodo seguíamos enfervorizándonos:

—¡Qué mollar, tú, Carmiña!

—¡Qué nalgario!

—¡Y eso que agujereada por insensato y fraguense perdigón!

—¡Qué estilazo modelo 1912!

—¡Concéntrica nos salió la moza!

—¡Opípara!

—¡Villaverde, qué suerte la tuya, macho!

—¡Marqués y consorte, ahí es nada!

—¡Y cirujano jefe!

—¡Viva la lisiada de Santa Cruz de Mudela!

—¡Viva!

—¡Viva el cirujano jefe!

—¡Viva!

A la sazón, enfermeras, celadores y demás personal de clínica y quirófano a las órdenes de Villaverde, cirujano jefe de la sanidad pública, marqués y consorte de Carmiña Franco, yerno, pues, del Caudillo, era frecuente que, por las mañanas, lo vieran extremadamente ojeroso, cada poco derrengándose por los butacones, bostezando y desperezándose, y de él se compadecían y maldecían los excesos de trabajo por la noche, que tal vez la había pasado en vela, el pobre, estudiando los últimos avances de la medicina cardiovascular. Pero fuentes generalmente bien informadas y cercanas a la canallesca enmiendan la suposición, y las ojeras y amodorramientos matinales del Villaverde los atribuyen no al estudio de la medicina cardiovascular, sino a parranderos menesteres de índole noctívaga. O, preferiblemente, a noctívagos menesteres de índole parrandera. Y el marqués de Villaverde, sin embargo:

—Jamás me gustó retirarme tarde a casa, entre otras cosas porque me esperaba un trabajo de máxima responsabilidad al día siguiente.

De hormigón el rostro.

—Quizá un día hable de los setenta y cuatro presidentes o jefes de gobierno y reyes que he conocido.

Y, con tanto presidente y jefe de gobierno en la agenda, el trabajo de máxima responsabilidad, ¿para cuándo? Y estudiar los últimos avances de la medicina cardiovascular, ¿a qué horas, señor cirujano? A Villaverde se le ha visto oficiando liturgias de donjuán con hembras hembrísimas del amanecer y saraos, se le ha visto con muy estupendas señoras paseándolas y bailándolas, lo que al marqués no le ha sido impedimento para, cuando los periodistas le demandaban declaración, se pronunciase católico, apostólico y romano.

—Usted, marqués, ¿se declara católico, apostólico y romano?

—Sí, me declaro.

—¿Y qué le parece el divorcio?

—Estoy en contra del divorcio. No lo acepto.

—¿Por qué, señor?

—El Papa nos ha dicho lo que tenemos que hacer.

Las suecas primerizas constituían una carnestolenda de culos que llegaban en montón para conquistar el sur y acabaron fundando la nación de las ingles y los ombligos, en los carteles Costa del Sol, una tropicana trigueña de tigresas rubicundas y okupas de una tierra sin nada en fronteras del cemento y la mar. Parece ser que al Villaverde, por acostumbrado al culo grandilocuente de Carmiña que había venerado Mariscal Pitillo en el Asilo de los Ancianos Desamparados de Madrid y ametrallado Fraga Iribarne en los cotos altiplanos de Santa Cruz de Mudela, provincia de Toledo, le había quedado una querencia a los culos de postín, ¿y dónde encontrarlos y elegir? En la Costa del Sol. A principios de verano el ministro del ramo turístico se plantaba en Barajas, aeropuerto internacional, para a pie de escalerilla recibir a la sueca once millones, condecorarle los pechos, imponerle una banderola y decirle que España es diferente, pase usted, señorita, y siéntese, que por ahí anda Fraga Iribarne con la escopeta cargada. A veces no era la sueca once millones la que llegaba a Barajas, en tránsito a Málaga, pero qué más da que fuera la ciento veintisiete mil ochocientos veinticuatro o que la once millones o que once millones de suecas. Y monseñor Herrera Oria, como no era ministro, no recibía en la escalerilla del aeropuerto de Málaga a la suecaza, sino que, desde el púlpito de la catedral, leía tronante la carta pastoral (*La pública honestidad en las costas de Málaga*) de 1959:

> **La agresión a la pública honestidad se practicó en Málaga alguna vez por extranjeros. Razón de más para que nuestra severidad se acentúe. Una cosa es la cristiana hospitalidad, debida a todos, y otra muy distinta la aceptación del errado criterio moral ajeno por motivos menos nobles, ya de falsa o malentendida cortesía, ya de punible flaqueza. Que no es la fortaleza moral la virtud característica de nuestro tiempo.**

Del padre mercedario Ricardo Delgado Capeáns (*La mujer en la vida moderna*) dirigido al obispo de Málaga, con devoción y cariño, este textículo con intervención destacada del obispo de Málaga:

¡Cuántas damas no tienen tiempo para dedicar unos minutos a Dios, a su alma, porque están entretenidas en hojear la revista de modas, en comparar sedas, en elegir trajes, en sorprender efectos, en lucirse por calles y plazas, paseos y teatros, y hasta profanar los santuarios del Señor con sus desnudeces! He aquí cómo habla de estas damas el ilustrísimo señor Obispo de Málaga: "Un gruñido prolongado, como de manada de fieras encandiladas con abundante botín, me ha levantado de mi mesa de trabajo y empujado hacia el balcón de mi despacho, que da vista a la plaza de la Catedral. Las fieras no eran fieras, sino un grupo de carboneros que, con palabras que parecían gruñidos, requebraban a una señorita elegantemente desnuda que pasaba. La señorita llevaba al lado a una señora que parecía ser su madre, y ambas, al pasar por la puerta principal del templo, se santiguaron devotamente. Escozor y vergüenza azotó mi rostro, y congoja de lástima y de asco llenó mi corazón. No acertaba a distinguir qué me lo producía más: si el triunfo del demonio que relinchaba lujuriosamente en la plaza por boca de aquellos desdichados, o la derrota de Jesús del Sagrario de la Catedral, escarnecido por aquella señal de la Cruz, hecha sobre un pecho impúdico y por un brazo desnudo."

¡Qué desdichados los carboneros!
¡Qué fieras!
¡Qué impúdicos pechos los de la señorita de Málaga!
¡Qué brazos más desnudos!
¡Y, no obstante, santiguándose a la puerta del templo!

¿Qué desnudeces de brazos y cuello, y algo más, no se ven en la misma Sagrada Mesa, o en las velas al Sacramento, que han hecho adoptar a algún señor sacerdote amigo mío la firme resolución de negar a algunas señoras el Cuerpo del Señor, hasta que se presenten más vestidas? Y yo recuerdo haber visto, en aristocrática función religiosa, porque por mal de nuestros pecados hasta la piedad se aristocratiza, a unas jóvenes congregantas repartir unos impresos con máximas sobre la modestia en el vestir; y ellas, las congregantas, llevar al aire sendos brazos, amén de cubrir sus cuerpos con ligerísimo vestido. Y más de un lugar pudiera citar en que, después de solemne función religiosa, las señoritas de la Junta organizadora de la fiesta, cumpliendo un laudable acto de cortesía, han subido a saludar al predicador tocadas de colosal sombrero, manga corta y amplio escote. (Cardenal Gomá, *Las modas y el lujo.*)

De santiguarse con los brazos desnudos a comulgar en biki-ni, un paso. El reverendo Daniel Vega (*¿El anticristo a la vista?*) aún no las vio, pero no pierde la esperanza.

Con bikini no he visto todavía acercarse a comulgar, pero con minifalda bastantes, lo cual me ha parecido muy mal. No me despido todavía de verlas acercarse a la Sagrada Mesa con bikini, si es que el sacerdote se atreve a darles la Sagrada Comunión, pero en la calle las he visto varias veces, una en la calle de Eloy Gonzalo. Parecía la dueña de la vía pública, sin que ningún policía apareciera por allí, y si había alguno, hizo la vista gorda.

No fuera mala propaganda para llenar las iglesias:
—Vamos a misa, que desde atrás se ven culos.
Y para fomentar vocaciones sacerdotales:
—Me consagraré a Dios para ver ombligos desde frente.
—Me haré cura, que se ven tetas desde arriba.
—A ésa del bikini me pido darle la comunión, que se ve canalillo desde cerca.

Pedro, que no es cura ni lo pretende, está indeciso:
—Si voy a la iglesia y me vienen deseos de copular, ¿qué hago?
Traslademos la pregunta de Pedro a su tocayo, el teólogo fray Pedro Lumbreras:

CASO. —Pedro, en la iglesia, tiene deseo de tener una cópula; ¿comete sacrilegio?

—Distinguiendo: si el deseo es de tener cópula en la iglesia, o es con peligro de polución en la iglesia, será sacrilegio; pero si es de tener la cópula fuera de la iglesia, y sin peligro de tener polución en la iglesia, no será sacrilegio grave, aunque el deseo sea dentro de la iglesia; al contrario, si uno fuera de la iglesia tuviese deseo de tener cópula o polución en la iglesia, cometería sacrilegio grave, porque el deseo toma su malicia del objeto deseado, *sed sic est* que la cópula o polución en la iglesia son sacrilegio. (Pedro Lumbreras, *Epítome de Teología Moral*.)

Pedro, el mero feligrés, no el teólogo, en Jaén no se hubiera puesto cachondo. El señor obispo de Jaén era muy meticuloso a lo respective. A comprobar en este fragmento de la Carta Pastoral sobre *La Virgen Santísima y la pureza* publicada por el excelentísimo y reverendísimo señor Obispo de Jaén, doctor don Rafael García y García de Castro, en 1944:

Encargamos y mandamos a nuestros sacerdotes que no admitan en el templo a mujeres indecentemente vestidas. En el cancel de las iglesias deben colocarse letreros que recuerden a estas desaprensivas personas los deberes más elementales de la modestia cristiana. Cuando alguna los conculque, ha de ser invitada con enérgica cortesía y con mansa firmeza a que abandone inmediatamente el templo.

¿Con enérgica cortesía?
Y con mansa firmeza.
¿También con enérgica firmeza y mansa cortesía?
O con firme energía y cortés mansedumbre.

Como once millones de suecas son una barbaridad de suecas pasando aduana, en el amasijo siempre se colaba o un estibador de Hamburgo o una estanquera de Valladolid o una sueca de Betanzos, las suecas de Betanzos tampoco están mal, están bien, incluso muy bien. Las suecas de Holanda son de lo mejorcito que tenemos en suecas. También hay algunas holandesas de Suecia, que son de lo mejorcito que tenemos en holandesas. La estanquera de Valladolid en la intimidad del hogar subía el borde del escote y bajaba la falda, pero al llegar a la Costa del Sol e instalarse en primera línea de playa bajaba el escote y se subía la falda.

> La pudorosa doncella que en la intimidad del hogar preocupase continuamente de subir el borde del escote y bajar la falda, exhibe sin inconveniente en la playa su escultural anatomía, ceñida y resaltada más que oculta por leve maillot. (Vallejo Nágera, *Antes que te cases.*)

El inconveniente de la sueca de Betanzos es que tiene el paladar experto y si la sacas de tapeo pide percebes y una botella de albariño, en cambio la sueca de Holanda es de fácil conformar, con un cuartillo de sangría y media sepia al ajillo se queda tan pancha. Monseñor Ángel Herrera Oria, obispo en Málaga, estaba muy interesado en salvar los derechos de la moral, ¿y por qué no los derechos de la sepia, un cadáver al ajillo? Veamos cómo el monseñor se expresa en la pastoral de 1959:

> La bien llamada "Costa del Sol" es un regalo de Dios y, utilizada con acierto, será fuente de muchos bienes para nuestra diócesis, y aun para toda España. El Gobierno, sabiamente, lo ha entendido así. Ha constituido una comisión interministerial compuesta de personas ilustres, de cuya religiosidad puede esperarse fundadamente que al ordenar la Costa cuiden, en lo que a la autoridad civil compete, de salvar los derechos de la moral.

España éramos ya una aglomeración de minifalderas en bikini y de bikiniportadoras en minifalda provenientes de Suecia más una avalancha de melenudos provenientes de Liverpool, así que yendo por la playa o pisabas tetas o pisabas guitarras eléctricas, pues los melenudos no hacían otra cosa que interpretar a la guitarra eso del submarino amarillo para camelar a minifalderas en bikini y bikiniportadoras en minifalda, la citada comisión interministerial debería tomar cartas en el asunto.

> Si a cada minifaldera o bikini-portadora, melenudo o drogadicto se les pusiera sendas multas, pronto desaparecería de la calle tanto adefesio. Yo pondría a cada melenudo, 25 pesetas diarias; a cada minifaldera, otras 25 pesetas diarias, y otras tantas a las del bikini.

Los drogadictos los considero más impermeables a las multas porque lo hacen clandestinamente y es más peliaguda su persecución. Se me olvidaba que a los melenudos además de la multa, corte de pelo al rape. Mano de santo; no aparecería uno ni para un remedio. (Daniel Vega, *¿El anticristo a la vista?*)

Si a todos los melenudos se les corta el pelo al rape por supuesto que desaparecen los melenudos.

Si se les corta la cabeza, también.

Salvo que retoñen.

Siendo verano, siendo 1975 y siendo en Marbella, provincia de Málaga, el Villaverde, fuere por perteneciente a la citada comisión interministerial, fuere por proclive y aficionado a los culos de raigambre prominente, como el de Carmiña, su propia esposa, se sintió encandilado por el bullarengue altivano y verbenero de una holandesa que pasaba por allí. Tras observar que aquel culo era realmente imperial y holandés, es un suponer que el marqués se acordó de cuando los tercios luchaban en los Países Bajos por mantener el imperio. Si le hubiera mirado las tetas se habría acordado de los Países Altos, comúnmente llamados Ceñidos del Segundo Piso.

Nos toca escribir sobre la falda ceñida y bien sabe Dios que quisiéramos no tener que hacerlo. Con esta denominación nos referimos también —¿cómo no?— a otros ceñidos del segundo piso, establecidos en la caja torácica en su parte noble, pectoral; en que existe igualmente un ceñido, pero que muy ceñido; tan ceñido que, cuando la enfermedad o los años hacen que la vistosidad externa sea poco airosa, se encargan los masajes propios para que no decaiga su turgencia y se mantenga la exuberancia en perpetua floración. (Daniel Vega, *Las modas al ridículo.*)

Se conoce que al acordarse de los Países Bajos se acordó del duque de Alba, de Felipe el Hermoso, de los Reyes Católicos y le entraron unas ganas irresistibles de abrazar a Mr. Roos. ¿Pero cómo abrazarlo, si no se hallaba? Al Villaverde, dado que no le resultaba factible abrazar a Mr. Roos, le vino el repente de abrazar a la holandesa. ¿La abrazó? No, se contuvo. El polígrafo e inspector de primera enseñanza Antonio J. Onieva (*La nueva escuela española*, 1939) abrazó a Mr. Roos, porque se hallaba, pero después de decirle cuatro frescas:

> En cierta ocasión paseaba yo con Mr. Roos por los jardines de Haarlem (Holanda), cuando nos detuvimos ante unas ruinas cubiertas por hierbas y macizos de flores.
>
> —Son los restos del palacio de Federico de Toledo, duque de Alba —me dijo. Y añadió con piadosa sonrisa—: Los odios históricos son injustos. Abracémonos ante ellas.
>
> —Conforme —le contesté sin sonreírme—, pero antes le ruego que me oiga. Los españoles no vinimos a los Países Bajos con afanes conquistadores. Fue Felipe el Hermoso quien, al casarse con doña Juana la Loca, incorporó al escudo imperial de los Reyes Católicos las once provincias flamencas. Y como todos los cuarteles recayeron en Carlos, hijo de Felipe y Juana, estas tierras eran nuestras, puesto que pertenecían a nuestros reyes. De modo que no es que viniéramos a conquistarlas, ni siquiera a gobernarlas, que su gobierno casi siempre recayó en manos flamencas, sino a impedir una desgarradura rebelde. Estas tierras fueron de Carlos V y de Felipe II, no por conquista, sino por razón de herencia. Al primero, nacido en Gante, se lo ganó España, porque vio en los españoles la capacidad de imperio que no encontró entre sus coterráneos, y tanto amó a España, que en España quiso vivir y morir. Al segundo, que nació en Valladolid, no tuvo que ganárselo España porque fue el más grande español de su tiempo. Uno y otro se limitaron a mantener sus Estados en la religión de Cristo, sagrado deber ante Dios y la Historia. No se les eche en cara, pues, que ese mantenimiento costara sangre firme a la subversión. Los antepasados de usted no lucharon por ninguna independencia, supuesto que nunca fueron invadidos. Quede esto claro, pues, y ahora abracémonos.

Yo tampoco hubiera abrazado a Mr. Roos. Primero, porque no lo conozco de nada. Segundo, porque no soy político en campaña electoral. Y tercero, porque es holandés, y a los holandeses no los soporto, por el queso de bola, mayormente. Me es nauseabundo y vomitivo desde el día en que me metieron interno en el Colegio Menor Calvo Sotelo del Frente del Juventudes de Orense y el queso de la ayuda americana nos lo daban al desayuno, al almuerzo, a la merienda y a la cena, y por las noches la estudiantina nos disparábamos pedradas de queso americano en los pasillos de la planta de dormitorios. Era como el queso de bola holandés, en sabor y aspecto. ¿Y si el Villaverde hubiera tomado el culo de la holandesa por un queso de bola? ¡Qué vulgaridades se le ocurren a uno cuando se acerca al final del libro! Regresemos a lo nuestro, pues, a Marbella, 1975, verano: el Villaverde tuvo el pronto de palparle el holandés culo a la gentil dama que pasaba por allí, ¿o el gentil culo a la holandesa dama?, y se lo palpó bajo forma de tierno pellizco o pícaro palmeo o lujuriosa caricia o dulce acaparamiento o simulado magreo, está por aclararlo, sería que el Villaverde lo creyó perteneciente a la señora propia, es decir, a Carmiña, lo mismo que Fraga Iribarne lo había creído perteneciente a animal de pluma, o de pelo tal vez, durante la batida en los los cotos altiplanos de Santa Cruz de Mudela, provincia de Toledo. De la dama cuéntase era culirrespondona y culirrespingona y que los signos externos la señalaban Venus Calípige o de las hermosas nalgas que se conserva en el museo de Nápoles, por lo que el marqués, habiendo reparado en aquel poderío de glúteos y penduleo de ancas, sin pensárselo dos veces vio en ello una personificación de la madre patria, a España en carne mortal y pretendió recuperarla, lo propio, ¿no?, rescatarla, arrebatarla con idéntico empuje, si bien con distintas tretas, al que se marcara Juan Martín Díaz, alias El Empecinado, en lucha contra el gabacho invasor, suerte que haya sido el Villaverde, que si es Fraga Iribarne le arrea una perdigonada que la balda de por vida. El holandés Mr. Drayer, que no otro era el acompañante de la propietaria de tan alegres cachas, de certero mamporro al marqués le quebró la nariz y el asunto acabó en comisaría. El marqués declaró, por descargar responsabilidades, que el extranjero había insultado a la madre patria, a España, es decir, y, señor comisario, salí en su defensa y fui agredido. Aquí, amados feligreses, al desnudo y en rigurosa exclusiva para lectores de *La española cuando besa*, la España defendida por el Villaverde:

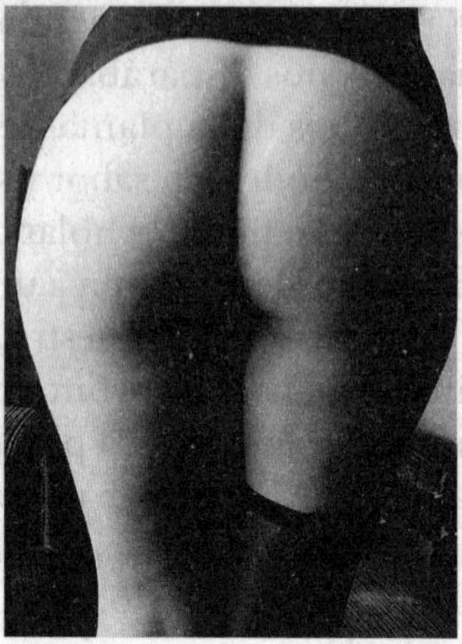

El holandés, para ganarse la libertad provisional, hubo de pagar una fianza de dos millones de pesetas. El Villaverde aún era un yernísimo muy ejerciente.

Le quedaba poco.

¿Villaverde abrazó a Mr. Roos?

No, pues Mr. Roos no se hallaba.

Pudo haber abrazado a Mr. Drayer, entonces.

Ah, pero no, tuvo que abrazar a la holandesa del culo errante. La holandesa decía por este oído me entra y por este me sale, que dicho así parece una tontería, pero dicho en holandés, acojona. El doctor López Ibor llamó concéntrica a la mujer, ¿concéntrica la holandesa? Y culicéntrica. A lo mejor el Villaverde no se había acordado de los Países Bajos y de los Reyes Católicos, a lo mejor se acordó de Gibraltar y de Mr. Hoare. La holandesa tenía un culo de lo más gibraltareño, hubo un tiempo en que Gibraltar cada poco se nos convertía en una obsesión, en un espasmo cíclico y de temporada, como los estornudos de otoño, y, ni que fuéramos unos agrimensores midiendo el terreno, patriotamente indignados por un palmo de roca y secarral que nos habían extirpado nos amontonábamos ante la embajada de su graciosa y británica majestad para exigir a gritos la urgente devolución del pedrusco y un día de aquellos en que vociferábamos frente a la embajada inglesa con amenaza de invadirla, el ministro de Asuntos Exteriores, Serrano Suñer, telefoneó al embajador, Mr. Hoare.

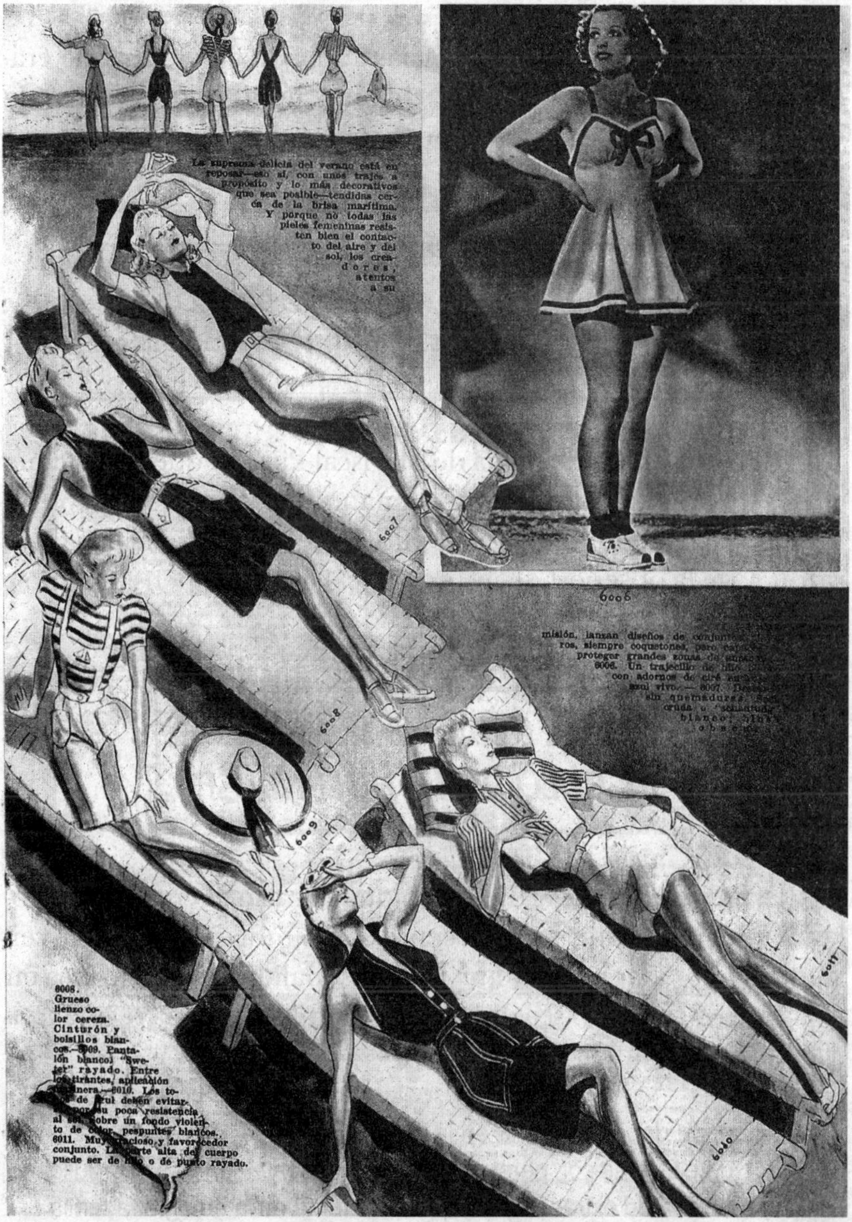

(Revista *La moda en España*, agosto de 1945.)

Señoritas la mar de osadas pasándoselo la mar de bien y por el arco de triunfo las reprimendas del señor obispo de Málaga. El asunto tiene tela marinera y mucho mar de fondo.

—Embajador, ¿quiere que le mande más guardias?

—Gracias, ministro. Prefiero que me mande a la holandesa del Villaverde.

España había perdido las esencias tradicionales de cuando éramos una cosa sobria, cristiana y nacional sindicalista. Federico de Urrutia, poeta de la Falange eterna (*Camarada, he aquí el enemigo*), había escrito en 1942:

Entre Nueva York y Moscú: NOSOTROS.
Sobrios, cristianos y sindicalistas nacionales.

Pero dado que la doctrina de Mariscal Pitillo y que el ojo cinegético de Fraga Iribarne y que la mano patriótica de Villaverde hacían mella en mi mollera, el punto medio y estrafalario de la razón, y de la obsesión, se me establecía así, en el pensamiento y los duermevelas:

Entre Nueva York y Moscú:
EL CULO DE LA HOLANDESA.

A lo mejor el Villaverde pensó que tocarle el culo a una holandesa es una manera tan decente como otra cualquiera de reivindicar Gibraltar e intervenir con personalidad extraeuropea en la política europea, o sea, lo que el general Kindelán (revista *Ejército*) había escrito en 1941:

> España debe intervenir en la política europea; no puede excusarse de ello; mas con personalidad propia, sosteniendo con orgullo su personalidad extraeuropea, que se asienta en la etnografía, en la geofísica y en la Historia.

Pero una cosa es defender la madre patria y otra inclinarse reverencialmente hacia todo lo ultrafronterizo, aunque lo ultrafronterizo sea un excelente culo holandés, etnográfico y geofísico, porque, según el pedagogo Antonio J. Onieva (1939), «el patriotismo debe manifestarse en el amor a lo nuestro constructivo, solamente por ser nuestro. Ese snobismo de buen tono, hecho de falsas elegancias y remilgos que consisitía en despreciar todo lo español e inclinarse reverentemente hacia todo lo ultrafronterizo, cederá plaza al sentimiento contrario. Nada debe importarnos la conceptuación de nuestros enemigos de fuera. Para nosotros, nosotros debemos ser los mejores. España posee cuanto necesita para bastarse a sí misma». El señor marqués debiera saber que España posee los mejores culos y cuantos necesite para representarse a sí misma y ante los cuales inclinarnos reverentemente sin merma en la personalidad extraeuropea. El señor marqués también debiera saber que a España se la puede defender con otras artes y no obligatoriamente tocándole el culo a una ultrafronteriza dama, volátil de retaguardias y de posaderas tontilocuela. El marqués debiera fijarse en los hermanos Echevarría, que cursaron a los Reyes Magos esta carta publicada por el diario *Arriba España* de Pamplona:

¡Viva Cristo Rey! ¡Arriba España!

Queridísimos Reyes Magos: Por el periódico "Arriba España" nos enteramos que venís este año a Pamplona, nosotros vivimos en Echarri de Echarri, semos cuatro hermanitos de 13, 11, 9 y 7 años, y nos llamamos Manuel, Anuncia, Araceli y Ricardo y os pedimos un fusil para que Manuel vaya a matar rojos, un estuche de labor pa Anuncia, una muñeca con su coche para Araceli y para Ricardo que está imposibilitado de las dos piernas un coche para poder andar de paseo solito.

Bueno, ya sabemos que en este año estáis más pobres que antes de la guerra y no queremos muchas cosas pero aunque sea un recuerdo vuestro ya nos mandaréis.

Echarri de Echarri a 18 de Diciembre de 1938.

Manuel Echevarría,
Araceli Echevarría,
Ricardo y Anuncia Echevarría.

Y mientras Manuel en el coche de Ricardo se va al frente a matar rojos con su fusil y Anuncia cose primorosos vestidos para la muñeca de Araceli, el marqués le toca el culo a la holandesa, ¡manda carajo!, la cuestión es no estarnos quietos. Mas si tú, criatura que me lees, prefieres reacciones menos iracundas y beligerantes, o no tienes el fusil de Ricardo Echevarría al que apretarle gatillo, o una holandesa a mano a la que tocarle el culo, te recomiendo mastiques, digieras y aprendas esta lección impartida por Mariano Lampreave a través de *Mi sendero*, primer manuscrito para niños y niñas:

> Y España es grande, y España es rica, y España es mi madre, y España es de lo mejor del mundo. Yo aprenderé poco a poco esta lección y la diré muchas veces de memoria para que me la oigan todos; y si alguno dijera cosas feas de España, yo le replicaré que no sabe lo que habla, porque ninguno que tenga buen corazón puede despreciar a España.

España es grande. El culo de la holandesa era grande. España es rica. La holandesa estaba rica. El culo grande de la holandesa suerte tuvo de que fuera el Villaverde y no Fraga Iribarne quien se vio tentado. Fraga Iribarne la hubiera fulminado de un escopetazo. Y suerte tuvimos de que el Villaverde no le haya palpado el culo a un fresador de Manchester en sandalias, calcetines blancos y bermudas con tirantes escuchando el transistor mientras come una hamburguesa y el tomate se le escurre por las comisuras, o a un melenudo de Liverpool haciendo ruido con una guitarra eléctrica, un detalle, ¿se imaginan el asco de España y mierda de hispanidad que tendríamos de no haber optado por la holandesa?, se agradece el detalle. Esto es, en versión marqués de Villaverde, la hispanidad:

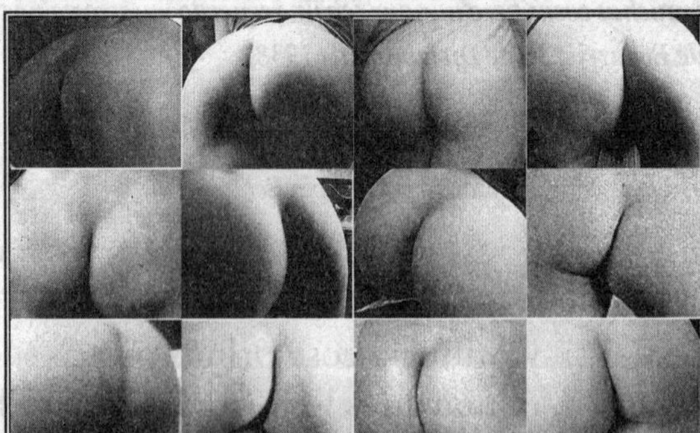

Contrariando al Villaverde, el flamígero, heterodoxo, letrado, ácrata, extravagante y falangista Giménez Caballero no estimó procedente que España fuese un culo, ni siquiera el de la holandesa, y prefirió que fuese un conejo, que tampoco arregla mucho las cosas ni mejora el respeto debido a una madre patria. Giménez Caballero (*España nuestra*) ilustra su tesis con un mapa de España que tiene forma de conejo grande y tres conejitos en el interior, diríase que el conejo grande nos salió coneja y preñada de tres, coneja madre de todos los conejos, la Coneja Una, Grande y Libre:

CONEJO

Los fenicios y los comerciantes de Tiro y Sidón la creyeron una tierra de conejos. como una oculta madriguera. Y la llamaron *Span* (conejo). Y de ese nombre creen algunos que se deriva el nombre de *Spania:* España.

España. tierra de conejos.

AGUA

Otros pueblos, también antiquísimos, denominaron a España la tierra de los ríos y de las aguas. Y como en su lenguaje remoto *agua* se decía *ib*, y río se decía *iber*, a España la dijeron *Iberia*. Y a su río principal, *Ebro*. Y a sus pobladores, *iberos*.

***Estaca sobre agua* se decía en lengua ibérica *hispal*. La ciudad establecida sobre estacas, como una Venecia o Venezuela, fué *hispalis:* Sevilla.**

Eran patrimonio nacional y por eso a la película *La caza del conejo*, de Carlos Saura, los censores del registro de patentes y marcas le prohibieron el conejo, por competencia desleal, y la película se quedó en *La caza*. El Villaverde a la caza andaba mucho, dándole a pelo y pluma y cuanto se le pusiera a tiro:

—He cazado de todo y por todas partes, desde las ánades de nuestros pantanos a los rinocerontes de las sabanas africanas, desde ciervos y jabalíes hasta leones africanos, tigres indios, enormes elefantes...; mi casa de campo está literalmente tapizada de estos trofeos.

Y hételme que metido en asuntos cinegéticos y revolviendo papeles viejos, doy con este pie de foto que publicó la revista *Medina*, de la Sección Femenina, el 21 de junio de 1942:

CUNICULTURA

Reparto de conejos por la Hermandad de la Ciudad y el Campo

Conejos que las campesinas Dolores Navarro y Desamparados Carbonell, de Puebla Larga (Valencia), han criado con reproductores entregados por la Hermandad de la Ciudad y el Campo.

He aquí una riqueza que la Sección Femenina va propagando por los campos de España en beneficio de la economía nacional y de la privada campesina.

¡Qué riqueza de conejos, Dios, nos fue la Sección Femenina, propagados por los pueblos de España a través de las cátedras ambulantes, de la Hermandad de la Ciudad y el Campo y de los coros y danzas!

¡Qué de conejos, madre!

¡Qué presencia!

¡Con las debidas atenciones sanitarias!

¡Higiene garantizada!

Sabrosos de ciudad y campo.

Pero si la patria son los culos, fui un niño sin patria.

Saltaban al estrellazgo tecnicolor culos gloriosos y entre todos destacábase el de María Schneider, no confundir con Romy Schneider. En busca de culos viajábamos al cine y a París con pertinacia notable, con obstinación satánica y con el encargo de encontrar culos y contabilizar los kilos de mantequilla que, en *El último tango en París*, Marlon Brando le introducía por los conductos a María Schneider, y regresábamos con una litografía del Guernica, para simular y dar el pego de rojos insumisos; con una biografía perversa de Franco editada por Ruedo Ibérico, para fardar de bolcheviques guevarianos; con un sujetador rojo fosforescente y liguero a juego para tentar a una novia estrecha de Palencia, a ver si por fin traga, y con una garrafa de agua milagrosa de Lourdes para contentar a la abuela, frotarle a un primo carnal las purulencias y que Nuestro Señor nos perdonara los muchos pecados. Tanto íbamos a París que en casa, mayormente la abuela, empezaban a mosquearse, y entonces decíamos que el motivo del viaje no era otro que rescatar la Faz de Cristo de Jaén que el marxismo se había llevado a Francia. Este argumen-

(Calendario para 1943, de la Sección Femenina)

Una muestra del magnífico conejar.

to daba excelentes resultados cuando la abuela era de Jaén y el reloj se le había parado en 1940 y la revolución pendiente. La abuela aún no había tenido tiempo de leer esto del periódico *Arriba*, marzo de 1940:

Anoche llegó a Madrid la santa Faz de Cristo, que se veneraba en Jaén y que el marxismo llevó a Francia, donde ha sido rescatada por la representación de España en París, en cumplimiento de deseos del Caudillo. Su Excelencia el Jefe del Estado y Generalísimo de los Ejércitos entregará hoy oficialmente la Santa Faz a la comisión que ha llegado exprofeso de Jaén. Dicha comisión irá presidida por el obispo de Madrid-Alcalá, doctor Eijo Garay.

—¿Y entonces no trajiste la santa Faz de Cristo?

—Toma, es agua de Lourdes. Está bendecida.

—¿Que si tomé la medicina? —abuela andaba malamente del oído.

—De Lourdes, abuela, agua —como abuela estaba algo sorda, había que decirle las cosas dos veces.

—Entonces esto no es la santa Faz de Cristo, ¿o sí?

—Es agua de Lourdes —como abuela estaba bastante sorda, había que decirle las cosas tres veces.

—¿Entonces no habías ido a rescatar la santa Faz de Cristo?

—Sí, pero no se conquistó Zamora en una hora, abuela, los franceses son duros de pelar, andamos en negociaciones y pierde cuidado que haré el rescate, aunque mil veces tenga que intentarlo ¡Arriba España! —si le hablas a gritos, abuela oye.

—¡Arriba!

—¡Viva Jaén!

—¡Viva!

Por cierto, recién instalada Maricarmiña de Ana Bolena en París, a su abuela (la abuela de Maricarmiña, no la de Ana Bolena, tampoco la de Jaén), para no matarla de un disgusto, la engaña-

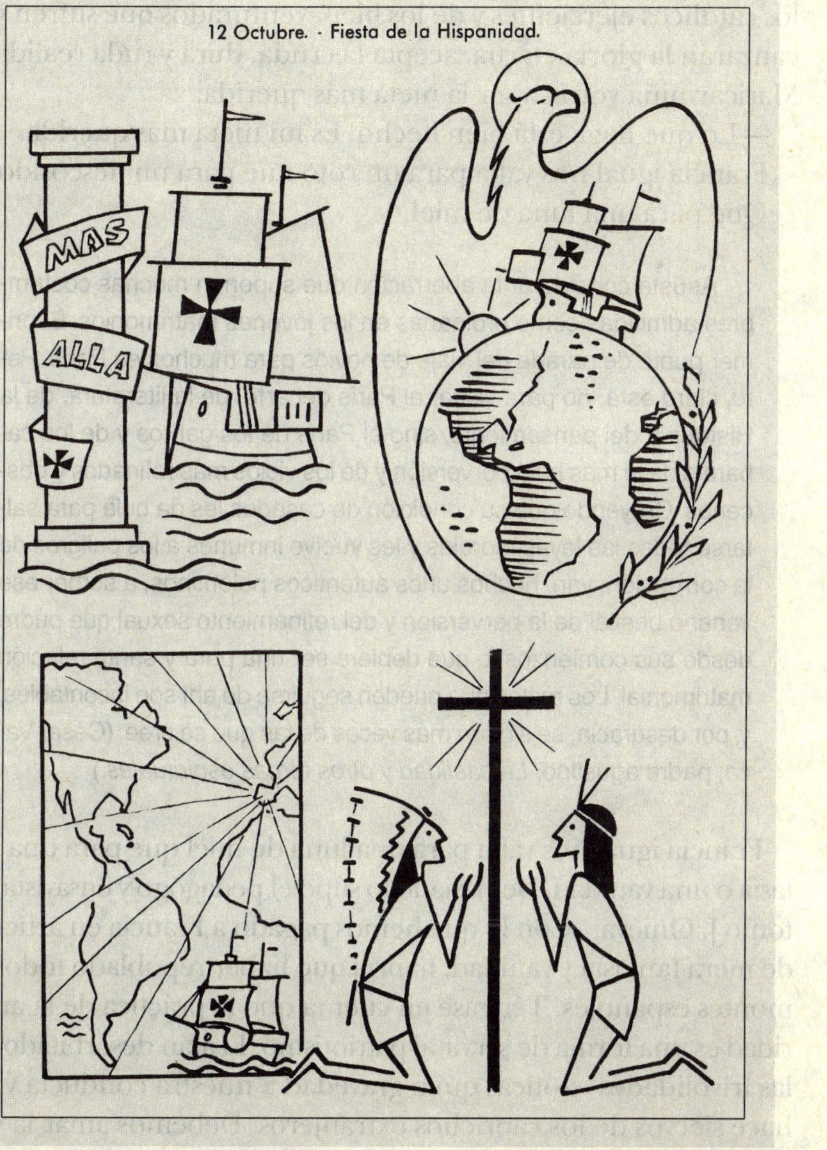

(Carbonell Soler, *Esquemas.*)

No nos duelan prendas en reconocerlo: la Hispanidad en versión marqués de Villaverde es mucho más festiva y nalguilocuente, según reconocen los más afamados cronistas de Indias.

ron, le contaron que la nena se había empleado de relaciones públicas en un establecimiento de lujo. No obstante, la abuela acabaría sabiéndolo todo. Reconfortada con la santa resignación de los católicos ejercientes y de los bienaventurados que sufren y alcanzarán la gloria eterna, acepta la cruda, dura y ruda realidad y Maricarmiña volvía a ser la nieta más querida:

—Lo que haga está bien hecho. Es mi nieta más querida.

Francia igual nos valía para un roto que para un descosido. Que para una luna de miel.

> Asusta considerar la aberración que suponen muchas costumbres admitidas como ordinarias en los jóvenes matrimonios. El primer punto de parada del viaje de novios para muchos es París. Pero, claro está, no para visitar al París del arte, de la literatura, de la Historia y del pensamiento, sino el París de los garitos y de los cabarets de la más baja perversión y de los vicios más refinados y obscenos. Creyendo que su condición de casados les da bula para saltarse todas las leyes morales y les vuelve inmunes a los peligros de la corrupción, van, hechos unos auténticos palominos, a sorber ese veneno bestial de la perversión y del refinamiento sexual que pudre desde sus comienzos lo que debiera ser una pura y santa relación matrimonial. Los males que pueden seguirse de ahí son incontables, y, por desgracia, se siguen más veces de las que se cree. (César Vaca, padre agustino, *La castidad y otros temas espirituales.*)

Francia igual nos valía para una luna de miel que para una fantasía o una vanidad. Demasiado lo supo el pedagogo y ensayista Antonio J. Onieva: «Con lo que hemos pagado a Francia en artículos de mera fantasía y vanidad, habría que haber repoblado todos los montes españoles. Téngase en cuenta que la práctica de la austeridad es una forma de servir al patriotismo. El afán desorbitado por las frivolidades exóticas quita gravedad a nuestra conducta y nos hace siervos de los caprichos extranjeros. Debemos amar la vida sencilla, sana, alegre y grave a la vez; satisfacer nuestras necesidades con nuestros recursos propios y movernos siempre con la emoción patriótica de hacer de España y de las cosas españolas la gran ilusión de cada día. Primero, España; después, España y siempre España.» Eso, emoción patriótica y la gran ilusión de cada día es lo que hace falta y no tanto quejarnos de la devaluación de la peseta y fundir las reservas del Banco de España en artículos de mera fantasía, vanidad y mantequilla, menos mal que las sierras castellanas no se cruzaron de manos. Lo cuenta Giménez Caballero en *España nuestra*, subtitulado el libro de las juventudes españolas:

> Las montañosidades de Francia, hirviendo en terremotos, quisieron invadir y despedazar el cuerpo, aún joven, trémulo e indefenso, de España. Pero las Sierras castellanas reaccionaron en otro terremoto. Y del choque espantoso de esos dos ejércitos de rocas y de lavas, surgieron en medio, como barrera estratégica, los Pirineos.

Y luego de que hubimos conocido *El último tango* y la furiosa reacción de las sierras castellanas, en los delirios de la fiebre alta los Pirineos me son monte de Venus y muro de contención de un infinito embalse de mantequilla, océano revuelto de aguas blancas en el que navego a la deriva sentado sobre el culo de María Schneider o ínsula de las impudicias, náufrago soy a la desesperada mientras duermo, desvarío y pregunto ¿y qué es eso de la neutralidad internacional? ¿Alguien puede pensar que la paella china es comparable al arroz tres delicias valenciano? ¿Acaso puede compararse la sardina noruega con el salmón de Santurce? ¿Y un conejo español con un culo holandés? La respuesta figura en *Así quiero ser*, apostillado el niño del Nuevo Estado, libro de lecturas cívicas:

> **No acepto la neutralidad internacional ; *es decir*, el amar a España lo mismo que a Noruega o a la China. Hasta un pajarillo quiere su propio nido mejor que el ajeno. ¿Y yo he de ser menos? No, no. Primero, España; *después*, España, y siempre España.**

¡Qué!

¡Queeeeeeeeeé!

¿Llama alguien?

¡No oigo!

Es domingo y mientras escribo de la calle me llega un bullicio de alirones, una vorágine de muchedumbres, un gentío de pisadas y frío de navaja barbera, la lluvia golpea los cristales, me asomo a la ventana y lo veo, veo riadas de hombres y mujeres:

> Riadas de hombres y mujeres, desbordándose sobre coches, tranvías y caminos, avanzan en impetuoso alud hacia los campos de fútbol... ¿Qué se le ha perdido a la mujer en un estadio? Averígüelo Vargas; pero que algo debió de perdérsele es innegable. ¿Cómo explicar si no el hecho de hallarse el sexo débil ocupando un puesto al lado del sexo fuerte en las gradas de los anfiteatros "balompédicos"? ¿Llueve? ¿Nieva? ¿Sopla un gris que corta como el filo de una barbera? ¿Es la aglomeración de gente tan densa y compacta que obliga a permanecer en pie, inmóvil el cuerpo, emparedado, rígido como en un ataúd? ¿Y eso qué ¡diantre! importa? Y las señoritas, y hasta las criadas de servicio, se pasan dos horas en posición de firmes, viendo, sin entender, cómo veintidós hombres, vestidos de corto, voltejean alocados propinando soberbios punterazos a un pequeño cuero inflado o, y esto es lo más frecuente, a las espinillas de los futbolistas que ruedan por la hierba como un torete en cuyo morrillo ha hundido el diestro la espada en fulminante volapié. ¿Qué pintan —repito— las mujeres en un espectáculo netamente varonil? A la entrada de los terrenos de juego no sería inoportuno colocar grandes rótulos que dijeran: "Sólo para hombres." (Juan Alonso Ortiz, jesuita, *El ídolo de la mujer.*)

Riadas de mujeres saltarinas y retozonas..., ¿para eso hicimos una guerra? ¿Para eso Manuel Echevarría cogió su fusil? ¿Para eso Ricardo Echevarría, imposibilitado de las dos piernas, salió en su cochecito a atropellar rojos? ¿Para eso el Villaverde tocó culo de holandesa? El canónigo Esteve Blanes (*Hacia tu ideal-Palabras a una joven*), definitivo:

> **De esa sociedad sin Dios, frívola y disoluta, que cría mujeres saltarinas y retozonas, ¿qué hay que esperar?**

Mujeres saltarinas cuyos retozones culos mi candidez los veía aglomerados, anabolenos, pechugones, apretados, renacentistas, schneiderianos y marilynianos, formando canalillo por el medio, ¡ay, el beso de la española!, uno nunca supo a qué culo quedarse, ni a qué árbol arrimarse, ni a qué sombra cobijarse, ni a qué balcón encaramarse, ni a qué nalgas prohijarse, ¿y para eso hemos ganado una guerra y Manuel Echevarría cogió su fusil?, las organizaciones de consumidores debieran intervenir y, a lo menos, repartir unos folletos explicativos para que los ignaros sepamos en qué culo andamos, o vamos a andar, o queremos andar, a fin de que nadie nos llamemos a engaño ni seamos víctimas de fraudulencia o estraperlo, ¡ay, el culo de la holandesa!, y consecuentemente el proceso expuesto en los comienzos de este libro y que rezaba así

Una Patria, un Estado, un Caudillo: ¡Franco!	→	Una Patria, un Estado, un Culo: ¡Carmiña!	→	Una Patria, un Estado, un Culo: ¡La Tínica!

se me concluía y consumaba en

Una Patria, un Estado, un Culo: ¡La Holandesa!

Si ayer era domingo, mañana es martes.
Luego es lunes, mientras escribo.
—¡Pan, pan…, pon!
Petan a la puerta.
—¡Ring, ring, rrrrrrring!
Suena el teléfono.
—Rrrrrrrrrrrrrrr.
Es el fax transmitiendo.
—Rrrrrrrrteswñasprtrrrrrrrrrilinrteswñasprtilín.

Es el fax atragantándose.

Perdonen, salgo un momento a mirar el buzón, escuchar el contestador y desatrancar el fax, ahora vuelvo, no se vayan, aprovechen para estudiar, no hagan como los alumnos traviesos que en cuanto el profesor sale a por tiza para el encerado ya están tirándose gomas de borrar y pintando monigotes en las paredes, lean, lean:

> Oportuno será referir una anécdota reciente de la que fui testigo. Ante el cadáver de un ilustre doctor malagueño se comentaba, pocos meses ha, su vida intachable. "Era un católico consecuente en todo", dijo uno de los presentes. En cierta ocasión, en un grupo numeroso de amigos, donde se hablaba con criterio laxo de ciertas escenas de grosera sensualidad ocurridas en un lugar público de esparcimiento, el doctor replicó con voz severa: "Yo os juro que jamás pondré los pies en tal sitio."
>
> —Hombre —replicó un interlocutor—, yo los he puesto y creo que no he pecado.
>
> —Perdona —le dijo el doctor—, sí has pecado. No lo digo en el sentido a que te refieres. Que eso Dios lo sabrá y tu conciencia. Has cometido el pecado de escándalo. Porque tú y yo representamos algo en Málaga y Málaga nos tiene por católicos prácticos, consecuentes con nuestra fe. Y procuramos serlo. Nuestra presencia en dicho sitio sería una forma de autorización de un lugar inmoral. Y todos los presentes asintieron. (Ángel Herrera Oria, obispo de Málaga, *La pública honestidad en las costas de Málaga*, Carta Pastoral, 1959.)

¿Qué es esto?, uno sale un ratito y ustedes ya están poniéndose el maillot, subiéndose a la piragua, chorreando fresquitos y cerrando el libro, Manuel Echevarría no lo hubiera hecho, ¿es que uno no puede ni salir un ratito?, como tardaré dos o tres minutos en reincorporarme a la mesa, pues la correspondencia es mucha y no doy desatrancado el fax, quítense el maillot, bájense de la piragua, dejen de chorrear fresquitos y sigan leyendo, lean ahora a don Ángel Ayala (*Consejos a los jóvenes*), jesuitazo:

> Vivimos en estado de justicia original. Que se bañen en las playas los varones con las hembras, ¿qué tiene de particular? Los muchachos con las muchachas, ¡inocentes! ¡Que vistan "maillots" que se ciñan a las carnes! ¡Que vayan así por parejas en piraguas! ¡Que se tiren al mar y de nuevo suban chorreando a la piragua y se aga-

rren el uno al otro para subir y así fresquitos remen el uno frente al otro! Nuestros abuelos hubieran cogido una estaca y hubieran hecho una barbaridad. Dichosa edad la nuestra, en que ya no hay papás ni mamás mojigatos. Ahora son más comprensivos de la juventud, saben que hay que darle a la edad lo suyo y dejar a sus hijos y a sus hijas que se mezclen en las playas con las hijas y con los hijos de los amigos o conocidos, y así, con "maillots" recién salidos del baño, se tumben pudorosamente en la playa y aspiren el aire salutífero del mar, y reciban los rayos amorosos del sol, mientras entablan conversaciones inocentes y albergan en sus almas sentimientos de serafines.

Ya vine.

Ya estoy aquí.

Era el cartero llamando no dos veces, sino dos mil, era el fax escupiendo tinta, era el teléfono dejando mensajes en el contestador, son los lectores urgiéndome respuesta a preguntas de este cariz:

—¿Y dicho culo saldrá de gira por provincias, como las compañías de comedias, los novilleros y la Virgen de Fátima?

—Yo quiero tocarlo, ¿dónde puedo?

—¿Y por qué no lo venden en las farmacia y los estancos?

—¿Hacen envíos postales a contrarreembolso?

Etcétera.

Desde que unas páginas atrás expusimos la fotografía del patriótico culo que, a pesar de su prestancia holandesa, tan dignamente representa a España, versión marqués de Villaverde, los lec-

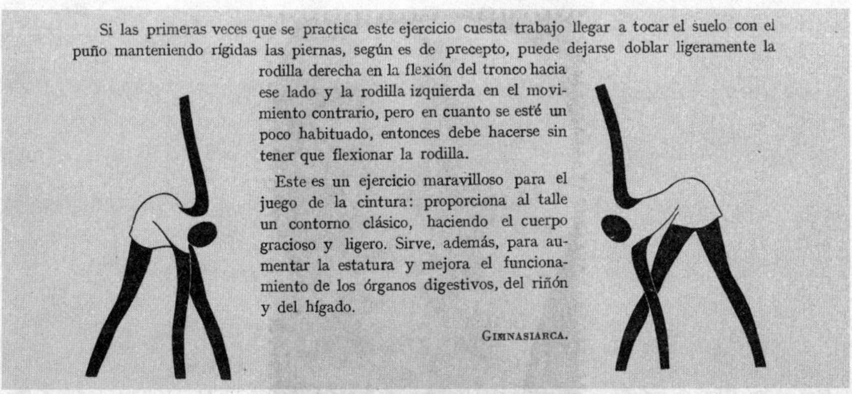

Si las primeras veces que se practica este ejercicio cuesta trabajo llegar a tocar el suelo con el puño manteniendo rígidas las piernas, según es de precepto, puede dejarse doblar ligeramente la rodilla derecha en la flexión del tronco hacia ese lado y la rodilla izquierda en el movimiento contrario, pero en cuanto se esté un poco habituado, entonces debe hacerse sin tener que flexionar la rodilla.

Este es un ejercicio maravilloso para el juego de la cintura: proporciona al talle un contorno clásico, haciendo el cuerpo gracioso y ligero. Sirve, además, para aumentar la estatura y mejora el funcionamiento de los órganos digestivos, del riñón y del hígado.

GIMNASIARCA.

(Revista *Y*, de la Sección Femenina, abril de 1938.)

¡Dios mío, si Fraga coge por delante uno de estos culos!

tores y lectoras quieren saber a quién pertenece el culo, me llaman o escriben o me paran por la calle y buscan la intermediación de amigos comunes, y la gran pregunta se mantiene y la repiten:

—¿De quién es el culo?

Les agradezco que me lo hayan preguntado, porque tendré mucho gusto en responder.

Que si el culo es de Carmiña, dice menganito.

Que si de La Velocípeda, dice fulanita.

Que si de Romy Schneider, dice el de más allá.

Que si de María Schneider, dice la de más acá.

Que si de Sissí, alias La Galaica, otrora La Tísica, dice uno que ni de allá ni de acá, sino de un punto equidistante.

—¿Y no será de Sharon Stone?

—Sharon Stone no tiene culo.

—Santa Lucía le conserve la vista.

—Sharon Stone declaró un día que estaba inspirada: yo no tengo culo, sino sentido del humor.

—Habrá sido un fallo del que tradujo.

—O que tiene un culo con sentido del humor.

—Con mucho sentido del humor, ya lo creo.

—¿Pero de qué culo estamos hablando, sobre qué culo versa la controversia y el análisis? —se insolenta un lector que está harto de escuchar tonterías— ¡Culicentrémonos o me voy!

El culo motivo de controversia y análisis no es otro que éste, así que considerémonos culicentrados:

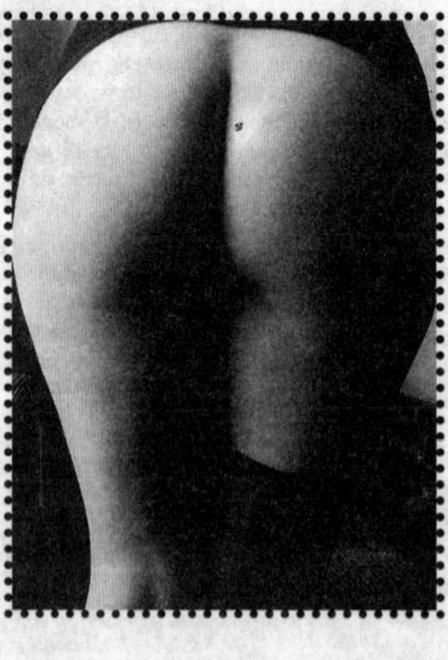

—Abrevie, ¿de quién es este culo?

—¿Y de quién es, me pregunta? Este culo es de usted. De usted, sí. ¿No compró usted el libro? ¿De quién va a ser entonces?

Recórtelo por la línea de puntos y puede:

a) Darlo como primer plazo de un piso. Algunas agencias inmobiliarias no lo tramitan, pero ése no es mi problema.

b) Llevarlo en la cartera para impresionar a sus amigos cuando van por el cuarto whisky. Diga mostrándolo: "Me la beneficio." (Si usted fuere mujer, diga: "Soy yo.")

c) Canjearlo, con alguien que lo tenga repetido, por un cromo del marqués de Villaverde.

d) Presentándolo en la taquilla del cine le da derecho a dos entradas usadas, si las recoge del suelo.

POSDATA Y CONSEJO DE AMIGO, QUE SE ME OLVIDABA

YO EN SU CASO, AMADO LECTOR, COMPRARÍA CUATROCIENTOS LIBROS PARA TENER CUATROCIENTOS CULOS QUE LE VALDRÍAN PARA EL PRIMER PLAZO DE CUATROCIENTOS PISOS, PARA IMPRESIONAR A CUATROCIENTOS AMIGOS (O A UN AMIGO CUATROCIENTAS VECES), PARA CUATROCIENTOS CROMOS DEL MARQUÉS DE VILLAVERDE O PARA OCHOCIENTAS ENTRADAS USADAS. CORRA A LA LIBRERÍA ANTES DE QUE SE AGOTEN EXISTENCIAS. A MANDAR Y RECUERDOS A LA FAMILIA.

Bibliografía

Aguilar Areu, José María (presbítero), *Gráficos de Catecismo*, Editorial Vilamala, Barcelona, 1956.

Aguilar Caballero, Isidro, y Herminia Galves García (médicos), *La madre y el niño*, Editorial Safeliz, Madrid, 1958.

Albó, Ramón (juez decano del Tribunal Tutelar de Menores de Barcelona), *Siguiendo tu camino*, "en el quincuagésimo aniversario de la obra de Protección de Menores, 1904-1954", Editorial La Hormiga de Oro, Barcelona, 1955.

Algora Gorbea, J. (médico), *El hombre, la mujer y el problema sexual*, Círculo de Lectores, Barcelona, 1964.

Alonso, Práxedes (arcediano de la Iglesia Metropolitana del Pilar de Zaragoza), *Catecismo en el Hogar*, dibujos de Balbina Busquets, editado por Unión Espiritual de Madres Católicas al Servicio de Cristo, 1960.

Alonso Ortiz, Juan (jesuita), *El ídolo de la mujer*, Editorial Moret, La Coruña, 1950.

Andueza de Segura, Isabel (maestra nacional), *Método pedagógico de corte y confección*, "obra aprobada por el Ministerio de Educación Nacional con la nota máxima", Editorial Magisterio Español, Madrid, 1960.

Aradillas Aguado, Antonio (periodista y sacerdote), *Cartas a la novia*, Ediciones Studium, Madrid, 1962.

Aragó, Ricardo (presbítero), *El Matrimonio*, Ediciones Spes, Barcelona, 1941.

Arrichi, A., *Los consuelos de la madre*, "colección de pedagogía familiar", Ediciones Paulinas, 1957.

Ayala, Ángel (jesuita), *Consejos a los jóvenes*, 4ª edición, Ediciones Studium, Madrid, 1959.

Ayala, Ángel (jesuita), *Obras completas*, tomo I, Biblioteca de Autores Cristianos, Madrid, 1947.

Ayala, Ángel (jesuita), *Un alto en el camino*, Ediciones Studium, Madrid, 1948.

Azpiazu, Joaquín (jesuita), *Tú y él*, Editorial Razón y Fe, Madrid, 1951.

Azpiazu, Joaquín (jesuita), *Tú y ella*, Editorial Española, Burgos, 1937.

Blanco Hernando, Quiliano, *Faro*, enciclopedia escolar para niños de 8 a 10 años, Editorial Sánchez Rodrigo, Plasencia, 1963.

Bohígas Gavilanes, Francisca, *¿Qué profesión elegir?*, "guía de profesiones femeninas", Editorial Mayfe, Madrid, 1947.

Bolinaga, Josefina (maestra de Primera Enseñanza, Premio Nacional de Literatura), *En mi camino hay sol*, Editorial Aitana, Valencia, 1964.

Botella Llusiá, José (ginecólogo), *Esquema de la vida de la mujer*, Editorial Espasa-Calpe, Madrid, 1975.

Box M. Cospedal, Antonio (médico militar retirado, premio extraordinario del Doctorado), *Higiene sexual expuesta a los adultos ilustrados*, Instituto Editorial Reus, Madrid, 1948.

Briones, Esperanza de, *La belleza*, prólogo de W. Fernández Flórez, Afrodisio Aguado, Madrid, 1945.

Bueno, María del Pilar ("culta escritora"), y Antonio P. Ureta (tocoginecólogo), *Vida íntima de la mujer*, Editorial de Gassó Hermanos, Barcelona, 1961.

Cabodevilla, José María (sacerdote), *Hombre y mujer*, "estudio sobre el matrimonio y el amor humano", prólogo de monseñor Morcillo, arzobispo de Zaragoza, Biblioteca de Autores Cristianos, Madrid, 1960.

Calavia, Leónides Gonzalo (inspector de Enseñanza Primaria), *Pedagogía, Metodología General y Organización Escolar*, contestaciones al cuestionario oficial de oposiciones a ingreso en el Magisterio Nacional Primario, Editorial Pantos, 1960.

Camacho, Ramiro (presbítero), *Profilaxis espiritual*, Ediciones Studium, Madrid, 1951.

Camacho, Ramiro (presbítero), *Moral íntima de los cónyuges*, Ediciones Studium, Madrid, 1951.

Carbonell Soler, Antonio, *Esquemas*, "ilustraciones de temas ocasionales", Editorial Roma, Barcelona.

Caro-Patón, Tomás (médico del Patronato de Protección a la Mujer), *La mujer caída*, "Memorias y reflexiones de un médico de la lucha antivenérea" (con una carta presentación del Excmo. y Rvdmo. Sr. D. Rafael García y García de Castro, arzobispo de Granada), Editor M. Montal, Madrid, 1956.

Castro Albarrán, A. de (canónigo magistral), *Concepto pagano y concepto cristiano de nuestro cuerpo*, "conferencias cuaresmales para hombres solos", Salamanca, 1943.

Chiavarino, José Luis, *Hacia un matrimonio feliz*, Ediciones Paulinas, Bilbao, 1966.

Civardi, Luis (monseñor), *Manual de Acción Católica*, Editorial José Vilamala, Barcelona, 1943.

Colby, Anita, *Tu belleza*, Ediciones Daimon-Manuel Tamayo, Barcelona, 1954.

Corominas, Federico (presidente de la Real Academia de Medicina, de Barcelona), y Valentín Moragas Roger (escritor, encomienda de la Orden Civil de Alfonso X el Sabio), *Vida conyugal y sexual*, 5ª edición, Editorial de Gassó Hermanos, Barcelona, 1964.

Dalmau Carles, José, *Infancia*, "libro segundo del Método Completo de Lectura", Editorial Dalmau Carles Pla, Gerona-Madrid, 1953.

Dalmau Carles, José, *El nuevo camarada*, 2ª parte, "método completo de lectura", Editorial Dalmau Carles Pla, Gerona-Madrid.

Darío (Ramón Masnou, obispo de Vich), *Don Serafín, ¿bailamos o no bailamos?*, Editorial Sala, Vich, 1945.

Delegación Nacional del Frente de Juventudes, *Cartilla Escolar*, "manual de educación física para 1945", Ediciones Frente de Juventudes, Madrid, 1944.

Delgado Capeáns, Ricardo (padre mercedario), *La mujer en la vida moderna*, Editorial Bruno del Amo, Madrid, 1941.

Dexeus Trías de Bes, José María (ginecólogo), *La sexualidad en la práctica médica*, Ediciones Roche, Madrid, 1963.

Duhr, José (jesuita), *El arte de las artes: educar un niño*, Ediciones Studium, Madrid, 1954.

Edelvives, *Gramática*, grado 1º, Editorial Luis Vives, Zaragoza, 1952.

Enciso Viana, Emilio (canónigo), *Dios*

y tú en la oficina, Ediciones Studium, Madrid, 1964.

Enciso Viana, Emilio (canónigo), *El evangelio de la madre*, Ediciones Studium, Madrid, 1957.

Enciso Viana, Emilio (canónigo), *La muchacha en el noviazgo*, Ediciones Studium, Madrid, 1951.

Enciso Viana, Emilio (canónigo), *¡Muchacha!*, Ediciones Studium de Cultura, 1948.

Esteve Blanes, Francisco (canónigo), *Hacia tu ideal-Unas palabras a una joven*, Imprenta Subirana, Barcelona, 1939, año de la Victoria.

Federación de Amigos de la Enseñanza (FAES), *Anuario de la Enseñanza Privada en España*, año 1947, Madrid.

Gambón, Vicente (jesuita), *Educación Cristiana de las jóvenes*, Editorial Pontificia, Barcelona, 1942.

García Figar, Antonio (dominico), *La mujer caída*, Compañía Bibliográfica Española, Madrid, 1952.

García Figar, Antonio (dominico), *Por una mujer mejor*, Ediciones Morata, Madrid, 1961.

Gil Serrano, Rafael (autotitulado "Maestro Nacional Hispánico"), *Nueva visión de la Hispanidad*, Madrid, 1947.

Giménez Caballero, Ernesto, *Amor a Galicia*, Editora Nacional, Madrid, 1947.

Giménez Caballero, Ernesto, *España nuestra*, "el libro de las juventudes españolas", Ediciones de la Vicesecretaría de Educación Popular, Madrid, 1943.

Girona Cuyás (médico), *Higiene de la mujer*, Ediciones Hymsa, Barcelona, 1942.

Gomá, Isidro (arzobispo de Toledo y cardenal primado de España), *Las modas y el lujo*, tercera edición, Librería Católica Toledana, Toledo, 1938.

Granda, Antonio de la (médico), *Barro humano*, Editorial Alejo Climent, Madrid-Barcelona, 1946.

H.S.R., *Lengua española*, grado 2º, ilustraciones de Fortunato Julián, Editorial Hijos de Santiago Rodríguez, Burgos, 1943.

Herrera Oria, Ángel (obispo de Málaga), *La pública honestidad en las costas de Málaga*, carta pastoral, 1959.

Hidalgo, Argimiro (jesuita), *Devocionario de las Hijas de María*, Editorial Casa Martín, Valladolid, 1946.

Hogar, Ángel del, *El matrimonio*, "el libro del joven de 17 a 20 años", 10ª edición, Ediciones Desclée de Brouwer, Bilbao, 1965.

Hogar, Ángel del, *La iniciación de los niños a la vida*, Ediciones Desclée de Brouwer, Bilbao, 1963.

Hogar, Ángel del, *Psicología de los adolescentes*, Ediciones Desclée de Brouwer, Bilbao, 1956.

Iglesias, M. (médico), *Problemas conyugales*, ilustraciones de Floris y Rovira, Ediciones y Publicaciones, Barcelona, 1954.

Jiménez, Vicente (sacerdote del Corazón de María), *Engrandecimiento de la Patria por las madres españolas*, "algunas normas prácticas para la educación moral de los hijos", Imprenta Salvador Repeto, Cádiz, 1938.

Junquera, Saturnino (jesuita), *A las puertas del matrimonio*, 3ª edición, Editorial Sal Terrae, Santander, 1961.

Laburu, José A. de (jesuita), *¿Imposible la castidad?*, Editorial Apostolado de la Prensa, Madrid, 1958.

Lampreave, Mariano, *Mi sendero*, "primer manuscrito para niños y niñas", dibujos de Antequera Azpiri, 11ª edición, Editorial Hijos de Santiago Rodríguez, Burgos, 1956.

López Ibor, Juan José (catedrático de Psiquiatría), *El libro de la vida sexual*, Ediciones Sanae, Barcelona, 1968.

Lorente, José María, *Luz*, "catecismo gráfico de la Doctrina Cristiana", dibujos de Rafael Casenave y Federico Avrial, Editorial Escuela Española, Madrid, 1943.

Loring, Jorge (jesuita), *Para salvarte*, 34ª edición, Editorial Sal Terrae, Santander, 1969.

Loring, Jorge (jesuita), *Para salvarte (ellas)*, edición número 31, Editorial Sal Terrae, Santander, 1963.

Loring, Jorge (jesuita), *Para salvarte*, 38ª edición, Editorial Sal Terrae, Santander,1975.

Lumbreras, Pedro (dominico), *Epítome de Teología Moral*, Ediciones Studium, Madrid, 1953.

Maíllo, Adolfo (director del centro de documentación y orientación de Enseñanza Primaria), *Caracol*, "libro de primeras lecturas", ilustraciones de Sierra Laffitte, Editorial Hijos de Santiago Rodríguez, Burgos,1959.

Maíllo, Adolfo (inspector de Primera Enseñanza), *Educación y revolución*, "los fundamentos de una educación nacional", Editora Nacional, Madrid, 1943.

Mantua, Cecilia A., *El libro de la mujer*, Ediciones Albón, 1946.

Martínez Cano, Rafael (director por oposición del grupo escolar nº 2 de niños de Lorca), *Nociones*, "libro de primeras materias para párvulos", Editorial Hernando, Madrid, 1951.

Mazzel, Maximiliano (paulino), *Amor de esposa*, Ediciones Paulinas, Madrid, 1955.

Mazzel, Maximiliano (paulino), *En espera de las bodas*, Ediciones Paulinas, Bilbao, 1947.

Mazzel, Maximiliano (paulino), *Pureza y alegría* , 11ª edición (la primera es de 1947), Ediciones Paulinas, Bilbao, 1966.

Meseguer y Murcia, David (jesuita), *Juventud y Moral*, Ediciones Studium, Madrid, 1954.

Miner Otamendi, José Manuel (maestro nacional), *Cruzada de España*, "libro escolar de lecturas patrióticas", ilustraciones de Julio Cabrera, Editorial Escuela Española, Madrid, 1941.

Morales, María Pilar, *Mujeres*, "orientación femenina", con prólogo de Pilar Primo de Rivera, Editora Nacional, Madrid, 1944.

Muñoz, Ginés María (misionero apostólico de la Compañía de Jesús), *La santa perseverancia*, Editorial Librería Religiosa, Barcelona, 1943.

Navarro, Santiago (padre claretiano), *Orientaciones*, Sevilla, 1947.

Navarro Higuera, Juan, *Cucú*, "método para la enseñanza de la lectura", 2ª parte, ilustraciones del autor, Editorial Miguel A. Salvatella, Barcelona, 1962.

Nuevo Ripalda, decimooctava edición, editorial José Vilamala, Valencia, 1953.

Oliveras, José P. (doctor en Medicina), *Guía médica sexual*, Editorial de Gassó Hermanos, Barcelona, 1963.

Onieva, Antonio J., *Pinitos*, "primer libro de lectura", Editorial Hernando, Madrid, 1950.

Onieva, Antonio J. (asesor técnico del Ministerio de Educación Nacional, inspector de Primera Enseñanza), *La nueva escuela española*, "realización práctica", Librería Santarén, 1939.

Padovani, Irma, *Cortesía y distinción*, "etiqueta y trato social", ilustraciones de Víctor Aguado Soria, Imprenta Clarasó, Barcelona, 1946.
Patronato de Protección a la Mujer, *Informe sobre la moralidad pública en España*, "memoria correspondiente al año 1942", Madrid, 1943.
Pellín, Aparicio (consejero general de los Sacerdotes del Sagrado Corazón), *Problemas de Juventud*, Editorial El Reino del Corazón de Jesús, Madrid, 1960.
Pérez Rodrigo, Ángel (inspector de Enseñanza Primaria), *Iniciación*, párvulos, Editor López Mezquida, Valencia, 1956.
Pildain, Antonio (obispo de Canarias), *El turismo y las playas, las divisas y los escándalos*, carta pastoral, 1964.
Pina, Amelia (maestra nacional), *Destellos*, primeras lecturas, ilustraciones de Fernando Marco, Editorial Hijos de Santiago Rodríguez, Burgos, 1948.
Pla Cargol, Joaquín (profesor), *Segundo libro*, "ideas, hechos y ejemplos", ilustraciones de Passos y J. M. Pla, Editorial Dalmau Carles, Pla, S. A., Gerona-Madrid, 1962.
Plus, Raúl (jesuita), *A las jóvenes*, Editorial Subirana-Editorial Pontificia, Barcelona, 1942.

Rey, Juan (jesuita), *¡Ay del mundo por los escándalos!*, Editorial Sal Terrae, Santander, 1964.
Rey, Juan (jesuita), *Camino del hogar*, Editorial Sal Terrae, Santander, 1959.
Riaño Campo, Pedro (canónigo de la S.I.C. de Burgos), *Formación católica de la joven*, Pía Sociedad de San Pablo, Bilbao-Madrid, 1943.
Richards Landers, Olive, *El libro de las niñas*, "guía para mujercitas de 8 a 18 años", Editorial Juventud, Barcelona, 1944.
Rocamora, María Luisa, *Enciclopedia de la mujer*, Editorial Danae, Valencia, 1972.
Ruiz García, Matilde (inspectora de Enseñanza Primaria y licenciada en Filosofía y Letras), *La mujer y su hogar*, ilustraciones de Soravilla, Editorial Hijos de Santiago Rodríguez, Burgos, 1957.

S. M., *Sentimientos*, "primer libro de lectura para tercer grado, 8 a 9 años", ilustraciones de Saravilla, Ediciones S. M., Madrid, 1960.
S. M. *Observaciones*, primer libro de lectura, Hijos de Santiago Rodríguez, Burgos.
S. T. J. (Compañía Santa Teresa de Jesús), *Mi libro de lectura*, Editorial Altés, Barcelona, 1954.
Sagradas Espinas, Jeremías de las (pasionista), *Jóvenes, cuidad la pureza*, Gráficas Iruña, Pamplona, 1950.
Salicrú Puigvert, Carlos (presbítero), *¿Es lícito bailar?*, "cuestiones candentes acerca de la moralidad pública", Editorial La Hormiga de Oro, Barcelona, 1947.
Sarabia, Ramón (redentorista), *¿Cómo se educan los hijos?*, Editorial El Perpetuo Socorro, Madrid, 1945.
Sarabia, Ramón (redentorista), *Experiencias matrimoniales*, Editorial El Perpetuo Socorro, Madrid, 1959.
Sariegos, Quintín de (capuchino), *Luz en el camino*, "ideario para las jóvenes de hoy", Ediciones Paulinas, Bilbao, 1960.
Sección Femenina de F.E.T. y de las J.O.N.S., *Calendario 1943*.

Sección Femenina de F.E.T. y de las J.O.N.S., *Economía doméstica*, "para quinto y sexto curso de Bachillerato, Comercio y Magisterio", Madrid, 1961.

Shryock, Haroldo, *Haciéndote mujer*, Editorial Sanfeliz, Madrid, 1957.

Sierra, Gregorio, *El libro de las niñas*, dibujos de Fernández Collado, Editorial Miguel A. Salvatella, Barcelona, 1951.

Solana, Ezequiel, *Lecturas infantiles* , "primer libro de lectura corriente", Editorial Escuela Española, Madrid.

Solana, Ezequiel, *Lecturas de oro*, "colección de ejemplos, fábulas e historietas morales para niños", Ed. Escuela Española, Madrid, 1944.

Spirago, Francisco, *Catecismo en ejemplos*, Editorial Políglota, Barcelona, 1941.

Suárez-Valdés, Mercedes, *Infancia de hoy, juventud de mañana*, "guía de la madre nacional-sindicalista, ¡Arriba España!", Madrid, 1940.

Textos escolares Aguado, *Enciclopedia escolar en dibujos*, grado elemental, ilustraciones de Trillo, Ruiz, Sierra, Orbegozo y Olmos, Editorial Afrodisio Aguado, Madrid, 1945.

Textos escolares Aguado, *Enciclopedia escolar en dibujos*, grado superior, ilustraciones de Trillo, Ruiz, Sierra, Orbegozo y Olmos, Editorial Afrodisio Aguado, Madrid, 1943.

Torres, Federico, *Enciclopedia activa*, "método activo de coordinación de materias en un grado elemental de la escuela primaria", Editorial Hernando, Madrid, 1944.

Tóth, Tihamér (obispo de Veszprem, Hungría), *¡Muchachas! Así...*, edición nº 5, Sociedad de Educación Atenas, Madrid, 1962.

Tóth, Tihamér, *Pureza y hermosura*, edición nº 15, Sociedad de Educación Atenas, Madrid, 1967.

Un Consiliario de Acción Católica, *El decenio crítico*, "a los jóvenes de 16 a 26 años", Pía Sociedad de San Pablo, Bilbao, 1959.

Un Consiliario de Acción Católica, *El decenio crítico*, "a los jóvenes de 16 a 26 años", 11.ª edición, Ediciones Paulinas, Bilbao, 1966.

Un Consiliario de Acción Católica, *El decenio crítico*, "a los jóvenes de 16 a 26 años", Pía Sociedad de San Pablo, Bilbao-Madrid, 1942.

Urrutia, Federico de, *Camarada, he aquí el enemigo*, Madrid, 1942.

Vaca, César (agustino), *La castidad y otros temas espitiruales*, Ediciones Religión y Cultura, Madrid, 1956.

Vallejo Nágera, Antonio (psiquiatra), *Antes que te cases*, Editorial Plus-Ultra, Madrid, 1965.

Varios autores, *Documentos colectivos del Episcopado español, 1870–1974*, edición preparada por Jesús Iribarren, presentación del Cardenal Vicente Enrique y Tarancón, Biblioteca de Autores Cristianos, Madrid, 1974.

Vega, Daniel (paúl), *¿El anticristo a la vista?*, Madrid, 1972.

Vega, Daniel (paúl), *Las modas al ridículo*, Editorial La Milagrosa, Madrid, 1945.

Vilariño, Remigio (jesuita), *Caminos de vida–Hay tiempo de amar*, Editorial El Mensajero del Corazón de Jesús, Bilbao, 1936.

Villalobos Bote, Rufino (presbítero), *¿Es pecado bailar? ¿No es pecado bailar?*, "respuestas serenas y objetivas a estas apasionantes preguntas de la juventud de hoy", Edición del

Secretariado de Propaganda de la Juventud Masculina de Acción Católica, Don Benito (Badajoz), 1948.
Vivanco, José Manuel, *Moral y pedagogía del cine*, Ediciones Fax, Madrid, 1952.

Werner, Carmen, *Convivencia Social*, "Formación Familiar y social", primer curso, ilustraciones de V. Viudes, Ediciones de la Sección Femenina de la F.E.T. y de las J.O.N.S., Madrid, 1954.
Werner, Carmen, *Convivencia Social*, "Formación Familiar y social", curso 3º de bachillerato y carrera de Comercio, Ediciones de la Sección Femenina de la F.E.T. y de las J.O.N.S., Madrid, 1955.

Zorita, Silberio (franciscano capuchino), *¿Qué vas a ser tú?*, Sociedad de Educación Atenas, Madrid, 1955.

Milito, el protagonista de Gris Marengo, niño rico y de derechas en la posguerra pobre y rural de Galicia, hijo de un caído por Dios y por España, es educado para ser un hombre de provecho el día de mañana, según la pedagogía y la ortodoxia franquistas. Milito tiene un abrigo que le queda grande y una madre absorbente que lo mima demasiado, así como la imposible vocación de golfillo entre los golfos de la aldea.

Gris marengo es la crónica de un tiempo y un paisaje en los que todo era gris marengo: el alcalde, los curas, la familia, el cielo, los abrigos, incluso el aire. Y, desde luego, también era gris marengo el sexo, que, excesivo, hipócrita y urgente, anega y envuelve el entorno del protagonista. Sólo el lenguaje tragicómico y esperpéntico de esta novela, siempre a caballo entre la ironía y el lamento, no es gris marengo.

De la España de posguerra pocas cosas perduran con tanta fuerza como la perplejidad de unos colegiales hambrientos y abrumados ante aquel singular universo moral e ideológico de afirmación nacional, impregnado de gestas imperiales y encendidas proclamas pedagógicas de dudosa eficacia.
Al paso alegre de la paz, con su humor irresistible, relata las luces y las sombras de toda esa época, recreada a través de una nostalgia agridulce, a la vez trágica y cómica, salpicada de amables evocaciones pero también de absurdos, dificultades y desgarros que, a la postre, nos permiten comprendernos mejor, tal vez porque por fin hemos empezado a reírnos de todo, principalmente de nosotros mismos.

Mi mamá me mima ofrece una aguda y documentada visión sobre los avatares y desventuras de la mujer en la familia y la sociedad de posguerra. Una disección irónica y reveladora sobre su triste papel como madre, esposa, novia y profesional en una sociedad gris y represora. En suma, una obra que, protagonizada por un adolescente que contempla con admiración y deseo a las mujeres, pone enteramente al descubierto la época más patética y esperpéntica que ha vivido la mujer española. Baste para ilustrarla estas dos perlas indelebles de autores ilustres y muy autorizados de aquel entonces: En la primera noche de bodas «comienza para la mujer el logro de todas sus aspiraciones; su satisfacción son los hijos, cuidarlos, amamantarlos, protegerlos y dirigirlos. Ser ama del hogar para toda la vida».

«¡Cuántos desfalcos de los esposos tienen origen o en el lujo o en la mala administración de las mujeres! Por el contrario, ¡qué bello es el espectáculo de la mujer buena y hacendosa, que con sus manos, su entendimiento y su abnegación multiplica la modesta renta o el pequeño sueldo!»

ESTE LIBRO HA SIDO IMPRESO
EN LOS TALLERES DE
HUROPE, S. L.
LIMA, 3 BIS. BARCELONA